銀色のステイヤー

河﨑秋子

角川書店

銀色のステイヤー

目次

一

真昼の仔馬

青空でヒバリが楽しげに歌い、春の陽光を受けて放牧地の若草が輝いている。今年、静内《しずない》の春の訪れは遅かった。爆弾低気圧のせいで三月末に一晩に五〇センチの積雪があった後、ぐずぐずとした曇天が続いてなかなか気温が上がらず、そのせいで土のしばれが抜けるのが遅かったのだ。

それだけに、四月下旬の現在、すべての生き物がようやく訪れた春らしい陽気を喜んでいるように活動している。放牧地の馬たちも、立ったまま目を細めてうとうとしたり、四肢を投げ出して横になったりと、思い思いに過ごしている。平和な日だ。

その放牧地を仕切る牧柵に両肘を乗せながら、俊二《しゅんじ》は手にしたスマホの向こうへと不機嫌な声を投げかけた。

「ほんっと、何見てたの。ドラちゃん予定日過ぎてるって知ってたはずだべや。マサ、お前ボーっと朝飼いしてたんでないのか」

『すみません社長。朝も、特になんも変わった様子なかったし、昨日の夜はまだ漏れ出た乳の糖度低かったんで、大丈夫かなって』

「で、今朝は測らなかったってか。乳ヤニついてたんだろ。だら朝もう一回測っておこうとか思わなかったの」

『申し訳ないです。今朝、トラクターのエンジンかかんなくて、ロール運ぶの遅れて、時間押してたんでつい。すみません』

マサの気弱そうな声の向こうから、速度をおさえた軽トラのエンジン音が聞こえる。急いでこちらに向かってはいても、柵の中の馬たちを驚かせないように気をつけているところは及第点だった。

ふう、と小さく息を吐いた俊二の三メートルほど先で、サラブレッドの親仔が寄り添っている。黒鹿毛《くろかげ》で母のドラセナ、愛称ドラちゃんがブルッと鼻を鳴らす。そのすぐ傍で、灰色の仔馬が細い四肢を伸ばして母の顔に自分の鼻先を近づけていた。

「まったく、両方無事だったからよかったものの」

『はい』

母仔ともに無事。そう伝えられたマサの声は明らかにほっとしていた。

『あ、あのう、社長』

「なに」

『オスメス、どっちでした』

「ついてるほう」

メスにはついていないものがついている。つまりオスだ。不機嫌を装っていたはずの俊二の頰もどうしても緩む。車のエンジン音の向こうから、マサの『……っし！』という歓喜の声が漏れた。

「じゃ、早く来いよ。馬驚かせんなよ」

俊二はそれだけ言って通話を切った。

ドラセナと産まれたばかりの仔馬は青空の下、のんびりと寄り添って授乳中だ。一方、空を見上げると二、三羽、カラスが旋回している。俊二は自分の肩周りの筋肉が強張《こわば》るのを感じた。つい三十分ほど前、放牧地の見回りをしていてまずこのカラスどもを見かけたときには、尻の穴から血が全部抜けていくような寒気を覚えた。放牧地で馬が死ねば、あるいは動けないほどに弱れば、奴らはどこからか飛んできて様子をうかがうのだ。

もし母馬が死んでいたら。仔が死んでいたら。産道が詰まって両方死んでいたら。ありうる、そして経験のある悲劇の記憶が俊二の体を強張らせる。

馬に何があったのか。一刻も早く確認したいと思いつつ、放牧に出されている馬を興奮させないように早足で向かった先で見たのは、三頭の妊娠馬が放たれているはずの放牧地にある、四つの影だった。

一頭増えている。産まれたのだ。

しかも、産んでいたのはこの牧場の宝馬、ドラセナだ。産まれた仔とも元気でいるのを確認するまで、気が気ではなかった。

俊二の心配をよそに、仔馬はもう立ち上がり、母馬のほうは産まれたての元気なわが仔を気遣いながら、時折カラスを睨《にら》むように見上げていた。

「ちゃんと守ってたんだな、ドラちゃん。偉いな」

なかば放心したような俊二の呟《つぶや》きを拾ったのか、ドラセナは両耳をこちらに向けてどこか自慢気にこちらを見ていた。大した馬だよ、と俊二も頷《うなず》いた。

同じ区画に放牧されていた他の二頭は、予定日近くの大きな腹を揺らしながら、母仔から少し離れたところでこちらを見ている。頼むからお前らはこんなふうに放牧地で産んでくれるなよ、と願わずにはいられなかった。

車のエンジン音が聞こえてきたのでそちらを見ると、マサが乗っている軽トラックがのろのろと近づいてきていた。

マサはドラセナ母仔と俊二がいるところから一区画手前で車を止め、ずり落ちる眼鏡を持ち上げながら俊二の隣で柵にすがりついた。

「ドラちゃん……！　ああ、仔っこも元気そうだ、良かった、本当に良かった……！」

心配と緊張が一気に緩んだせいなのか、柵に全身を預けるようにして脱力していた。高卒からこの牧場で働き始めて五年。社長の俊二の目から見れば、馬飼いとしては今回の件も含めまだまだ素人に毛が生えたようなもので、言いたいことは山ほどあるが、馬を大事に思える性格なのは美点だと評価している。

産まれたばかりの仔馬は、初めて見る二本足の動物が珍しいのか、二人の姿をきょとんとした目で眺め、近づこうとしてはドラセナにやんわりと止められている。

「あれ？」

落ち着いたマサがドラセナ母仔を見て小さく呟いた。

「午前中に産まれたとして、なんか、ずいぶんシャッキリしてません？　この仔」

草食動物である馬の仔は産まれてすぐに立って乳にありつくとはいえ、ドラセナの仔はやけに堂々と四肢を伸ばして立ち、もうちょろちょろとその辺りを歩き始めている。既に初乳をたっぷり飲んだ後なのだろう、と思われた。

「ドラちゃん、放牧されてすぐ産んだんでしょうか」

「いや、十時ごろ、俺が奥の放牧地見に行った時は何もなかった。後産《あとざん》の乾き具合からいっても、そんなに経ってはいないと思う」

「それにしては、やけに立ち上がるのが早いし、もう乳に執着がないですね」

「ああ」

俊二は頷きながら自分の口の端が持ち上がりつつあるのを感じた。もちろん、産まれてから立ち上がるまでの時間が短いことが、この仔馬が産まれた本来の目的、何よりも速く走るという競走馬としての能力に直結する訳でもない。それでも虚弱であるより何倍もましだ。

「元気でよかった、とはいえ、肝を冷やしたよ。ただでさえ一か月も予定日遅れてるのに」

「二十四日です」

俊二がついぎろりと睨むと、マサは身を竦《すく》めた。

二人で喋りながら観察していると、仔馬はもう人間への興味を失い、飛び交う蝶や離れた場所に立っている他の繁殖牝馬《ひんば》に目をやっている。母馬はその仔馬に鼻先を寄せ、親愛の情を示し続けていた。

「よし、親仔関係も問題なし。移動させるか」

「はい」

二人は慎重に柵の中に入り、母仔に近づいた。ドラセナは母親らしい警戒心で少し耳を伏せたが、相手が俊二だと分かると、頭に装着していた頭絡《とうらく》を大人しく摑ませてくれた。マサがさっと手渡した引き綱の端と金具で繋いだ。

「もう立って初乳も飲んでるから、このままドラちゃん引いて二頭で戻る。軽トラいらなかったな」

「じゃ、社長、あと自分が引いていきますんで、軽トラで先に戻ってください」

マサが引き綱を受け取ろうとしたが、俊二は首を横に振った。

「俺が引いていく。お前は馬房の準備と臍帯《さいたい》用のヨーチンスプレー用意しておいてくれ」

俊二はそう言い終えると、慣れた手つきで綱を引いた。ドラセナは抵抗することなく俊二の横にぴったり寄り添って歩き始め、仔馬はそのすぐ後ろをついてくる。

もともとドラセナは気位が高く、現役時代からけっして扱いやすい馬ではなかった。経験が浅く、気の弱い人間をすぐに見抜き、腕やら肩やらをガブリと噛んでしまう。それだけならともかく、嫌いな獣医師には容赦ない蹴りを繰り出すなど、かなりのお転婆だ。

それは裏を返せば、人を見るほどに頭がいいということでもある。俊二のように馴れた人間に対しては扱いやすく従順になる。

馬主がつけた『ドラセナ』の名は『幸福の樹』から来ている。触れたものが幸せになる縁起のいい樹。転じて、厩舎《きゅうしゃ》でこの馬に触れられるほどのホースマンはそれなりの実力を備えていると見なされていたそうだ。それは、現役を引退して故郷のこの牧場で繁殖牝馬になってからも変わらない。

「あ、あと、後産そこに落ちてるから、カラスに持ってかれないうちに拾っとけよ。ちょっと乾いたけどまだ大丈夫だろう」

俊二が指し示した牧草の上には赤紫と青紫が混ざったようなどろっとした塊が落ちている。

マサが急いでポケットからビニール袋を引っ張り出し、塊を袋に入れて口を結んだ。それを確認してから、俊二は畜舎のある方へと歩き出す。馬の後産、つまり胎盤はそれ自体が生産牧場の収入になる。加工されてやがてプラセンタ配合化粧品として生まれ変わるのだ。ビニール袋に入れ冷蔵で業者に送れば、一頭分で一万円にはなる。この小さな牧場では貴重な収入だった。

——さて。幸福の樹の仔馬は、無事に競走馬に育ったとして、一体後産の何百倍、何千倍を稼いでくれるだろうか。

意味のない皮算用と分かっていつつ、そんな前向きな希望を抱けるのは馬産に携わる者の特権でもある。俊二はひとりほくそ笑みつつ、そんな妄想を瞬時にぶった切る人物を思い出して、マサのほうを振り返った。

「おいマサ。わかってっとは思うけど。畑で産まれたこと、専務に言うんじゃないぞ」

「はい」

専務。肩書きとしては社長の俊二の下であるにもかかわらず、倍はおっかない俊二の母・千《ち》恵子《えこ》の怒った顔を思い出したのか、マサは直立不動の姿勢で返事をした。

北海道・日高《ひだか》の中部にあるここ菊地《きくち》牧場で産まれた仔馬の推定分娩時刻は、正午ごろとされた。馬に限らず、草食動物の多くは、出産という無防備な状態を外敵にさらさないため、夜中に分娩することが多い。昼日中の、しかも開けた放牧地で仔を産むことは危険であるし、飼う側としてもそうならないよう分娩の兆候を見定めて放牧に出さないなどの対応が必要になる。したがって、大事な馬を真っ昼間に放牧地で産まれさせてしまった、などというのは馬産に携わる者にとってはそこそこの失態なのだ。

俊二の父は五年前に胃ガンで亡くなっている。夫婦で牧場をもり立ててきた母の千恵子は、法人化した牧場の専務ということになってはいるが、実際の作業は引退している。

だというのに、経営方針にしょっちゅう口を挟んでくることが俊二には不満で、時々言い争いの種になっている。三十過ぎた息子が母親と言い争いとは情けなさもあるが、馬飼いとして長年働いてきた母は頑固で、馬のことでは互いに譲れないことだってある。現在牧場にいる繁殖牝馬のうち唯一の重賞馬であるドラセナの仔を外で産ませたなんてことが知られたら、何を言われるか分かったものではない。

俊二はドラセナ母仔を馬房まで無事に連れて行き、先に車で戻っていたマサに後の作業を頼んでから母屋へと戻った。本来ならば昼休みの時間だ。簡単な飯を掻っ込み、ソファーで横になってつかの間の休息を取るはずだった。その休み時間がドラセナの分娩でなしになってしまった訳だが、それほど疲れを感じていなかった。どうしようもなく心身が高揚する。

なにせ産まれたのは牡馬《ぼば》。待ちに待った男馬だ。これまでドラセナは四産しているが、三頭は牝馬、一頭は妊娠後期での流産、その時の胎児も牝だったのだ。競走馬は牝《めす》も牡《おす》も両方活躍の場が与えられるといっても、やはり牡馬の方が高い取引価格を期待できる。

それに、せっかく生産馬が重賞を勝った後に無事繁殖牝馬になれたというのに、まったく牡を産まなかったらどうしよう、という懸念がようやく払拭《ふっしょく》されたのだ。嬉しくないはずがなかった。さらに大事なことに、今回の種馬は菊地牧場ゆかりの新種牡馬シダロングランなのだ。期待の度合いが違う。

俊二が母屋に戻ると、事務所兼応接間の大型テレビで、母の千恵子が競馬中継を見ている最中だった。

「俊二、見ないの？　今日の東京メイン、俊基《としき》出てるんだから。あと一時間もしないうちに出走だよ。久しぶりにお兄ちゃんの応援ぐらいしなさいよ」

「いいよ別に。今日は中央にうちの生産馬出てないし、作業あるからあとで結果聞く」

それだけ言って、大股で台所に入ると水を一杯飲みほした。母はじっと画面に見入るばかりだ。

俊二の兄、菊地俊基が東京競馬場のメインレースで乗る馬は、午前中の時点で十六頭中十五番人気だった。競馬新聞ではどこも星をつけていない。

それでも、身内ならば本来見届けるべきなんだろうな、と思いながら、俊二はもう一杯水を飲んでから大股で家を出た。二歳違いの俊基と俊二は身長も一六五センチ程度でほぼ変わらない。しかし俊基は騎手として五〇キロ未満の体重を長年キープしているのに対し、自分はビール腹のせいで若馬の調教に支障が出ないか気にしている。母と一緒に兄のレースを見ていると、高確率で「あんたも少し痩せないと」と言われるのも癪《しゃく》に障る。

外ではマサが収牧前の馬房ひとつひとつに乾草《かんそう》を敷き直している。今日は日曜で、パートが来ない日だから後で手伝ってやらねばならないな。そう思いながら、俊二はドラセナの馬房の前まで来た。足音で人を識別しているのか、ドラセナの視界に入る前にブフッと甘えたような鼻息が聞こえる。

ドラセナと仔馬は、ふかふかの寝藁《ねわら》の上で二頭とも横になっていた。いつもならば俊二が姿を見せると立ち上がって鼻先を擦り寄せてくるのだが、今日はさすがに放牧地で出産をした疲れが出たのか、横になったままだ。それでも首を上げて俊二を見、フーッと緩やかな息を吐く。

「おつかれさん、ドラ」

まるで安産を誇るかのように、ドラセナは黒い尻尾の房を揺らした。

芦毛《あしげ》の仔馬はドラセナと向かい合うような形で横になって眠っていた。その腹が上下に動くのを眺めていると、牡牝関係なく、無事産まれてきてくれたことにほっとする。

さて、この呑気《のんき》な男馬、走ってくれるものだろうか。

馬主や調教師、一部の生産者には産まれたばかりの仔馬を見て「これは走ると確信した」とコメントする人もいるが、俊二にはいまいち理解ができない。

確かに仔馬の骨格や筋肉、全体的な雰囲気から父馬・母馬の遺伝子が働いていることを確認して明るい将来を確信できることもあるし、それがゆえに当歳（〇歳）のうちからの取引が成立するのだが、さすがに産まれたその日に判断をするのは占いに等しい行為だと思っている。生産者としては、立ち方や行動、母への懐き方など、健康であるか、先天的な問題はないかを確認してほっとするのが精々だ。

そしてありがたいことに、生産者の失態をよそに放牧地で産まれた仔馬は、何の問題もなさそうに寝藁で横になっている。

期待するものは、もちろんある。ドラセナの父馬は往年の名馬スペシャルウィーク。母馬は俊二の父が晩年大事にしていたグリーンベンジャミンだ。

ベンジャミンは勝ち星こそ一勝と少なかったものの、芝路線で長く戦った馬主孝行な牝馬だった。繁殖成績も優秀で、産駒《さんく》はみな即勝ち上がる輝きこそなくとも、母馬の粘り強い性格を受け継いだ仔が多く、今も地方で三頭走っている。

その三番仔、ドラセナは性格こそ荒いがベテランの調教師と相性のいい騎手に恵まれて勝ち上がり、牝馬クラシックの一つ、オークスにも出走した。結果は十六着と奮わなかったが、その後も主に長距離芝路線を戦い抜き、引退レースとなったダイヤモンドステークスで豪雨の中、田んぼのような不良馬場を粘り勝ちしたのだ。

あの時の、最後の直線を思い出すと、俊二は今でも腹の底から叫び出しそうになる。東京競馬場の、冷たい雨と泥をかぶりながら、長いスパートで三頭競ってハナ差で勝ちを得たドラセナ。長く活躍していたお陰か、多くのファンが観客席で祝福の声を上げてくれたあの光景。東京競馬場の生産者席で馬主と握手を交わしたあの喜び。それは父も届かなかった重賞に生産者として手が届いた瞬間でもあった。

そのドラセナが、ようやく男馬を産んでくれた。しかも、今回の配合相手は俊二が悩みに悩んで選んだ『幻の三冠馬』とも呼ばれる馬。競馬に絶対はない。しかし成功する確率を極限まで考え抜いた組み合わせ。どうしたって俊二の中で期待は高まる。

ふいに作業ベストの胸ポケットでスマホが震えた。取り出すと、LINEで送られた写真が小さく表示されている。そこでは妻のさゆりが娘の葵《あおい》とスタバのドリンクを掲げて笑っていた。

今日は苫小牧《とまこまい》の市民会館で葵が習っているバレエの発表会が行われていたのだ。その帰りに、二人で商業施設に寄ったらしい。

『晩ごはんにケンタッキー買って帰るね。葵は期間限定のゆず胡椒《こしょう》にするけど、パパ何がいい？』

『普通のやつ』

そう返事を打つと、直後に『了解』というウサギのスタンプが送られてきて、それきりだった。

さゆりは牧場の作業を一切手伝わなくていいという条件で嫁いできてくれたのだから、娘の習い事で遠出をしても、そのついでに多少遊んできても、俊二に文句を言う権利はまったくない。妻と娘、二人とも外出を存分に楽しんでいるというのならなおさらだ。

ただ、手をかけた馬が順調に競走馬として育ってくれたり、その馬が母となって無事に仔馬を産んでくれたりする――そういった生産者ならではの喜びを共有することはない。まれに生産馬が大きめのレースで勝利すると、祝いにと花や酒を持ってきてくれた同業者にそつなく応対してくれるぐらいだ。

家族で競馬場まで足を運び、生産者席から固唾《かたず》を呑んで自分たちが育てた愛馬の走りを見守る。おそらく今後もそんなことは叶わない。それが俊二には心残りではあった。

ふと思い出して、胸ポケットにしまおうとしたスマホを操作して今日のレース結果を確認する。東京メインレースで兄が乗った馬は八着。そして、最終レースは三着で馬券に絡んでいた。スポーツサイトのニュースで勝利ジョッキーのように顔写真もインタビューも出ていない代わりに、十二頭中九番人気からの三着、という結果が兄の立ち位置を示していた。

華々しくはなく、馬を壊さずに人気よりは上の着順を出し、展開次第ではたまに勝つ。競馬の世界で中堅という立ち位置を長年確保することは一般のファンが思うほど容易《たやす》いことではない。だからこそ、飄々《ひょうひょう》とそれをこなす兄を俊二はどう評価していいものか分からなかった。


翌日、春らしく晴れ上がった日高の道路を、グレーのコンパクトカーが南下していた。法定速度に合わせた運転の『わ』ナンバーの車に、地元の人間が運転しているらしき軽トラックが容赦なく距離をつめていく。右手に太平洋を望むなだらかなカーブで、軽トラは痺《しび》れを切らしたようにレンタカーを追い抜いていった。

ハンドルを握っている三十歳ほどの細身の女が「ちっ」と舌打ちをする。すぐに、助手席で書類に目を通していたスーツ姿の男が「やめなさい」と穏やかに窘《たしな》めた。

「鉄子《てつこ》君がスピード出したくなる気持ちも分かるけれども。事故でも起こして厩舎の者やお預かりしている馬に迷惑をかけては、後から何の言い訳もできなくなるんだから」

「はい」

鉄子と呼ばれた女は唇を尖らせたが、アクセルを心持ちゆるめて法定速度内にスピードを落とす。追い越していった軽トラはみるみる小さくなっていった。

「速く走って褒められるのは馬とジョッキーだけで結構」

「はーい」

男は五十代半ば、スクエアの黒縁眼鏡に整えられた白髪交じりの髪、チャコールグレーのスーツ、その下に同生地のベスト、派手ではないが曇りひとつない革靴と、北海道の田舎で月曜昼間にレンタカーに乗っているよりも、霞《かすみ》が関《せき》で鞄を抱えている方がよほど合っているのではないかという恰好《かっこう》をしていた。実際、前職は銀行員である。

対して、鉄子はこれからランニングかテニスにでも行こうかというような海外スポーツメーカーのウェアで、上から下まで揃えられている。スーツ姿の男とは余程妙な組み合わせに見えるのか、さっき休憩に立ち寄った道の駅では観光客にやたらジロジロと見られた。鉄子としてはこれが普段の仕事着のため、はなはだ心外である。

——観光で来たんなら、どんだけ気が楽だったか。

溜息をゆっくりとした鼻息に変えて、「そういや」と鉄子はわざと明るい声を出した。

「すみませんでしたね、二本松《にほんまつ》さん。あたしだけ喫煙可の部屋があるホテルに泊まらせてもらって」

「別に問題ないよ。僕はホテルよりも泊まり慣れてる駅前の民宿の方が落ち着くし」

そう言いながら二本松は分厚い紙の束を繰って目を通している。紙面には日本語、英語、そして左を向いた馬のカラー写真が印刷されていた。

「あのホテル、朝食豪華でいいんですよね。素朴なんだけどおふくろの味っていうか、煮物とか漬物とかめっちゃ美味《おい》しかったです。あたしいっつも朝食べないのに、どんぶり飯にイクラたっぷりのっけて食っちゃいましたよ」

「それはなにより。ただ、体重増加にはくれぐれも気をつけるように」

「はあーい。あ、そろそろ交差点で左でしたっけ、俊基の実家」

鉄子の声の直後に、カーナビが『五〇〇メートル先、信号を左折です』とアナウンスした。

国道沿いにある小さな集落の、小さな交差点。そこを左折すると、日高山脈から太平洋に流れ込む川の支流沿いに、河岸段丘が開けていた。

川を遡るように車は農道を進んでいく。国道からは見えなかった風景が徐々に広がる。本州の農村ならば水田や野菜畑などが広がるであろう川沿いの豊かな土地には、柔らかな緑の草地が柵で細かく区切られながら広がっている。そのところどころで、馬が草を食《は》んでいた。

鉄子は隣の二本松がいつのまにか書類から顔を上げていたことに気づいた。首をぐいっと曲げ、窓の外、視界に入る馬の一頭一頭を眺めているようだった。

鉄子は法定速度よりもかなり速度を落とし、運転席側の窓を少し開けた。

「煙草か？　レンタカーだからそれはちょっと」

「いえ、宿で吸いだめしてきたから大丈夫です。ただ、風入れたいなと」

二本松も助手席側の窓を少し開けた。途端に車内には北海道の若草の香りと、嗅ぎなれた馬糞の臭いがかすかに入り込んできた。

「あー涼しい。美浦《みほ》もこんぐらいだと馬バテなくていいんですけどね」

「扇風機の電気代も安くて済むしな」

会話の間も、二本松は流れていく景色にぽつりぽつりと佇《たたず》む馬たちから視線を外さない。さて、このクセモンな調教師《センセイ》のお眼鏡に適《かな》う馬はいるかね、と鉄子は心の中で呟いた。

国道から十分ほど走ったところで、車は前方右手の『(有) 菊地牧場』という木の看板を目印に徐行した。充分にスピードを落としてから、右折して砂利道に乗り入れる。

「草、伸びてんなあ」

鉄子はぽろりと零《こぼ》した。牧場の看板が立っている、いわば顔である部分から敷地内にある古い住宅、そしてその先にある畜舎まで、敷地内道路の周りは雑草が伸びっぱなしの状態だった。一時間前に訪れた別の大牧場では、雑草が刈り取られ、看板付近にはプランターに色とりどりの花が咲き誇っていた。それと比べると、菊地牧場が環境整備に手をかけていないのは明らかだった。

——まあ、忙しいのは分かるんだけど、だからこそこういうとこ、大事なんだよな。

二本松も考えていることは同じなのか、鉄子が漏らした言葉を咎《とが》めるようなことはしない。ただ無言で牧場内を眺めるその無表情な様子に、鉄子は密かに身を縮めた。

住宅脇の駐車スペースに車を停め、持参してきた新しい長靴に二人それぞれ足を通し、ビニールのカバーをかけているところで、住宅から人影が出てきた。くたびれたジャージのズボンにTシャツを着て、クロックスを引っかけた三十代ぐらいの男。

背丈と顔のつくりは二本松厩舎所属の騎手・菊地俊基と似ているが、腹は少し出ている。俊基の弟で、ここの牧場長だな、と鉄子はすぐ分かった。

怪訝《けげん》そうだった男の表情は、二本松の姿を捉えた途端に驚きへと変わり、小走りに近づいてきた。

「二本松調教師！　どうも、ようこそいらっしゃいました！」

「ご無沙汰してます、突然お邪魔して申し訳ありません。あ、これ、つまらないものですが」

迎えた方よりさらに深く腰を折って、二本松は手にしていた紙袋の中身を差し出した。羽田《はねだ》空港で買ったとらやの羊羹《ようかん》。牧場巡りの際はいつもこれに決めている。付き合いの深い牧場に対しては、これにさらにウイスキーのボトルがつく。

「これはどうも。お立ち寄り下さってありがとうございます。いつも兄が大変お世話になっております」

「こちらこそ、菊地騎手にはいつも無理を聞いてもらって、お世話になりっぱなしです。ああ、今日はうちの調教助手を連れてきました。大橋《おおはし》君です。後学のため、いろいろ見せて頂ければ幸いです」

「大橋姫菜《ひめな》です。よろしくお願いします」

鉄子は大人しく頭を下げたが、相手は「姫菜さん。かわいいお名前ですね」と名前と本人のギャップに驚きを隠そうとしない。心の中で小さく舌打ちしつつ、わざとらしい笑顔を取り繕った。

「ええ、よく言われますが、私は自分の名前が嫌いなので職場では鉄子と呼んでもらってます。アイアンの鉄子です」

「は、はあ」

過剰なまでの愛想笑いと早口の説明で押し切り、鉄子は続けてまくし立てる。

「菊地牧場さんの生産馬だと、ジャンボリイや、ガンバルチャンの調教つけさせて頂いたことがあります。どちらも素直で乗り心地のいい馬でした」

二頭の具体的な名前を耳にして、俊二の顔がぱっと明るくなる。

「ありがとうございます。良かったら事務所に上がってお茶でも」

いかにもくたびれた様子の母屋に案内しようとする俊二に、二本松はやんわりと申し訳なさそうな笑顔を向ける。

「すみません、今日は急に牧場巡りということになったため、帰りの飛行機が中途半端で。勝手なお願いですが、早速馬を見せて頂けると助かります」

「そうでしたか。では、去年産まれの一歳からご案内しましょう。あ、靴履き替えてきますので、少々お待ちください」

クロックスをカポカポ言わせながら母屋に走る俊二の背中に、二本松と鉄子は小さく頭を下げた。顔を上げると、鉄子は早速きょろきょろと視界に入る馬の姿を追う。小さな囲いの中から客の来訪を興味深そうに見ている二歳ぐらいの馬。遠くの放牧地で草を食べている母仔。

もちろん、よほどのことがないかぎり『一目で素晴らしいと分かる』ような馬に出会えるはずもないが、チェックを入れることが癖のようになってしまっている。師匠である二本松の癖がうつったのだ。

「さて、鉄子君。どう思う」

馬ではなく鉄子をじっと見ていた二本松がふいにニヤリと笑った。一見穏やかな目が、眼鏡の奥で意地悪く細められている。

「いい馬いるかどうかなんて、やっぱ分かんないですね」

「まあそれはね。我々調教師だってそんなに簡単に分かるはずがない」

「でも管理はいいです。繁殖も一歳も二歳も、肉のつき方、肌艶。みんな健康で機嫌良さそうで、あと」

「あと？」

「美味《うま》そうに見えます」

二本松は口元から笑みを消し、鉄子を見つめている。さすがに怒られるかな、と鉄子が首を竦めると、「僕もそう思う」と返された。


長靴に履き替えて戻ってきた牧場長の俊二は、売り込みのチャンスに嬉しそうな顔を隠さず牧場内を案内した。

「あの牡、父はパイロで、今年のサマーセールに出そうかと思ってまして。母馬が去年一昨年《おととし》と二年連続空胎だったんですが、あいつは元気に産まれてきてくれて」

俊二の説明に、二本松はほう、なるほど、と真面目くさった顔でメモ帳に文字を記していく。隣では、鉄子が馬の写真や動画をタブレットに収めていた。

「今年は何頭産まれたんですか」

「五頭です。ちょうど昨日、期待をかけていたのが産まれまして。予定日より一か月近く遅れたんですが、驚くほど元気です。なにせドラセナの四番仔、期待の男馬でして」

どこか勿体《もったい》つけたようなもの言いで、俊二は一番奥の馬房へと二人を案内する。馬房から繋がった囲いの中でドラセナが草を食み、仔馬が一生懸命にその乳を飲んでいた。ドラセナは見慣れない来訪者に首を上げて耳を絞ったが、俊二が「落ち着け、落ち着け」と声をかけると、耳を絞ったまま再び草を食べ始めた。

「ドラセナですか。現役時はうちの馬とよく競らせてもらったものでした。今でもこの筋肉とは、素晴らしいですね。仔もなかなか良さそうです」

「でしょう！　昨日の昼産まれで、調教師が最初の見学者です」

「父親は？」

当然の問いかけに、俊二がほんの一瞬だけ口ごもるのを二本松と鉄子は見逃さなかった。

「シダロングランです」

「ほう。シダロングランの産駒、初めて見ました」

二本松が平板なアクセントで反応する。鉄子は少しだけ眉根を寄せた。

「……『幻の三冠馬』……」

「そうなんです！」

小さく呟いたつもりだったが、俊二は鉄子の反応にどうしたことか、水を得た魚のように、オーバーに両手を動かして説明を試みる。

「新種牡馬で、産駒が実績を出すのはこれからですが、現役時代にあれだけ長距離路線を戦った馬ですし、発揮しきれなかったポテンシャルにこそ期待できるかと思いましてですね、はい。実はうちの先代が育成で預かった最後の馬でもあるんです。それで」

「なるほど」

どこか言い訳じみたような、それでいて押しの強い俊二の説明に、二本松はにっこりと笑って「じゃあ、鉄子君、この母仔もしっかり撮っておいて」と言ってまた何かをメモ帳に書き込んだ。

「はい」

鉄子は言われた通りに黒鹿毛と灰色の親仔を撮影し、『幻の三冠馬様の産駒』という新規フォルダを作成してデータを突っ込んだ。


「それでは、本日はありがとうございました、失礼します」

「ありがとうございました。気になった馬がいましたら、いつでもお問い合わせください。ご検討のほど、よろしくお願いします」

「こちらこそ、突然の訪問にもかかわらず貴重な馬を見せていただきまして。お世話になっている馬主さんたちにも相談させていただきます」

三人はお互いに深々と頭を下げ、二本松と鉄子は車に乗り込んだ。車が動き始めると、バックミラーに映った俊二は早々に頭を上げて母屋へと引き返していく。

来た道を引き返して菊地牧場の看板が見えなくなった頃、二本松が上着の内ポケットから先ほどのメモ帳を取り出した。

「鉄子君はどう思った？　今の牧場と馬」

「そうですね……」

鉄子はハンドルを握りながら、んー、とわざとらしく唇をへの字に歪めた。

「馬は悪くないと思います。あの規模と頭数なら、いい馬が揃ってると言えなくもない。でも、全体に詰めが甘い気がしますね」

「というと?」

分かってて言ってんなあこの師匠、と苦々しく思いながらも、鉄子はつらつらと考えを述べていく。

「牧場内の環境整備、来客の対応もそうですけど。サマーセールに出すっていうあのパイロの一歳、確か去年、当歳でセレクトセールに出そうとして弾《はじ》かれたってやつじゃないですかね。SNSで当時の従業員が嘆いてました」

セレクトセール、サマーセール、ともに競走馬のオークション、つまり競り市だ。競争馬のこういった競りは幾つかあり、それぞれ主催団体も異なる。このうち一頭あたりの落札価格がもっとも高い傾向にあるのがセレクトセールであり、選《え》りすぐりの当歳馬と一歳馬が扱われる。その舞台に出られないことはままあるが、それをSNSでうっかり公開するのは情報漏洩に他ならない。

「なるほど」

二本松は頷きながらメモ帳に鉄子の私見を書きつけていく。

「僕はそこ気づかなかったな。従業員のSNS利用法はうちの厩舎でも気をつけないと。ドラセナの昨日産まれはどう思った?」

「あー……」

鉄子は片手でばりばりと頭をかいた。眉間に再び皺《しわ》が寄る。

「ドラセナはいい馬でしたよ。ダイヤモンドステークスでうちのリノリュウがハナ差で競り負けた時も、仕方ないと思えましたし。あの仔馬も見た目は問題ない。でもやっぱり、種がねえ」

「そうだな」

二本松も同意するように頷く。

シダロングランは、かつてデビュー戦を八馬身差で勝ち、派手な登場の仕方をした牡馬だ。力強い末脚《すえあし》が特長で、直線を一気に追い上げる姿はその美しい芦毛と相まって『銀色の弾丸』とも呼ばれてクラシック制覇の期待を一身に受けた。

しかし、本命と目された皐月賞《さつき》の直前で屈腱炎《くっけんえん》を発症。八か月の療養の後に復帰し、芝長距離の重賞では幾度か馬券にも絡む活躍を長く続けた。それだけに、空白の三歳成績を惜しむ声が多く、いつしか『幻の三冠馬』と呼ばれるようになった。デビュー戦で二着になった馬が皐月賞とダービーを勝ったせいでつけられた、いわば負け惜しみも含んだ皮肉な呼び名でもある。

「先生は、どうするつもりなんですか？　俊基の弟さんはすごい推してきましたけど。悪い馬じゃないのはあたしにも分かりますが、馬主さんに薦めやすいもんじゃないでしょう」

「まあ、難しいなあ。シダロングラン……『幻の三冠馬』の、初年度産駒。……夢とロマンがお好きな馬主さんに心当たりがないわけではないから、話だけしておこうかな」

「夢とロマン、ね」

侮蔑の意図はまったくなく、鉄子は呟いた。

夢とロマンで飯が食えるほど甘い業界ではない。しかし夢とロマンなしに成立する業界でもない。それは二本松のもとで調教助手として働き、痛いほど身に沁《し》みてきたことだ。夢とロマンと現実と札束の合間で栄光を得た馬も、その陰で静かに消えていった人も、数え上げれば両手両足の指では足りない。

かくいう鉄子本人も、夢とロマンを原動力に騎手を目指し、予想外の身長の伸びのせいで諦めざるを得なかった身だ。しかしその夢とロマンの残滓《ざんし》があるからこそ、十二年間、辛抱強く調教助手という形で馬の仕事に携わり続けられている。

「鉄子君」

メモ帳を繰りながら、ふいに二本松が優しい、しかし芯の通った声を出した。思わず鉄子もハンドルを両手でしっかり握り、背筋を伸ばす。

「感傷も結構だけど、『業腹も業のうち、腹芸も芸のうち』。いつも言っているけど、自分の感情をうまく隠すのも、上手にアピールするのも、馬に携わる者の仕事のうち。人間に気取《けど》られるようじゃ、馬はもっと敏感に気づいてしまう。気をつけるように」

「へあい」

鉄子はわざと間の抜けた返事をして、ドアポケットから引っこ抜いたノンカロリーコーラをがぶ飲みした。トレーニングセンターで競走馬の管理をするということは、馬以上に人間が仕事相手であることを意味する。二本松はそれを自分に教え込むために、スタッフのシフトを強引にずらしてまで牧場巡りに連れてきたのだ。それが分かっているだけに、鉄子は茶化したような返事しかできない。この師匠はそれも織り込み済みだろうという気がした。

「さっきのドラセナの仔だけど」

「はい？」

急に話題を巻き戻されて、鉄子はコーラを飲み込みそこねて小さく咳をした。それに構わず、二本松はタブレットを取り出して鉄子が録画した映像を再生し始める。画面の中では黒鹿毛と灰色の母仔が平和な時間を過ごしていた。

「面白いかな。もしこの馬が走ったら」

『馬が走る』。競馬業界で語られるその言葉は、単に馬が走るということではなく、『結果が残る走りをする』という意味だ。鉄子が助手席にちらりと視線を走らせると、二本松は笑っていた。営業用ではない微笑《ほほえ》みだった。

「そうですね。もし走ったら、面白そうです」

頷いてから、鉄子は想像してみる。『幻の』なんて胡散《うさん》臭い冠をつけた新種牡馬の産駒が、とんでもない走りを見せる。そんなの、馬券購入者のことを言えないぐらいの、とんだギャンブルだ。しかし、当たればこんなに楽しいことはない。

「うん。メチャクチャ面白そうです」

鉄子の口からふふっと不敵な笑いが漏れる。感情をアピールすることも時に必要ならば、二本松に咎められることはないだろう。実際、師匠も満足そうに笑ってメモ帳とタブレットを鞄に仕舞った。

「さて、空港近くに漁協の直売所があったな。そこ寄って帰ろう。家内が毛ガニ食べたがっていてね。留守番してくれた厩舎のスタッフにもお土産に買わなければ」

「空港じゃだめなんですか？」

「空港の店だと明らかなハズレはないだろうけど、下手をすれば何千円か上乗せされた価格だからね。こういうのは直売に限るよ」

百万一千万、下手すりゃ億単位の馬や賞金をやりとりする世界の前線で働きながら、数千円の〝ぼったくり〟を惜しむ。十年以上も下で働いてきたけれど、うちのボスはよく分からん、と鉄子は再び唇をへの字に曲げた。

二　嵐に似たもの

春らしい暖かさが増した火曜日の早朝。茨城県美浦村にあるJRA美浦トレーニングセンターでは、週の初め独特の緊張感と、春のおだやかな空気が入り混じっていた。

練習コース前の広場では、これからコースに入る馬、一走りしてクールダウンしている馬たちが、乗り役を背にそれぞれのリズムで歩いていた。

大橋姫菜、通称鉄子は、今週末に出走予定の四歳馬の首を軽く撫《な》で、筋肉の張り、歩様《ほよう》、発汗の具合を確認していた。

「うん。順調に仕上がってきてる。木曜には予定通り全力の追い切りに移れるかな」

「本当っすか。良かったなあ、おい」

引き綱を引いていた若いスタッフは鉄子からのお墨付きを得て、嬉しそうに馬の首筋を撫でた。鉄子は馬の上からそれを眺め、ふっと笑みをこぼす。この若い厩務員《きゅうむいん》にとって初めての担当馬だ。この馬が競走除外されず順調にゲートに収まり、無事にレースを終えるたび、彼の喜びと経験は着実に積み上がっていくことだろう。

それと同時に、ホースマンの技量は知識や経験だけで決まるものでもない。馬と気が合うか、馬を愛しているか、馬の気持ちが分かるか。それらが複合的に関連し合い、『馬にとって付き合いやすい人間』かどうかが決まる。まだまだ業界では新人厩務員という立場だが、彼は馬に負けず順調に『仕上がってきている』。

少なくとも、自分が彼の歳の頃よりは順調だ。鉄子は苦笑いとともに過去の自分を思い出した。手綱が少し緩んだのか、馬が少し首を伸ばす。慌ててもとの通りに引くと同時に、体幹に力を込め直した。

二本松厩舎の敷地内には小さな喫煙所が設けられている。馬房と洗い場との間にある小さな中庭状のスペースの一角に、屋外用灰皿が一つとアウトドア用のベンチが二つ。

競馬関係者の喫煙率が特別高い訳ではないが、基本的には肉体労働であるせいか、仕事の合間に煙草と缶コーヒーを手に仲間同士リラックスする姿がどの厩舎でも見られる。世間で愛煙家がいくら煙たがられようとも、トレセンが全面禁煙になる日は来ないだろうと誰もが思っている。

鉄子も乗り役の仕事と馬の洗浄、給餌などの仕事を終え、つかの間の休憩時間を紫煙と共に満喫していた。

「おつー」

気の抜けた声をかけられ、振り返れば小柄で細身の男がヘルメットを脱ぎながら近づいてきていた。目が細く、緩やかに口角を上げているせいで常に機嫌良さそうに見える。その分表情が読めないことで、競馬ファンからは『ミスターのらりくらり』とも呼ばれているが、本人は気にしていない。むしろあだ名を気に入っている節すらある。

「お疲れーっす。俊基」

菊地俊基。美浦・二本松厩舎所属の騎手で、騎手歴十八年の中堅である。俊基は慣れたふうで鉄子の向かいにあるベンチに腰掛けると、煙草に火をつけ深く煙を吐き出した。

「鉄子さん、全休日に二本松さんとうちの実家行ってきたんだって？　カニはもうなかったけど、事務室のバターサンド、もらったよ」

「ああ、うん。日曜レース終わってから飛行機乗って、月曜の夜に帰ってくる弾丸出張。せっかく新台入れ替えだったのにさあ」

鉄子は唇を尖らせ、右手でハンドルを回す動作をした。

「この仕事で何がありがたいって、月曜休みで新台に朝から並べるってことなんだけどねえ」

「地方行かなくてよかったね。全休日ずれるから」

「ほんとそれ」

鉄子と俊基、共通の趣味であるパチンコの話をしばらく続ける。新しい台がどうだ出る店がどうだという曖昧かつ無益な会話を交わした後、鉄子はタイミングを計って訊《たず》ねた。

「聞かないの？」

「なにを？」

「実家のこと」

「あ、いい馬いた？」

「そっちかい」

家族は元気だったか、とかないのか、と鉄子は思ったが、口には出さなかった。昨日会った菊地牧場の社長の名は俊二。長男の俊基に代わり次男が牧場を継いだことになる。俊二が兄のことを特に話題に出さなかったことから、兄弟仲について特に言及すべきではない、と判断し、言葉を選んだ。

「規模の割に、……って言っちゃ悪いか」

「いいよ別に、零細牧場なのは分かってっから」

「ごめん。案外、ってやっぱ失礼な言い方になっちゃうけど、馬は結構いい感じに見えた。繁殖も健康そうで、大事にされているのは分かったし」

環境整備はなおざりになっていたが、馬にきちんと手をかけているのは明らかだった。逆の牧場よりは余程いい。

「パイロの男馬一歳と一、あと珍しいのがいたな。シダロングランの初年度産駒《さんく》」

「あー、あいつ種牡馬《しゅぼば》に上がれたのか。どれにつけてた？」

「ドラセナ。懐かしい名前だろ」

「あー、いたいた。懐かしい懐かしい。雨ん中粘られたっけなあ」

俊基はにこやかに頷《うなず》いた。相変わらず背後の感情が見えない。その表情のまま、不意に口を開いた。

「ああそうだ、うちの弟、俺と似てないでしょ。背かっこうとか、印象とか」

「え、あ、うん。顔はちょっと似てるとこあるから言われれば兄弟って分かるけど」

避けた話題を本人の口から出されて、鉄子は表情を取り繕う。

「なんか、人が好《よ》さそうな牧場長さんて感じだったな。性格は兄貴と正反対そう」

「ええー、俺、人悪いの？」

苦笑いしながら俊基は短くなった煙草を灰皿に押し付け、二本目に火をつけた。鉄子も手にした煙草を深く吸ってフィルターぎりぎりまで燃やしてから灰皿に捨てる。俊基は自分が振った話題を切るように、煙を吐く合間に口を開いた。

「鉄子さんのほうは、実家、一般家庭だっけ」

「うん、ごく普通の地方公務員家庭」

「よく競馬学校受けさせてくれたね」

「あー、親は反対したんだけど、母方のじいちゃんが、うちは中山《なかやま》で馬に関係した仕事してたことがあるとかナントカで賛成してくれてさ」

別に隠すことでもないし、家庭の敷地に文字通り踏み込んだばつの悪さもあって、鉄子は素直に答えた。

「歴史だなー。もしかして戦前からとか？」

「さあね。あたしも、あんまり詳しく聞いてないや」

ふーん、とさして興味もなさそうな声を上げ、俊基は腰を上げた。その目線の先を追うと、二本松調教師が事務所を出てこちらに近づいてきていた。

銀行員のようなきりっとした髪型と眼鏡とスラックス、組み合わせるのは安全靴に厩舎お仕着せのブルゾンというばらばらな立ちなのに、妙に似合っている。

てっきり俊基と追い切りの打ち合わせかと思いきや、「鉄子君、ちょっと」と手招きをされる。鉄子は小走りに近づいた。俊基は軽く手を振って更衣室の方へ歩いていった。

「なんすか」

「先週土曜日、フラッシュエイドのパドックについてなんだけど」

先週の土曜日、中山のメインレース、ダート一八〇〇メートルに二本松厩舎は五歳牡馬フラッシュエイドを出し、五番人気ながら直線で抜け出して一着の座を勝ち取っていた。鞍上《あんじょう》は上り調子の新人騎手で、いいところで果敢に仕掛けて結果をもぎ取ってくれた。調教師に咎《とが》められそうなことをやらかした記憶はない。

「何か問題ありましたっけ」

「君、パドックに自信満々の顔で臨んだだろう」

「ああ、ええ」

指摘されればその通り、フラッシュエイドはレース前の追い切りでもいい時計を叩きだし、機嫌も体調も良かった。これは勝てる、という確信が顔に出ていたらしい。

「SNSを見てみたら、『馬体はそれほどでもなかったけど、女の厩務員がこれ以上ないほどのドヤ顔してたから単勝買ったら当たった』という書き込みを見つけてね。録画で確認したら、確かに本当に人馬共に堂々と、パドックの外側ぎりぎりを大股で歩いている」

「すんません」

鉄子は素直に頭を下げた。自信がある時こそポーカーフェイスを装うべきだった。競馬は馬の競走ではあるが、その馬に乗るのも世話するのも賭けるのも人間だ。何もかも素直な感情を出していて良いわけがなかった。それにしても、北海道出張の時はSNSに疎いような話しぶりだった二本松が、ここ二日ほどでファンの呟《つぶや》きを拾えるくらいには使いこなせるようになったということか。

「あの日のフラッシュエイド、本当にいい調子で、絶対これ行けるって思えたんで、つい顔に出ました。今後は控えます」

「いや、続けるように」

二本松の意外な言葉に、鉄子は拍子抜けしながら顔を上げた。

「ルール上は何の問題もない。客に何を言われようが、他の厩舎から何を言われようが、あんな感じのパドック周回を心がけるように。ただし、他の馬を引くときも同様に。ごねている馬も、やる気がない馬も、内心自信がないのだとしても絶対にこの馬が勝つのだと思い込んで、堂々と歩く。いいな？」

「わっかりました！」

鉄子は満面の笑みで背筋を伸ばした。こういうところがあるからこのボスは好きだ。それこそ銀行員か学校の先生みたいな見た目の割に、中身は生粋のギャンブラーだと鉄子は確信している。もちろん、それを口に出すことはないが。

「じゃ、以後そういうことでよろしく」

「はい！」

指導タイムは存外軽く終了し、鉄子は時計を確認して喫煙所の灰皿の中身を片付け始めた。静かになった厩舎には馬たちが飼い葉を食べるごりごりという音と、スタッフが掃き掃除をしている音が響いている。まだまだ仕事は沢山あるが、二本松にパドックでのお墨付きをもらって鉄子の気持ちは上向いていた。

だからこそ、こんな時、高揚した気持ちに冷や水を浴びせるような言葉が勝手に蘇《よみがえ》ってくる。

『マスコミで持ち上げられていい身分だよなあ。お前の心臓、鉄でできてんじゃねえの。だから重いんだよ』

競馬学校で同期に言われた言葉を思い出して、鉄子は思わず眉根を寄せた。お前もあたしが辞めたあとに試験通んなくて退学したくせに。

「うっせ馬鹿死ね」

およそ三十過ぎとも思えない悪態を一つ、誰にも聞こえないようごく小さく吐き出して、鉄子は洗った灰皿をやや乱暴にホルダーへ戻した。馬を驚かせるような音を出さないよう、身についた習慣があたしの誇りだ。だれにも文句は言わせない。ふいに蘇って収まらない苛立《いらだ》ちは、馬に接するときまでに収めなければ。鉄子はそう自分にいい聞かせた。

「すみません、自分の不注意で。本当にすみません」

入院病棟特有の妙な静けさの中、マサはひたすら頭を下げていた。とはいっても、ベッドに寝そべり、ギプスで固められた右足を吊られているので、首だけを動かしている形である。

「いいって。なんも、仕方ない。仕事中でのことなんだから」

俊二は傍らの椅子に腰かけながら、可能な限り穏やかな声を心掛けた。

「でも、車で事故るなんて。これからが忙しい時期だってのに」

「いいから、気にすんな。今はゆっくり休んで、早く治すこと考えろ。な？　人間は馬と違って足の骨ポッキリいっても予後不良にはなんねえんだし」

はっはっは、と場を和ませるつもりで大きな声で笑い飛ばしたが、マサは「はい……」と引き攣《つ》った笑いを浮かべるだけだった。

「とにかく、今は寝れ寝れ。馬飼いは入院してる時が一番寝られるんだから。着替えはお前の部屋からテキトーに持って来るぞ。あと何か必要なものがあればスマホで連絡入れてくれ」

「はい、すみません。よろしくお願いします」

お大事に、という言葉を残して、俊二は廊下に出る。ベッドの上のマサからは見えないことを確認して、はーっと大きな溜息をついた。

「まったく。自爆とか、勘弁してくれ……」

昨日、マサは牧場の軽トラックで備品の買い出しにいった帰り、単独事故を起こした。キツネの飛び出しに驚いての路肩転落。軽トラックは運悪く横転し、さらに運悪くマサは右足の単純骨折。しばらく入院となった。軽トラックも車体の主要なフレームが曲がって廃車。人も車も保険はきくし、マサも完治可能な骨折だったのは本当に良かったが、そもそも人手不足の牧場としては大痛手である。

菊地牧場ではフルタイムで働いているのは社長の俊二と正社員扱いのマサ、二人だけだ。他、馬房の掃除や給餌などの単純作業は通いのパートを雇っているので、ある程度は調整がきくものの、俊二とマサが担っていた若馬の騎乗訓練はどうしたって人員が足りない。

これまで牧場内で賄っていた一歳馬の育成と訓練を他の施設に委託すべきか。その安くはない費用を捻出するには今いる当歳をどれぐらい高く売るべきか。頭の中の電卓をいくら叩いても明るい未来は見えない。

俊二がとぼとぼと駐車場を歩いていると、上着の中でスマホが鳴った。夜の給餌のぶん勤務時間を延ばしてくれるよう頼んでおいたパートさんからの返事だろうか、と思いながら画面を見ると、地元農協の担当者・小野寺《おのでら》の名前が表示されている。

「はいどうも、菊地です。保険用の診断書、問題ありましたか……え？」

『診断書は問題ないです。菊地さん、手が足りなくなって大変だって言ってたでしょう。なんかね、さっき、農協に「生産牧場で働きたいんですけど」って直接乗り込んできた女の子がいてさ』

やけに早口な小野寺の声に、俊二はうーんと呻《うめ》いた。この手の突発的な実習・就業希望者というのは時折ある。素人でも熱意があれば長続きするケースもあるし、その逆に自称経験者が見習い期間中に夜逃げしたという事例も珍しくはない。

「うちは性別どっちでもいいんですけど。ソシャゲで馬にかぶれた素人とかはさすがに……」

断るつもりで俊二は答えた。マサの今回の事故は交通事故だが、熟練のホースマンでも時に馬に蹴られて重傷を負うことも珍しくない、危険を伴う業種だ。馬を知らない初心者に一から仕事を教える余裕は今の菊地牧場にはない。

『いやそれが、長期での牧場勤務は未経験らしいけど、馬乗りはプロ級みたいよ。畜学の馬術部でインカレまでいったっていうから』

「えっ、本当ですか！」

俊二は思わず大きな声を上げる。馬術経験者ならば少なくとも馬の世話、飼養管理など基本的なことは分かっているはずだ。乗り役も期待できるかもしれない。

『興味ある？　興味あるなら、今から連れてくから、ね！　よろしく！』

早口かつ明るい声で通話は切れた。一方的に話を進められたことに違和感はあるが、良い縁というのは案外こんなものかもしれない。

俊二は浮かれながら家まで車を急がせた。捨てる神あれば拾う神あり、と、都合のいいことわざまで頭に浮かぶ。何せ畜学の馬術部だ。

畜学とは、畜産学園大学の愛称だ。札幌《さっぽろ》近郊にある農業系私立大学で、馬術部は全国屈指の強豪。牧場勤務や育成研修を経て厩務員や調教助手、さらには調教師になったＯＢも多い。さらに軽種馬の獣医師にはここの獣医学部の卒業生もごろごろいるという、北海道の馬産に縁の深い大学である。

俊二が小さくない期待を胸に自宅に戻れば、すでに農協の白いライトバンと札幌ナンバーの黒い軽自動車が停まっているのが見えた。慌てて車から降りると、農協の小野寺の姿と、彼より頭二つぶん小さい女性の姿が見えた。

「すみません、お待たせして」

「あー菊地さん。こちらこそ急にごめんね。マサ君大丈夫？」

「ええ、なんとか」

挨拶を交わす小野寺の陰で、件《くだん》の就業希望らしき女性が放牧地を眺めている。背が低く、細身。ふんわりとした古風なワンピースを着ているが、背筋がまっすぐだ。馬乗りの体だな、という印象を俊二は抱いた。染めていない真っ黒で長い髪を後ろで束ね、短く切りそろえられた前髪の下でやや吊り上がった目が勝ち気そうに見える。このまま新人女性騎手だと紹介されても納得してしまうかもしれない。

「こちら、菊地さん。ご挨拶を」

「綾小路雛子《あやのこうじひなこ》です。よろしくお願いします」

「ああどうも、社長の菊地俊二です」

マンガのお嬢様みたいな名前だな、と俊二は思ったが、もちろん口には出さなかった。

「電話で言った通り、綾小路さん、畜学で馬乗ってたそうだから、馬の扱いも慣れてるし、乗り慣れてもいるんで」

「そうか、ちょうど乗り役が怪我で入院してるから助かるよ。綾小路さん、馬術はどんな種類の?」

「障害馬術です。競馬の調教は未経験ですが、教えていただけたら全力で習得します。あと、現場で綾小路とは呼びづらいと思うので、アヤとでも呼んでいただければ」

「頼もしいな」

俊二は感心して頷きつつ、もうすでに雇う流れに持って行かれてないか？　と妙な予感にかられた。

小野寺の説明によると、彼女はスーツケース一つと履歴書を手に、突然農協の事務所に現れたのだという。個人の事情で畜学の獣医学部を中退した後、各地の牧場などで働いていたが、本格的に馬産に携わりたいと思い立って飛び込みで就職活動をしているのだそうだ。

「なるほどねえ、それで日高に」

無茶で非常識な就職活動、とまでは俊二は思わなかった。この業界、夏にバイク旅行の若者がアポなしで訪れて「ここで働かせてください」と懇願する、というような話は時折聞くし、そこから馬産にのめりこんでＧＩ馬を出すホースマンになったという話もままあるのだ。アヤの場合、乗馬経験者というだけでこちらのハードルは低くなる。

「あの、できれば住み込みだとありがたいんですが、もし駄目なら車中泊しつつ通わせていただきながらアパート探します」

「いや、そこまでしなくても、菊地さんとこ従業員用の部屋多めにあったよね？　マサ君も住み込みだし、綾小路さんさえよければ受け入れ体制は大丈夫だよね？」

「ああ、ええ、まあ。増築した従業員部屋、空きは二部屋あるんで大丈夫ですけど」

マサの怪我のこともあり、すっかり受け入れる前提で話が進んでいる。俊二は小野寺の態度に何となく不審を抱きながらも、二人を事務所に案内し、綾小路雛子にまず住み込みアルバイトとなってもらうことで話を進めた。

一から従業員の募集をかければ手間も時間もかかるし、ひとまずこのお嬢さんに働いてもらって馬の扱いなどを見て、うちの牧場との相性が悪ければやめてもらえばいい。そう軽く考えていた。

綾小路雛子、通称アヤはアルバイトとしての契約書を取り交わした後、早々に車に乗って江《え》別《べっ》市のアパートに帰っていった。なにせ片道二時間以上はかかる距離だ。しっかり荷物などを整えて、三日後から菊地牧場の従業員用の部屋に下宿しながら仕事をスタートさせる運びとなった。

「そこの馬房、母親が神経質だから気をつけてな」

「はい、分かりました」

実際に働かせてみると、アヤの飲み込みの早さと馬の扱いのうまさに俊二は舌を巻いた。馬の基本的な世話のやり方が頭に入っているので、この牧場のやり方を教えるだけで仕事の流れは把握してくれる。馬の手入れ、距離の取り方、なだめ方なども体に染みついていた。

では乗り役としてはどうか、と、繁殖に上がった今でも比較的穏やかな牝馬に乗せてみたところ、多少遠慮と緊張は残っているが、的確に馬をコントロールしてみせた。そして何より、馬の考えの一歩先を読み、指示するのがうまい。だから無理をさせず、信頼されるのも早かった。現役の頃から今に至るまで気難しいところのあるドラセナでさえ、たった一週間でアヤに甘えるそぶりを見せ始めた。正直、ホースマン歴五年のマサより懐いていた。

「じゃ、俺は事務所戻るから。アヤちゃん、夜飼い前の収牧、頼んでいいか」

「はい、大丈夫です。何かあったらスマホで連絡します」

今のところ、雇い主の俊二に対しても、パートの女性陣に対しても、アヤの態度は問題ない。従業員部屋は母屋に連なる離れにあり、食事は菊地家の家族とともにとることになるわけだが、専務である母・千恵子とも食事を用意する妻・さゆりとも、うまくやってくれている。夜などは、小学五年生の娘・葵が宿題の質問をすれば快く教えてくれる。畜学在学時は家庭教師のアルバイトをしていたそうで、教え方もうまい。あわよくば、今後新人の指導役も期待できるかもしれない。

……これは、「当たり」なのではないだろうか。

人に使うには多少不適切な表現だが、俊二は率直にそう思っていた。

まだ雇用して十日も経っていないが、早くも俊二はアヤを正規の従業員として雇おうかという気になっていた。マサが復帰しても、従業員二人体制を導入するだけの意義はある。礼儀正しいアヤが今はまだ多少猫を被っているかもしれないことだけが不安だが、それは雇用側の菊地家にしてもそうなのだから、お互い様だ。今後、相性に綻《ほころ》びが生じたとしても正す努力をすればいい。そう思えるだけの雇う価値が彼女にはある。

気になることがあるとすれば、「どうして畜学をやめたのか」と訊ねた時のことだ。畜学の獣医学部といえばそれなりに倍率も高い人気学部だ。馬術部でもインカレに出場するほど活躍していたのなら、なおさら退学した理由が気にかかる。

アヤの返答は「いろいろと、個人と家庭の事情で」とのことだった。そう言われると、高額な入学金と授業料がかかる畜学のことだ、その「事情」をそれ以上掘り下げて訊くわけにもいかず、俊二はそれ以降その話題を口にすることはなかった。

畜学中退の件はそれで良かったが、履歴書に書かれた職歴にはずいぶんと多くの牧場名が並んでいる。道内のみならず青森、福岡の牧場名もある。いずれも名前を聞いたことがないので、有名な生産馬を出していない小牧場なのだろうと思われた。

数々の牧場というのは問題ないにせよ、各牧場を短いスパンで渡り歩いたようだ。長く腰を据えなかった、あるいは据えられなかった理由があるのだろうかと邪推してしまうところだ。

俊二は作業の合間にさりげなく訊ねてみることにした。

「そういやアヤちゃん、九州から北海道まで随分色んなところで働いたんだな」

「ええ、牧場それぞれの色々な考え方ややり方を学んでみたかったものですから」

そつのない答えを笑顔で返されると、それ以上は突っ込んだことを訊くのも憚《はばか》られ、俊二はひとまず疑問に蓋をした。

現実問題、働きに難がなければそれでいい。実際、アヤは馬の扱いが丁寧で、最近では特にドラセナ親仔が懐いている点がもっとも心強い。ドラセナの仔、愛称ドラ夫《お》は俊二のお気に入りだ。両親の性質を受け継ぐと気難しい性格になるのではという懸念材料があったが、今のところ問題なく成長している。運動場では早くも同じ頃に産まれた仔馬の先頭をきって走り回り、心配性のドラセナと俊二をハラハラさせることもたびたびだ。このまま怪我なく育って行って欲しい。それにはアヤの丁重な管理が不可欠である。

そう思っていた。


一か月のアルバイト採用を経た後、正式に従業員として雇用して数日後から、アヤは社長である俊二に向かって率直なもの言いをするようになってきた。自分の職場環境や経営方針に関してではなく、主に馬の飼養環境についてだ。

寝藁《ねわら》の掃除や夜飼いなどの作業がいち段落し、移動の時間などに顔を合わせると、アヤは「あの、社長」と言いながらつかつかと近寄ってくる。

「私ここに来てからずっと思ってたんですけど。馬房の面積、もっと広くすべきなんじゃないでしょうか。特に母仔の馬房。ドラ夫は元気ですから、拡張して、敷料《しきりょう》ももっと厚めにした方が馬のためになるんじゃないかと思うんです。麦稈《ばっかん》のところもオガクズに替えて……」

そんな調子で一方的にまくしたてるのだ。確かに言っていることは馬のことを考えれば望ましい提案であるし、一考の余地はあるのだが、実現可能かといえばそう簡単な話ではない。特に、零細経営の菊地牧場ではなおさらだ。

「そりゃ確かにそうした方がいいんだけど、予算のこともあるし、すぐにはなあ……」

俊二が却下したり煮え切らない返答をしたりすると、たちまちアヤは眉を吊り上げ、「じゃあいいですっ」とその場を去る。しつこく食い下がってきたり、馬の前で不機嫌を顕《あら》わにしたりしないだけマシとも思えるが、そんな態度をとられれば俊二とて愉快ではない。

それでも、牧場のことを考えて提案してくれたのだ、なにせ彼女は技術があるし、多少の態度の悪さはこちらが大人になるべきだ。そう誤魔化し誤魔化し、日々は過ぎた。

その日は水曜日、アヤにとっては週に一度の休日だった。俊二よりひとまわり歳上で体格のいい男が大型のピックアップトラックで菊地牧場を訪れ、革の前掛けを身につけた。馴染みの装蹄師《そうていし》の吉野《よしの》だ。

「んー。元気そうで何よりだよドラちゃーん。はいはい。いいから。なんもよ。大丈夫だから。はいはい」

俊二が馬房の間の通路にドラセナを立たせ、吉野が猫なで声をかけて後ろ脚を軽く叩くと、それを合図に馬は蹄《ひづめ》を上げ、吉野が膝でそれを固定する。流れるような作業だ。

吉野は腕のいい装蹄師だ。技術もさることながら、馬に穏やかな声をかけながら宥《なだ》め、短時間で的確に仕事をこなす。もともとは父親の牧場を継いで小規模な生産牧場経営と装蹄師の二足のわらじを履いていたが、三年前に牧場のほうを畳んで専業の装蹄師になった。菊地牧場では装蹄と削蹄を全て吉野に任せている。

吉野は専用の爪切りやヤスリを駆使し、ドラセナの蹄を順々に確認し、削り、専用の油脂でケアしていった。昔からの知己とあって俊二との会話は弾むが、手は止まることなく作業を続けている。

気難しいドラセナも、馴れた吉野には安心したように蹄を任せている。馬房に残されたドラ夫だけが、母と距離をおかれてヒンヒン言いながら落ち着きなく馬房内をうろついていた。

「今日マサ君いないのな。休み？」

「あー、マサは先月、軽トラ路肩に転がしちゃって。足折って町立に入院中です。来週あたり退院の予定で」

「えーマジで。大変だなそりゃ」

「でも今代わりに雇った女の子が結構使えるんで助かってます。馬の扱いなんてマサよりうまくて」

「ああ、それでか。妙に裏掘りがきれいだと思った。いや、マサ君もちゃんとしてんだけど、マサ君より丁寧ってか。いい子雇ったねえ。どこで見つけたの」

「なんか本人が仕事探して農協にいきなり来たとかで。最初は俺もどうしようかと思ったんだけど、大学の馬術部出だから馬も乗れるってんで。名字が綾小路で馬術部ってんだから、マンガみてえとは思ったんですけど。でも実際乗るのうまいし……」

なんとなく説明が言い訳がましくなってしまったが、悪いことを言っているわけではない。

俊二はそう思っていたが、吉野はなぜかするする動かしていた手を一瞬止め、眉間に皺《しわ》を寄せていた。

「大学の馬術部、綾小路……どこの大学だって？」

「畜学の獣医学部だって話です、確か」

「もしかして、二、三年前に卒業した女の子か？」

「そうですね、あ、中退だから卒業してないですけど、確かだいたいその年代です」

それを聞いて吉野の顔がぐしゃりと歪んだ。眉間の皺が特に深い。なにか、と訊ねようとしたが、深い溜息に遮られた。

「お前それさあ。覚えてねえか、五年ぐらい前、畜学のゼミからとんでもないアンケートきたの」

吉野はドラセナの爪を丁寧に削りながらも、合間に発する声は重い。

「アンケート？」

「競走馬の飼養環境についてのアンケートでさ。厩舎のスペースとか、獣医にかけてる金とか、結構込み入った内容のアンケートが来たんだよ。農水省の補助金つきでやってるってやつ。道内の競走馬出してる牧場、軽種も重種も全戸に配付してたらしいけど、お前覚えてないのか？」

「ああ、受け取ってたかもしれないですけど……五年前なら親父の病気でちょうどゴタゴタしてた時期なんで、目だけ通して回答してないかもしれないです」

「そうか。親父さん大変だったもんな。いや、それでそのアンケート、農水が関わっているっていうし、なにより畜学ならなんだかんだで俺ら馬屋も関わりあったりするから、学生さんのためならって答えられる範囲で回答したわけよ」

なるほど、と俊二は頷いた。小規模の牧場だけでなく、何十人、何百人という人員を抱える大牧場ならば、従業員の中に畜学の卒業生も多いことだろう。ただでさえ馬産は縦横斜めの繋がりが多い。若者の研究に協力してあげよう、というのはごく自然な流れだ。

「てっきり提出しただけでどっかの資料になって終わりだと思ってたのさ。したっけ、三か月後に封筒が来てな」

「お礼の手紙ですか？」

「お礼ってか、アンケートの結果まとめたモンだよ。それがさあ、こっちが親切心で時間とって答えてやったっていうのに、『あなたの牧場の飼養環境を点数化したところ〇〇点、今回のアンケートに回答した牧場〇〇軒中〇位でした』って書いてあんだよ。ご丁寧に牧場のランキング表まで添えてな」

「うえっ」

俊二は目を瞠《みは》り、思わず悲鳴に似た声を上げた。ドラセナが少し耳を伏せたので、声を落とす。

「いや、何ですかそれ。点数化？　しかもランキング？　何のために？」

「分っかんねえ。分かんねえけど、ふざけんでねえって話だろ？　俺んとこはまあ真ん中あたりだったけどよ、それでもいい気は全然しねえわけよ。あの牧場この牧場はうちより上、ってのを実名で見せつけられるんだからさ」

馬屋は少なからず体面や面子《メンツ》を気にするところがある。それを勝手に点数化され順位付けされて、しかも牧場名を公表されるなど、たまったものではあるまい。実際、吉野も今の説明をしていながら自分の順位は明かしていないのだ。下位ということにされた牧場などはさらに腹に据えかねていることだろう。

「そりゃそうですよ……たとえランキング表がなくたって、親切心で答えたアンケート結果を勝手に点数化されて順位つけられて何位って言われるなんて、腹立たないわけがない。ましてや農水の金使ってでしょ？　その学生も、担当教授も何考えてんだって話じゃないですか」

あり得ない。法的にこそ問題はないのかもしれないが、モラルとしては本当にあり得ない話だ。

「ほんとよ。回答した他の牧場ももちろんぶち切れてな。うちの組合長が代表して畜学に文句言ったんだ。そしたら、その教授はもう定年で退職してて、ゼミも解散してるから対応できないってさ」

「定年間近で自分は責任負わなくていいから、学生の好きにやらせたってことですか……」

「一応、アンケートの結果を論文とかでネットに公開したり残したりするのだけはやめてくれって学部に頼んでさ。当然、他の馬産地からも相当突き上げ受けてたらしくて、調査実績自体が闇にブッ込まれてなんとかこの件は収まったらしいけどよ」

「当たり前ですよ、そんなの、馬主や調教師に見られたら沽券《こけん》どころか収入に関わります。しかも学生が結果から勝手に評価点つけたものなんでしょ？　信頼性なんて何にもないのに、結果ばっかりが勝手に独り歩きしかねない」

あり得ない、と首を横に振りながら、俊二はふと思い至る。

そういえばこの話題、アヤのことを話したことがきっかけではなかったか。嫌な汗がじわりと背中に滲《にじ》むのを感じ、ドラセナの綱を持つ手が少し強張《こわば》った。

「よその牧場の中には、この一件で畜学生は信用ならねえってんで、しばらくスタッフ募集の時も畜学卒は履歴書ではねたり、畜学卒の従業員が他の従業員からチクチク責められて肩身の狭い思いしたとこもあるってよ」

「……もしかして、その調査やらかした学生、ってのが……」

俊二の問いに、吉野は気まずそうに頷いた。

「忘れようにも忘れらんねえ、綾小路だった。下の名前は忘れたけど、女だったな」

特徴的な名字だ。同じ学校に、『綾小路』が二人いる可能性もゼロではないが、その確率は低かろう。

「菊地。もしかしてお前、その学生雇ったのか?」

吉野の声からは、アンケートのことを説明した先ほどの怒りの気配は消えていた。その代わりに、労《いたわ》りと、どこか憐《あわ》れみのような響きさえ感じる。

俊二は吉野から目を逸《そ》らして頷くのがやっとだった。

しばらくの迷いはあったが、結局、俊二は吉野から聞いた話を強いて頭の外に追い出すことにした。大丈夫だ。多少空気を読めないところがあるにせよ、過去にどんなことをやらかしていたとしても、真面目に仕事してくれれば問題はない。ましてや、学生時代のゼミでの出来事について聞き出す必要も、多分ない。当歳の頃は人間の言うことを聞かなくて競走馬になれるか危ぶまれても、のちに重賞勝ちをした馬だっているのだ。若い頃の一時期を切り取っただけで人の評価はできない。

せいぜいトラブル防止のため、オークションや種付けなど、外に出て人に会う機会には留守番をさせておけば……そう自分の心を落ち着かせていた。

吉野から話を聞いて三日後の午後。事務所で書類作業をしていた俊二のスマホに、アヤから連絡が入った。

『あの、なんか乗馬用みたいなトレーラーが来たんですけど』

「あ、織田《おだ》さんだ。言うの忘れてたな。今日、リリー回収の日なんだよ。今行く」

馬房の傍には大型RV車に牽引された馬運搬用トレーラーが停まっている。車の中から細身の女性が姿をあらわした。年齢は五十歳ほど、履き慣れている乗馬用ブーツとキュロット、そして防護ベストを身に着けている。織田佳恵《よしえ》。浦河《うらかわ》町内で小規模な乗馬クラブの運営と、乳母《うば》馬のレンタル業をしている女性だ。

乳母馬とは母馬が仔を拒絶したり乳が出なかったりした場合、文字通り乳母として代理の母となる馬のことである。

大抵は同時期に分娩をした温血種の馬がその役に充《あ》てられ、菊地牧場も今年、初産で我が仔を拒絶した母馬ドナマレーナに代え、織田から乳母リリーをレンタルしていたのだ。乳母馬ではなく人間の手で授乳をして育てる方法もあるが、手間がかかるうえ人間に馴れ過ぎて馬同士の社会性を獲得できないまま育つリスクがあるので、必要な時があれば俊二はできるだけ乳母馬を頼むことにしている。レンタル代は安くないが、織田の育てる乳母馬は皆素性が良く、今まで問題が起きたことはない。

今年来てくれたリリーはベテランで、実にかいがいしく義仔の面倒を見てくれた。その仔どもも大分大きくなったので、離乳の時を迎えたというわけだ。

俊二はリリーたち義親仔が放牧されている区画に行き、仔馬同士が駆けっこに夢中になっている隙を見て、リリーだけを囲いから出した。そのまま仔馬に気付かれないように気をつけて放牧地から見えないところまで連れて来る。母馬と思っているリリーが突然いなくなったと分かれば仔馬は鳴くだろうが、乳母かどうかにかかわらず、どの馬も母との別れは経験することだ。かわいそうに思えるが、それが競走馬としての第一歩でもある。

俊二はトレーラーに乗る準備をしているリリーの鼻面を撫でた。サラブレッドではなかなか見ない尾花《おばな》栗毛のリリーは人に馴れていて、大人しく撫でられるに任せている。

「リリー、今年もありがとな。来年も頼む……ことにならなきゃいいんだけど」

「まあそうねえ。うちの出番がない方が牧場さんはいいよね、本来」

織田ははっと朗らかに笑いながら、リリーの綱を引いてトレーラーに乗せた。全てが終わり、俊二は織田と払い込みの最終金額について打ち合わせてから改めて頭を下げる。

「織田さんとリリーのお陰で今年も助かったさ。ありがとう」

「なんもなんも。リリーの実仔の方も人工哺乳で元気に育ってね。リリーの仔なら引き取りたいっていう乗馬クラブもあるし。幸先《さいさき》いいわー」

乳母馬の産んだ仔は要らない馬として殺処分されることもあるが、織田は人工哺乳を経て人間によく馴れた乗用馬に育てるのを得意としている。若い頃、生産牧場で働いて金を貯め、現在の仕事を始めたと聞いている。酸いも甘いもかみ分けたホースマンであり、俊二も彼女から学ぶところは多い。

「今年は新種牡馬が多いから、各牧場さんもいろいろ賑やかでね。ソシャゲの影響か新しいファンや馬主さんも多いし、業界が賑わうのはいいことよね」

「ああ、新種牡馬といえばうちも一頭……」

俊二が織田と情報交換を兼ねた世間話をしていると、ふいにアヤが大股で近づいてきた。急に冷や水を浴びせるように顔をしかめて俊二の前に仁王立ちになる。

「あの、社長。リリーが帰るなら、なんで事前に日時の共有してくれなかったんですか」

「ごめん、朝のミーティングで伝え忘れたこちらのミスだ。申し訳ない」

「仔馬の離乳になるんですから、こっちも準備しないといけないわけですし」

俊二が謝ってもアヤの怒りはやむ様子がない。来客の前にもかかわらず、だ。

「ちょっと、そういう話はお客さんが帰った後で聞くから」

なるべく穏便に言ったものの、アヤは唇をへの字に曲げたまま、踵《きびす》を返して馬房へ向かっていった。来客の前で機嫌の悪さを隠そうともしない。

連絡ミスは確かに俊二の落ち度である。だが、身内ではない馬屋のいるところで上司に文句をつけ、謝っても文句を言い続ける行為はいただけない。

その辺が分からない様子なのは社会経験が足りないのか、それとも性格からくるものなのか。

俊二は溜息を堪《こら》えつつ、にこやかに織田に向き直った。

アヤの姿が見えなくなってから、なぜか織田は困ったような顔をしてアヤが去った先を見ている。
「あの、違ったらごめんなさいなんだけど。もしかして今の、畜学にいた、馬術部出身の、綾小路さん?」

「ええ、そうですけど……」

織田は障害馬術を趣味としていて、競技者の馬を預かりながら自身もアマチュアの大会に出場している。ならば大学の元有力選手だったアヤの顔を知っていても別に不思議ではないが、本人に直接言わないのと、幽霊を見たような表情は一体どういうことなのだ。俊二は嫌な予感がしつつ、声を潜めた。

「……まさか、なにか、あったんですか、綾小路に」

「あのね。うちじゃないんだけど、前に知り合いの養老牧場がね、綾小路さんから乗馬を引退した馬を預託されたそうなの」

織田はブーツの踵《かかと》で地面の土をつつきながら、少し言いづらそうに続けた。

「名前なんていったかな。忘れたけど、もともとは中央で二勝ぐらいして引退した馬で、その後畜学の馬術部に引き取られたんだって」

「へえ」

中央競馬、地方競馬にかかわらず、引退した競走馬は繁殖に上がるか、乗用馬になるか、その他かだ。その他には研究馬、神馬《しんめ》などが含まれるが、食肉として処分されるものが一番多い。大学の乗用馬となれたのなら、幸運な部類といえる。

「馬自体は良かったの。馬術競技で国体まで出たって話で、扱いやすいし人に馴れてるから子どもを乗せて引き馬もできたって。でも、どんないい馬でも年取るとパフォーマンスが低下するでしょう。それで馬術部にもいられなくなってね。綾小路さんを中心とした学生メンバーで、養老牧場に預けたんだって」

「そう……なんですか」

乗用馬を引退した馬は、やはり肉か、馬主によほど思い入れと経済的余裕があれば養老牧場で死ぬまで面倒見てもらえる。だが、織田は暗い表情のまま続けた。

「ただね、そのうち、預託料が払われなくなってきて。学生さんだから、自分だけではまかないきれなくてネットで支援者を募ったり、クラウドファンディングで頑張ったんだけど、なかなかお金が集まらなかったって聞いた」

「それは……まあ」

ただでさえ馬術は金も手間もかかるうえ、畜学は理系私大でどの学部もそれなりに授業料は高い。その上で引退馬の預託料まで出してくれるような金持ちで寛大な親でもいない限り、学生が預託料をまかなうのは難しいだろう。俊二は重い気分で呻いた。

「じゃ、その馬は……」

殺処分。馬に携わる人間はそれを決断しなければならない時もある。そして、望んでそれを行う者などほとんどいない。その苦さを誰もが大なり小なり飲み込んで、馬飼いの世界は成り立っている。

「うん、当然そういう流れにはなるよね。しかも、もともとエビやってたのが悪くなって、馬の年齢ももう二十歳ぐらいで、そこから蹄葉炎《ていようえん》まで発症しちゃって」

エビとは、正式病名を屈腱炎《くっけんえん》という。脛《すね》の腱が炎症を起こした状態だ。ひどいと腫れたところが海老《えび》の形のように膨れるためエビとも呼ばれている。

屈腱炎はすぐには死に直結することはなく、むしろ速く走れる馬特有の症状ともいえるが、蹄葉炎の方はいけない。蹄の奥がひどい炎症を起こして歩くこともままならなくなり、組織が壊死《えし》する。さらに悪化すると予後の検討が推奨される——つまり、安楽死を勧められる致命的な病だ。

「蹄葉炎なら、かわいそうだけど仕方ない」

「そうね。適切な時に終わりにしてやるのが馬屋の優しさでもあるよね。けど、その綾小路さん、なんとか馬を助けたいって、ネットや人づてで獣医さんに助ける方法を聞きまくって、安楽死を勧められるたびに獣医さんに嚙みつきまくったんだって」

「ええ？」

俊二は抗議にも似た声を上げた。獣医師の判断が常に百パーセント正しいわけでも、現場の意見と完全に一致するわけでもない。俊二だって獣医師と意見が合わずに話し合いをすることはある。しかし、基本的に彼らはプロフェッショナルであり、自分の意に沿わないからといって『嚙みつきまくる』とは、穏やかではない。俊二はさっきのアヤの強い口調を思い返し、あの様子ならあり得ないことではない、と納得できてしまっていた。織田は苦い顔で続ける。

「預託自体も、お金払ってもらえないならうちでは預かれないって言われるたびに、やれ馬がかわいそうだと思わないのか、やれ人の心はないのかとか嚙みついて」

「全方位に砂掛けまくってるじゃないですか、そんなんじゃ」

「で、いろんな養老牧場や乗馬クラブに移動させては治療費含めてお金を踏み倒したうえに砂掛けていくもんだから、当然、関係者に話は伝わるよね。『チクガクのアヤノコウジ』には気をつけろ、って。生産牧場さんは知らないだろうけど、乗馬業界ではちょっと有名な人なの。悪い意味で」

はあー、と俊二は織田の前にもかかわらず、溜息を止められなかった。ひくつく目の脇を右手で揉みながら、もっと深く息を吐き出す。

馬産の現場にはさまざまな人間がいる。情に厚い者、馬が好きという気持ちでやっている者、馬が好きでなくとも商売が上手《うま》い者。何らかの理由で、それぞれの形で馬に携わり続けている。考え方は皆異なって当然だ。

しかし、どんな人間も破ってはいけない絶対的なルールというものは存在する。簡単だ。払うべき金は払う、ということだ。どれだけ人格や語る理想が立派でも、金離れが悪い、または適切でない人間は一切信用されない。

織田はもともと人当たりが良く、さまざまなところに出入りして広く信頼を得ている馬屋だ。基本、口が堅く、他所《よそ》で見聞きしたことや噂などを安直に話したりはしない。

その織田が警告を寄越してきた、ということは、自分のところで雇っている『チクガクのアヤノコウジ』は、相当なのではないか。

「……教えてくれてありがとうございます。多分、そのアヤノコウジだわ、うちの従業員」

「ごめんね、こんなこと言いたくはなかったんだけど。事前に知っておくのも、うまくやっていくには一つの方法かなって、勝手に思ったもんだから」

「いや、なんも。助かりました。ちょっと、こちらでも気をつけてみます」

心底申し訳なさそうな織田に、俊二は深く頭を下げて礼を言った。車に乗り込む織田を見送りつつ、心中は顔ほどに穏やかではない。

牽引トレーラーの中に収まったリリーは落ち着いたもので、鳴き声も床を踏み鳴らす音も聞こえてこない。対して、さっきまでリリーを母と慕って過ごしてきたドナマレーナの仔は放牧地でヒンヒンと鳴き始めていた。突然の乳離れを強いられ置き去りにされた仔馬を慰めているのか、アヤが何かを語りかけている声が聞こえてきた。

「ヒュー……」

変な音がして俊二が振り返ると、馬栓棒《ませんぼう》をすり抜けて逃亡してきたのか、ドラ夫が後ろに立っていた。情けない声を出しながらアヤがいる方に頭を向けていた。

「マジか……」

お気に入りの一頭が、問題児に懐いている。さっきよりも強くひくつくこめかみを揉みながら、俊二は肺の中の空気を全て吐き出すような溜息をついた。

三

荒ぶる未来

滴るような緑に覆われた草地の中を、一頭の仔馬が跳ねまわっている。芦毛《あしげ》にしてはまだ幼いのに全身がすでに白っぽい。その全身が春の陽光をうけて白銀に輝く。中空をふらふら飛んでいるモンシロチョウまで愛して祝福するように、仔馬はぴょんぴょんと跳びまわっていた。

「スーパーボールみてえだな」

「全身バネと言ってあげてください」

牧柵にもたれかかりながら俊二が呟《つぶや》いた言葉に、アヤが鋭く訂正を求める。いつの間に傍に来ていたのか、そして雇い主の何気ない言葉にも厳しすぎやしないか。俊二がアヤのもの言いを注意すべきか考え始めたところで、仔馬はアヤの姿を見つけた。

ヒッ、ブフッ、ブヒッ。

喜びのせいか変な鼻音をたて、頭を左右に振りながら仔馬はアヤのところまで飛んできた。芦毛のグレーを帯びた白い毛の中、クリクリとした黒目は愛らしい。その両目をアヤにだけ向けて、構え遊べと後ろ脚で立ち上がっている。

「いい子だねえ、ドラ夫は。よしよし、めんこめんこ」

伸ばされたアヤの手でふかふかの耳毛を揉まれて、ドラ夫は嬉しそうにその場で跳ねまわった。やがて興奮が最高潮に達したのか、またバネのように高く跳んで、草を食《は》んでいた母のドラセナのもとへと駆け寄っていく。

「俺がいてもあんな反応しないのにな」

「ドラ夫の気持ちはドラ夫に聞いてください」

にべもない。ぼやく相手も失《つ》って、俊二は虎の子の観察を諦め、鼻からゆっくりと息を吐いた。以前、馬の前で溜息を吐いたところ、アヤから「ネガティブな気持ちは馬に伝染しますからやめてください」と言われてしまったのだ。

その時は「そんな訳がないだろう」と突っぱねたが、俊二がまた溜息を吐けば臆せず同じ指摘をしてくるのがアヤという従業員だ。面倒を避けるためだけに溜息を逃がすたび、何やってんだ俺は、と情けなさばかりが腹の底に積もる。

菊地牧場の宝とも言える繁殖牝馬《ひんば》ドラセナがようやく産んだ牡馬《ぼば》は、ひとまずドラ夫と呼ばれ、すくすくと育っている。ドラセナも自身初めての牡《おす》の仔育てにもかかわらず、愛情深く接している。母乳の出も良いようだ。

ドラ夫は俊二が見る限り、元気があり余っている。ただ、その元気さが時に度を越えて他の仔馬を圧倒したり、その母馬から叱られたりする危うい面も見られた。最近少しずつ慣れさせていて、今日は小さく区切られた放牧地にドラセナ母仔だけを入れている状態だ。

「さて、楽しそうに遊んでるとこ悪いが、お母ちゃんとお出かけだ、チビ」

今日はドラセナの種付け日だ。獣医師に入念に診てもらって発情の確認はしてある。尿のホルモン数値も充分だ。また来年元気な仔を産むには、産後間もなくともその下準備に入ってもらわなくてはならない。

馬の体は少々特殊で、人間と異なり産後すぐの繁殖活動が可能だ。多くの場合、経産馬と産まれて間もない仔馬をともに連れて種牡馬のもとへと赴き、本交によって種付けをする。

今回の相手はドラ夫の父・シダロングランを考えていたが、流石《さすが》に初年度産駒《さんく》の仕上がりを見て確証を得てから二度目をつけたいと考え、ドラセナと同じ長距離適性のあるハービンジャーを予定している。菊地牧場からすると種付け料をかなり奮発した形ではあるが、シダロングラン産駒が振るわなかった場合の保険として堅実な種牡馬を選んだ結果でもある。

日本において競馬、ホースレーシングはギャンブルとほぼ同義であるが、その馬を生産することも大きなギャンブルである。山のような金が泡沫《あぶく》の如く消えることもあれば、おぼろげな夢とロマンが奇跡と共に結実し、莫大な富と成功をもたらすこともある。生き物というままならないものを相手に、因果な商売ではあった。

「牛なら楽なんだけどな」

種付け時期になると、俊二は毎年こうぼやく。日本では乳牛でも肉牛でもほぼ全てが凍結精液を使った人工授精で、牝《めす》の発情を確認したら家畜人工授精師に連絡して来てもらえばいい。手間もコストも段違いにかからない。あるいは、獣医師による受精卵移植という手段もある。

だが、馬産、特に競走馬では全て本交、つまり種牡馬と繁殖牝馬にきちんと交尾をさせなければ、その仔は競走馬として認められない。技術的には馬の人工授精は牛と同様問題ないそうだが、血統の公正性を保つ意味でこの決まりは絶対だ。

また、競走馬で人工授精が普及すると、現行の種牡馬ビジネスの価値がなくなることも大きい。凍結精液生産の過程で人工的に希釈されることにより、実質量産されて種付け料がガクンと下がる。一回数十万円から数百万円、高いものでは一受胎数千万円にものぼっていた種付け料が、デフレーションを起こしてしまうのだ。

安くなるといえば生産農家や馬主には嬉しいことのように思えるが、種牡馬ビジネスが崩壊すれば、馬産それ自体の存続が危うくなる。

また、能力の高い種牡馬の精液が広く安く流通するようになれば、皆が皆それを利用したがって血の多様性が失われる。ただでさえ辿れば三頭の馬に行き着くサラブレッドの血統、しかもそこからインブリードによって速さを追い求めている世界が、さらに狭くなりかねない。より速い馬を、より強靭《きょうじん》な馬を、と求めつつ、馬という種を絶やしたいホースマンなどいないのだ。

理想をいえばキリがない。結局、手間でもなんでも現行の種付けシステムを維持していくのが最善というわけだ。だから俊二の言葉は意味の薄いボヤキ以上のものにはなり得ない。本人だって分かって言っているのだ。

俊二はアヤと手分けしてドラセナに手綱をつけ、畜舎横に停めてある馬運車に向けて引いていく。最初、俊二が引こうと思ったが、ドラセナが首を振って嫌がるためアヤに任せた。途端にドラセナは抵抗をやめ、時折アヤに鼻先を寄せて甘えるそぶりさえ見せて従順に歩いていく。その母の後ろを、ドラ夫がぴょんぴょんと跳ねまわりながらついていった。

そのさらに後ろを歩き、自分の表情がアヤの視界に入らないのを確認してから、俊二は眉間に力が入るのを感じた。嫉妬というわけではない。馬の扱いが上手《うま》い従業員に恵まれて嬉しくない経営者などいない。しかし、アヤに関してはどうしても以前聞いた過去のトラブルが脳裏に蘇《よみがえ》る。

生産者のプライドを砕くような調査を行ったこと。

愛馬可愛さに乗馬クラブや養老牧場関係者に不義理を働いたこと。

一件だけでも雇用を諦める理由としては充分だ。さらに俊二の個人的な相性でいえば、社長である自分への遠慮のなさすぎる言動もいただけない。コンプライアンスやら何やらが厳しい昨今、本人に言うのは難しいが、アヤはひどく〃生意気〃な従業員だ。

俊二がそんなことを思っていると、ドラセナの綱を引くアヤが「あれっ」と小さく声を上げた。

「社長、あれ見てください。畑の向こうの道路」

示されたほうを見ると、牧場の牧柵と並行して走っている町道に車が停まっている。ここからの距離は一〇〇メートルほどだ。そして、男の影が牧柵に張りついていた。観光客が写真を撮っているらしい。

「道路からだって勝手に撮って欲しくないのに。柵の近くまで来てたらもう不法侵入じゃないですか。ましてや分娩や繁殖のシーズンに。社長、注意しなくてもいいんですか」

振り返ったアヤの目は怒りに燃えていた。その言い分はもっともだ。立派な不法侵入だし、馬を勝手に撮られれば肖像権などなくとも腹は立つ。ましてやどこの馬の骨ともわからない人間が馬ヘルペスウイルスなどの、妊娠馬の流産を誘発する伝染病を持ち込んでくれた日には、縛り首でもまだ足りない。

とはいえ、毎度毎度目くじらを立てていては、今の世の中、ＳＮＳで「牧場スタッフから失礼な扱いを受けた」と一方的なことを書かれて面倒が増えかねない。

仕方がない、ドラセナを馬運車に乗せてもまだ張りついているようだったら、やんわり注意しに行くか。俊二がそう考えていると、観光客は傍に置いてあったバッグから大きな黒い筒を取り出した。

「うわっ！」

一瞬のことだった。男が素早くカメラ本体に装着した望遠レンズをこちらに向けると、チカッと光が瞬いた。折悪しく太陽が雲に隠れていたため、フラッシュをドラセナとドラ夫はまともに浴びる。設定切り忘れてやがったな、この馬鹿野郎が！　と俊二は心の中で罵倒した。

中央競馬で幾度もパドック周回をし、プロアマ問わず大きなカメラに晒《さら》され続けたドラセナは、流石に動じはしない。

しかし、生まれて初めて強い光を向けられたドラ夫は完全に我を失った。それまで母の傍で大人しくしていたのに、フラッシュを受けて「ヒィッ」と甲高い悲鳴を上げると、牧柵に両脇を囲われた通路をめちゃくちゃに跳びまわり始める。

「嘘、何っ!?」

「やべえっ！」

我が仔の動揺に、ドラセナまでもが両後ろ脚で立ち上がって興奮し始めた。俊二は一瞬頭の中が真っ白になる。ドラセナも、ようやく生まれた牡馬も、その細い脚を牧柵にぶつけようものなら最悪の事態が考えられる。これまでかけた期待と金額が一瞬にして消え去ってしまう、そんな想像が俊二の全身を硬直させた。

「これ頼みますっ」

いきなりアヤに綱を押しつけられて、俊二は我に返った。ドラセナの頭絡《とうらく》に繋がれた手綱。これを手にすれば否応《いやおう》なしに責任と落ち着きが求められる。俊二は適度に綱を引きながら、両前脚を浮かせるドラセナに「どうどう」と落ち着いた声をかけ、首筋をさすった。

アヤは綱を手放すと、すぐ近くをとび跳ねるドラ夫に全身で体当たりしに向かった。正しくは、暴れる仔馬を全身を使って押さえつけに行ったのだ。

とはいえ、生後数週間であっても体重は五〇キロ近いバネの塊が、パニックによって全力で駆けまわっているのだ。ドラ夫よりも軽いであろうアヤが馬の脚や体に傷をつけないように制止を試みれば、大事故になりかねない。生産者として馬は大事だが、人間の安全と秤《はかり》にかけて良いものではない。

「おい、危ないから離れろっ」

俊二がドラセナを落ち着かせながら声をかけると、目に映ったのはアヤがドラ夫の前脚でボコボコに蹴られている姿だった。顔の形が歪み、鼻をかすめたのか血まで舞っている。

「あっ、痛あっ、こ、こんのおおお」

それでもアヤは怯《ひる》むことなく、怒りと気合いの入り混じった声を上げてとうとうドラ夫の首に抱きつき、制止に成功した。ドラ夫はアヤの腕の中でなお抵抗を試みて小さくジャンプを繰り返しているが、もう目はだいぶ落ち着いている。

「もういい。もういい。落ち着け。頼むから落ち着いて。はいはい」

フーッ、フーッ、というドラ夫の鼻息と、アヤの声が入り交じる。ドラ夫がおとなしく拘束されたことで、ドラセナも冷静さを取り戻していた。

「そういえばあの野郎っ」

俊二がカメラ男のいた方を見ると、もう人影はなく、灰色っぽい車が慌てて走り出すところだった。勝手に撮ってやらかしたうえに、事故が発生しかけたら慌ててトンズラするとは。

「ちくしょう、テメーの馬券一生外れろっ」

悪態をついても意味はなく、後でせいぜい農協を通じて不審者情報の共有をしておくぐらいしかできない。それより、と俊二はアヤに向き直った。

「怪我っ、大丈夫かっ」

「大丈夫です、こんぐらい。鼻血出たから派手に見えますけど、こんなの落馬して肋骨《ろっこつ》三本やった時に比べたらへっちゃらですって」

年頃の女の子が、鼻血を垂れ流しながら強がりを言う姿に呆れと痛ましさを感じ、俊二は改めてルール無視の不届き者を腹立たしく思う。アヤの太くない腕の中で、ドラ夫がもう大丈夫だから放せと言わんばかりにヒーヒー鳴いていた。

結局、その日予定していた種付けは延期となった。

暴れたドラセナとドラ夫の体に問題がないか急遽《きゅうきょ》獣医師に診てもらい、問題がないことを確認し終えるまで俊二は気が気でなかった。興奮しているうちは元気があり余っていても、落ち着いた途端に傷ついた骨や腱《けん》、あるいはストレスに晒された内臓がダメージを主張することだってあるのだ。

問題が生じていたら、あのカメラ野郎、警察に被害届を出して身元を炙《あぶ》り出したうえで民事の賠償金がっぽり搾り取ってやる。それぐらいのことは考えた。獣医師が帰り、何事もなかったかのように馬房で寛《くつろ》ぐ親仔を見てようやく、俊二は安堵の息を吐いた。

アヤの方はというと、見た目は本人の申告通り、軽い鼻血だけで済んでいた。だが、こちらも目視できない何かがあっては大変だということで、すぐに妻・さゆりに脳外科のある病院に連れて行ってもらい、検査を受けさせた。

幸いこちらも問題はなかった。軽トラを廃車にして足を骨折したマサと比べるわけではないが、やはり馬を管理していて従業員が怪我を負ったとなれば、雇用者として、ホースマンとして、その責任は重い。実際に馬との接触事故で死ぬ事例もあるのだ。何もなくて良かった、という思いと、あの糞野郎め、という怒りが入り混じる。

「ふうっ」

事務所で日報を書き終え、俊二はワークチェアの上で背を反らした。ゴキリ、と背骨が鈍い音を立てる。怒りと安堵と疲労と。馬鹿な観光客一人のせいで、落ち着かない一日となった。その大変な記憶の中心で、芦毛の仔馬が弾《はじ》けている。

改めて、すごい仔馬だと思った。ドラ夫のことだ。混乱の中で見せたあの跳躍力。バネどころではない。まるで爆弾だ。同じ月齢の仔馬がパニックに陥ったとしても、あれほどの身体能力はまず見られないだろう。

そして、やはり扱いづらい。フラッシュの件があったとはいえ、敏感に過ぎる。アヤが文字通りの体当たりで止めなければ牧柵に激突して、取り返しのつかない怪我をしていたかもしれない。

性格に難のある馬は仕方がない。そういった要素を多く受け継いだ産駒こそ、その能力をいかんなく引き継いでいる。そうも言える。だが、菊地牧場におけるもう一つの難題は、この気難しい母仔を最もうまく扱えるのが、問題児の従業員だということだ。

このまま任せるべきか。任せるとしたら自分は生産者として、雇用者として、どういうスタンスであの一頭と一人に向き合っていけばいいのか。病死した父親の後継となって数年、馬に悩むことと経営者としての悩みを抱えること。二つの迷いは常に俊二の頭を左右から叩いていた。

頭をまっさらにしたくて煙草に火をつけた瞬間、デスクの上でスマホが震えた。画面を見ると未登録の携帯番号が表示されている。つけたばかりの煙草を灰皿に押しつけながら「もしもし」と誰だか分からないままに応じた。

「どうもどうも、大変お世話になっております」

形式めいた馴れ馴れしさと丁重さが入り混じった声がした。聞き覚えはあるが、誰かまでは思い出せない。試されているのだろうか、という気もしたが、俊二は結局「ああどうも、調教師《せんせい》、お世話になっております」と答えた。おそらく調教師に違いない、という推測は当たったのか、相手に戸惑った様子はなかった。

「先日はうちの助手と突然お邪魔して申し訳ありませんでした。あのパイロの仔とシダロングランの仔、やはり良いですね」

二本松調教師だ。ようやく声の主が分かって、「ええそうでしょう」と俊二は明るい声を出す。

「それで、また突然で申し訳ないんですが、明日、馬主さんを連れてお邪魔したいのです。ご都合いかがでしょうか」

「はあ、ええ、もちろん大丈夫です」

俊二は即答した。馬の売り買いはセールと呼ばれるオークションにかけるのと、一般に庭先取引と呼ばれる牧場での直接交渉が二本柱となる。庭先取引で目をつけた調教師が先に購入してから馬主に売りつけるパターンもあるが、馬主を直接連れてくるということは、よほど競馬や相馬眼《そうまがん》に拘《こだわ》りのあるオーナー候補がいるのだろう。

どちらが買ってくれるにせよ、いい話は歓迎すべきだ。

「明日のご都合よろしい時間帯に来て頂ければと思います。それで、馬主さんはどちらの？」

馬主によって態度や売りつける馬が変わるわけではないが、情報は得ておきたい。できることなら、今夜のうちにその人の所有馬を調べ上げて、どれぐらいの価格帯ならば手を挙げるのか、ある程度の見当をつけておきたいというのが売り手の率直な願いだ。

セールで五千万円以上の良血馬を揃えて重賞を制覇することこそオーナーの華と思っている馬主と、安い馬を何頭も所有して広く長く楽しむ馬主。同じ金持ちでもその楽しみ方は決して一様ではないのだ。

「札幌の広瀬《ひろせ》医師をご存じですか。二年前の函館《はこだて》スプリントステークスを勝ったセイブブランシュを所有していた。今走っているのは、えーと、栗東《りっとう》に三勝クラスのセイブロドリゲスと、あと門別《もんべつ》と大井《おおい》に交流にも出てる地方馬がいますね」

「ええ、存じてます存じてます。今までうちとご縁はなかったのですが、いい馬をお持ちの方ですよね」

思わぬ名が出てきて俊二は少なからず興奮した。自分のところの馬を買ってもらったことこそないが、近所の牧場からも何頭か購入したらしく、同業者の集まりなどで時々話は聞いていた。

広瀬氏は三十年以上も馬主を続けている医師だ。中央、地方、ばんえい競馬まで、頭数は少ないが幅広くいい馬を所有しているはずだ。

そんな人に馬を見てもらえるとは。期待が高まらざるを得ない。ついつい、心の中で算盤《そろばん》を用意する。

「で、その広瀬医師ですが、二か月ほど前にご病気で亡くなりまして」

「え」

思わぬ話の展開に、俊二の口からつい間抜けな声が出る。広瀬医師は年齢に似合わないがっちりした体つきで、見るからにタフネスの持ち主だった。とはいえ、年齢からすると病死もあり得ない話ではない。ただ、その馬主本人が亡くなっているのにどうしようというのか。

「それで、いろいろあったものの、奥様が馬主資格を継承することになったそうです。今まで旦那様の競馬趣味に馴染みはなかったそうですが、これから勉強なさりたいと。それで、見学と新しい馬をお薦めするため、私が日高を案内することになったわけです」

二本松の口調は冷静で、淡々と話が続いていく。しかし内容は聞き流せる程度の話ではない。馬主が亡くなることも、その家族が馬主資格を継承していくのもないことではない。しかし、その代替わりしたばかりの競馬素人の新馬主を、自分のところに連れてきて一体どうしようというのか。自分の兄・俊基が所属している厩舎《きゅうしゃ》とはいえ、いやだからこそ、その真意が見えづらい。

「わ、かりました。そういうことでしたら、いい馬をお見せできる状態にしてお待ちしてます」

「ありがとうございます。では明日午後二時頃に車で伺います」

時間の指定と型通りの挨拶の後、電話は切れた。

「冷やかしかよ」

通話が切れているのを確認してから、俊二は呟いた。結局、言い方を選ばず表現すれば、金ヅル候補の素人に馬を見る経験値を積ませようということだろう。あるいは単におだてて高い馬を買わせようというのか。

バカらしい、と一気に気持ちが冷める。せっかく育てた生産馬を、何も分かっていない素人に任せてたまるものか。売れればそれでいいというものでは決してないし、うちの馬は相馬眼を養うための材料でもない。

生産者としての矜持《きょうじ》が、俊二にせめてもの意地を張らせていた。

翌日の午後、二本松が指定した時間の三分前。菊地牧場の敷地に、ぴかぴかの黒いインフィニティが乗り入れた。

後部座席から降り立ったのはスーツ姿の二本松調教師と、ブルーのワンピースに白い日除《ひよ》け帽子を被った上品な女性。そして、スポーツウェア姿の鉄子は最後に運転席から降り、ボスとお得意様の様子を盗み見た。

「広瀬さん、こちらが菊地牧場さんです。うちの所属騎手、菊地俊基の実家でもあります」

「そうですか」

説明と案内は師匠の二本松に任せて、鉄子は黙って二人の後を歩いた。

広瀬夫人はしなやかにカールされたまつ毛を伏せ、二本松の説明などにはひどく簡素に応対する。歳は亡くなった広瀬医師より一回り下の五十歳と聞いているが、上品なしぐさとどこか億劫《おっくう》そうな言動のせいで、見ようによっては七十歳ほどの老婦人に見えてしまう。

損な人だな、と鉄子は思った。これまで調教助手として二本松のもとでさまざまな馬主とその周辺にいる女性の姿を見てきた。豪放磊落《らいらく》ないかにも昭和の社長さんとその愛人と思《おぼ》しき女性。堅実な商売で財を築いたが、こと競馬のことになると金に糸目をつけない夫婦。ＩＴ長者と背が高くてやたら受け答えにそつのないモデルなどなど。

しかし、夫に先立たれて馬主になった女性というのは初めてだった。広瀬夫人は金持ち医者の未亡人であり、高そうな服やバッグを手にしていても、経済的余裕のある人物特有の雰囲気とは真逆の陰気さが醸し出されている。独身歴三十余年の鉄子には、彼女の陰りが夫を失ったからなのか、それとも他の事情ゆえなのか、判断することはできない。

鉄子と二本松は菊地牧場に来る前に大手の牧場二軒に広瀬夫人を連れて行った。しかし二本松や場長の懇切丁寧な説明にも特に心は動かされないようで、ちらりと馬を見た後はただ上品に「そうですか」「それはすごいですね」とまるで定型文のような返事をするばかりである。

鉄子としては、この人、別に馬が好きなわけじゃないんだろうな、とすでに諦めていた。せいぜい自分は口を出さず、シートがデカくて運転しづらい高級車の運転手をおおせつかるだけだ。

休日手当と出張手当が出るからお供したものの、こんなことならパチンコで一日潰す方がまだましだ。

せいぜい不満が顔に出ないよう、鉄子は無表情を心がけた。そして、二本松から事前に渡された資料を思い返す。

広瀬裕子《ゆうこ》夫人の亡夫、広瀬正《ただし》氏が院長を務めていたライラック皮膚科クリニックは、札幌でもかなり大きな病院だ。

広瀬医師は元は婿養子で、一代で婿入り先の小さな皮膚科医院を美容系皮膚科クリニックとして拡大することに成功したのだという。

公共交通機関の車内にはもれなく広告を出すほどの規模にしただけあって、やり手の広瀬院長は資産の有効活用法として、また、自身がずっと競馬好きだったこともあり、四十歳の頃に馬主登録をした。中央競馬では例年、三頭ほどの馬を購入。馬好きだけあって拘りが強いのか、庭先取引でもセールでも癖のある馬を自ら選ぶことが多く、たまに大勝ちするが収支はややマイナスといったところだ。

豪放磊落、健康で酒と馬好き。数頭の所有馬を預託している二本松厩舎に来た時は、スタッフ皆にと大量の冷凍ジンギスカンを差し入れてくれたことを、鉄子は強烈に覚えている。

健康そうに見えたが、心不全で急に亡くなってしまった。クールな二本松も大層驚き、しばらく無言のまま沈んでいた。鉄子の目から見ても、性格は真逆なのに気の合った二人だったのだ。

――それが、完全にリセットか。

説明を続ける二本松と、黙って耳を傾けている夫人を見て、鉄子は少し目を伏せた。

「ねえ、鉄子さんはどう思われます？」

ふと、広瀬夫人が振り返ってこちらを見た。えっ、と口ごもっていると、それまで大人しかった夫人が、鉄子にぐいぐいと近づいてきた。

「二本松さんがいい馬の条件について教えてくださってたんだけれど。鉄子さん、お仕事で馬に乗られるのよね？　大人しい馬と元気な馬、どちらがいいものなの？」

「ええと、良し悪しですね。大人しい馬がレースでも大人しくて競走したがらないケースも、その逆もあります。普段手のつけられないような暴れ馬が、相性のいい騎手を乗せると爆発的に走ることもあります。見極めは難しいですけど、そこが馬を見る醍醐味《だいごみ》と言えます、ね」

鉄子は夫人の後ろにいる二本松をちらちら見ながら説明した。うん、と頷《うなず》く様子から、どうやら及第点の答えではあるらしい。

「なるほど、分かりました。さすが実際に乗る人の説明は説得力がありますね。ありがとう」

夫人は納得した様子だった。鉄子は『実際に乗らない人』である二本松が聞いていると思うと冷や汗を拭いたくなる。男社会の競馬業界の中、女性同士であることに親しみを覚えてくれているのは有り難いことではあるのだが。今朝、札幌の広瀬邸に夫人を迎えに行く車中での会話が思い出された。

「あの、二本松さん」

カーナビに指示されている、山がちでぐねぐねとした高級住宅地の道を運転しながら、鉄子はわざと不満げな声を上げた。

「札幌の広瀬夫人を拉致って早来《はやきた》や日高まで行くのはまあ分かるんですけど、なんであたしまで連れてこられたんですか？」

この間の日高出張と同じく、助手席で資料を繰る二本松は顔を上げないままで答えた。

「広瀬夫人は女性、僕は男性。馬を見に行くという立派な理由があっても、男性と女性で遠出をすれば、おかしな噂が立つ可能性もあるだろう」

当たり前だろ、と言わんばかりの返事に、思わず唇が突き出る。

「一対一がダメなら、男のスタッフ連れてくりゃよかったじゃないですか」

「男二女一でも安心できないからね。これは気遣いの範囲だよ」

そう言われるとそうか、とは思うが、またも休日を潰され、長距離運転を命じられた身としては完全に納得はできない。

「ぶっちゃけあのご婦人、苦手なんすよねー」

広瀬医師が亡くなった後、夫人は手続きと挨拶を兼ねて一度二本松厩舎を訪れていた。その時の、伴侶を亡くしたのを差し引いても無口で陰気だった印象がぬぐえない。正直、やる気がないなら馬主資格を継がなきゃよかったのに、とさえ思った。

「僕だって別に気の合う馬主さんとだけ付き合っているわけではないよ。鉄子君だって合わない馬の調教でもやらざるを得ない時があるし、それで上手く御せればより達成感もあるだろう。何事も経験、経験」

自分も夫人が苦手だ、という本音を隠さずに、二本松は言い切った。馬に喩《たと》えられると鉄子は弱い。

「なんで二本松さんは」

苛立《いらだ》ち紛れに腹の底で抱え続けている言葉を投げつけたかったが、結局、「なんでもありません」とも言わずに、鉄子は口をつぐんだ。

そのまま、宮の森《みやもり》地区の広瀬邸に到着するまで、鉄子は黙り続けた。

――あたしを調教師にしようとしてるんですか。

明確に言葉にされることはなくとも、そうとしか思えない形で仕事を命じられて早数年。時間が経てば経つほどに聞きづらくなっていた。

調教師が自分のところで働いているホースマンに経験を積ませ、いずれ調教師に育てるという話はトレセンのそこかしこで聞く。実際、鉄子も隣の厩舎の調教助手の先輩が調教師免許試験に受かった際、師匠である調教師が涙を流して喜ぶ様子を見たことがある。

だが、この元サラリーマン調教師が、自分を買ってくれている理由がよく分からない。しかもよりによって、女性騎手になり損ねた自分を。

溜息を堪《こら》えていると、母屋から菊地牧場の責任者である菊地俊二が出てきた。ジーンズにぱりっとしたポロシャツと、前回の訪問時よりはましな服を着ている。

「どうもこんにちは、菊地です。今日ははるばるお越し頂きまして」

「広瀬です。よろしくお願いします」

作り物めいたわざとらしさを隠そうともせず、俊二は広瀬夫人に営業スマイルを向けていた。

兄の俊基がインタビューを受ける時の作り笑顔に少し似てるな、と鉄子は感じた。もっとも、ジョッキーとしてインタビューを受けるのも仕事のうちと身に沁《し》みている俊基とは年季が違うのだろうが。

一通りの挨拶と自己紹介の後、俊二は三人を畜舎に隣接する放牧地まで案内した。囲いの中では、三組の鹿毛《かげ》の母仔がめいめいくつろいでいる。広瀬夫人のバサバサしたワンピースや大きな帽子を見ても動じた雰囲気はない。

「この馬たちが実際に競馬デビューするのは二年と少し経った後です。それまでさまざまな訓練を施していきます。まあ、血統がよくても、熱心に訓練しても、どうしても競走馬になれない馬もいるんですけどね」

広瀬夫人をまったくの初心者と決めつけているのか、俊二はやたら懇切丁寧な説明をした。それは良いのだが、さっきからたびたび、競馬に関するネガティブな現実を最後につけ加える。

「いい種牡馬の仔なんですが、脚元が弱い可能性があるので、僕らも気をつけてるんですよ」

「この仔馬の姉にあたる馬は、二勝して期待していたんですがその後やる気を失っちゃって引退しました」

などといった、余計な話題だ。

嘘を言っているわけではない。しかし、これから馬を買うかもしれない人にする話ではない。

――売る気ねえな、この社長。

二本松もそう思ったのか、俊二の説明に黙っているばかりで、さらに説明を重ねたり、ましてや異を唱えようという気はないらしい。広瀬夫人は説明にふんふんと黙って頷いているが、その横顔を見るに、熱心とは言いがたい。むしろ、これまで案内した二牧場にいた時よりも疲れて見える。

出張の甲斐《かい》なく、空振りか。そう鉄子が諦めかけていると、ふいに二本松が懐からメモ帳を出し、確認した。

「以前お邪魔した時、シダロングランのいい牡馬がいましたね。あの仔、見せてもらえますか」

「ああ、ええ、はい。ご案内しましょう」

にこやかで自然な二本松に対し、俊二の挙動が明らかにぎこちなくなった。ああ、見せる気すらなかったか。そう鉄子は感じたが、その一頭を見たら今回は終わりかな、と思うと少し気が楽になった。

案内されたシダロングランとドラセナの仔は、少し歩いた先の区画に、他三組の母仔とともに放牧されていた。ゆっくり草を食む母のドラセナのことを忘れて元気に他の仔馬とじゃれている灰色の馬だ。

ほう、と鉄子は密かに眉を上げた。そっと二本松を見ると、手元のメモ帳に何かを書きつけている。以前見た時は生後間もなかったが、順調に成長し、しかも足腰のバネが強そうな動きをしている。

「灰色の仔馬さん、なんですね」

とはいえ、広瀬夫人には仔馬の動きよりもその毛色が印象的だったようだ。ドラセナの仔は芦毛の仔馬の中でも白っぽさが特に目立つ。

「ええ、父親が芦毛といって白いのが遺伝しまして。成長するに従って、どんどん白く変わっていきます。色だけじゃない。いい馬になりますよ」

俊二自身もドラセナの仔が気に入っているのか、眺める横顔からは愛想笑いが消え、自信のほどが見てとれた。

「あの……あの灰色の仔馬、もうどなたか買われる方が？」

「いえ、残念ながらまだです。でもこれから成長するに従って父母のいいところがさらに出てくるはずですから、そうしたら……」

「私、買います」

鉄子も俊二も、二本松ですら「えっ」と小さく声を上げ、驚いて広瀬夫人を見ていた。表向きは馬主にセールスをしていたはずの俊二が、あわあわと所在なげに手を動かしている。

「あ、あの。買うって、本当にですか？」

「あなたが薦めた馬でしょう？」

広瀬夫人の美しく描かれた眉はわずかに吊り上がっていた。

「広瀬さん、良い選択だと思います。しかし、確認ですが、本当によろしいんですか？」

さすがの二本松も、焦りを隠せないまま夫人に訊《たず》ねる。許されるなら、鉄子も加わって「正気ですか？」と言いたかった。

広瀬夫人はひとつ大きく頷き、背筋を伸ばして帽子をとった。陽の当たった両目には、もう陰気な雰囲気はない。

「あの。夫がお世話になった二本松さんだからこそ、今回こうしてご一緒しましたけれど。私、馬はこれ以上手を広げるつもりはなかったんですよ。馬主登録をして所有馬を引き継いだのも、夫の甥《おい》がいずれ馬主になりたいとかで、つなぎとして仕方なく……」

帽子を両手で締め上げるように握りながら、広瀬夫人は語り始めた。妙な気配を感じ、なんだなんだ、と仔馬たちが近くの柵まで集まってきた。

「でも、今日あちこち回って、もういいかなと思いまして。だから、夫が馬用に遺《のこ》していたぶんのお金、使い切ってしまおうかと思います」

晴れやかな表情とは程遠かった。故人の果たされなかった夢のための金を使い切る。その決意は揺るぎなさそうだが、かといって手放しで賛同できる話でもない。二本松がおずおずと片手を挙げた。

「あの、踏み込んだことを伺いますが、甥っ子さんの分は、よろしいんですか？」

「いいんです。馬主になりたければ、自分で稼いでなればよろしいんです」

ふん、と広瀬夫人は自分の近くにいる仔馬たちに向き直った。話題の中心にいる芦毛の仔馬は、他の仔馬の尻に噛みついて怒られている。

鉄子はマジか、と呆れながら仔馬と夫人の両方を見比べた。

馬主は本来、馬が好きな人間ばかりだ。しかし、必ずしも競走馬への理解が深いわけではない。

中には調教師顔負けの相馬眼を持ち、ローテーションからレースの展開まで事細かに指示を出す馬主もいないではないが、大抵は馬が好き、ということが先行しており、庭先取引やセールで見込んで高値で購入した馬が結局活躍できなかった、という例も少なくない。

中には「一目見て運命の馬だと思った」という曖昧な理由で購入するケースもある。それが大当たりすることもあるのが競馬の面白さというものでもあるのだが。

それにしたって、競馬の素人が、しかも、仔馬の見定め方もよく分からないまま購入を決めてしまうというのは珍しい。

「あ、ありがとうございます。では早速、事務所の方で詳しいお話を……」

あとは事務手続きと、さらに大事なのは値段の交渉である。鉄子は広瀬氏が遺した競馬資金がどれだけかは聞いていないが、二本松がこの場でNOと言わない様子から、おそらく現実味のある話だろうと確信した。

驚きからか、少し早足になっている俊二の後を、二本松と広瀬夫人が歩いていく。そのさらに後ろをついていきながら、鉄子は心のどこかで納得もしていた。

広瀬氏の死因は心不全。医学的には確かにそうなのだろう。亡くなった状況をもう少し細かくいえば、夫人ではない女性の家で倒れて運ばれたが死亡が確認されたということだ。なお事件性はないと判断されている。

——まあ、旦那が浮気相手のとこで腹上死したら、そらあ旦那が大事にしていた趣味用の金なんて、パーッと使ってやりたくもなるわなあ。

不謹慎を承知で鉄子はそう思った。

「……さて、広瀬さんのご要望が通りそうなわけだけど」

ふいに二本松が振り返り、鉄子に向かって声をひそめた。

「父・シダロングラン、母・ドラセナの牡馬。うちで預かることになりそうなので。鉄子君、よろしく頼む」

「あたし担当なんですかあー？」

そういう流れになるだろうと思いつつ、一応抗議の声はあげておく。二本松は満足そうに頷くと、広瀬夫人の後を追った。

充分に距離があるのを確認して、鉄子ははあーっと大きな溜息を吐いた。緑美しい北海道の牧場に、湿った疲労はすぐに拡散して消えていく。振り返ると、ドラセナの仔は他の仔馬がみんな疲れて横になった中、蝶を追いかけていた。

金の出所の事情になど馬は関係ない。そして、その馬を預かる者も、その馬主の事情は関係ない。

『より良く、より速く、より強く』

二本松厩舎の神棚横に掲げられている標語だ。スタッフは毎日朝礼で諳《そら》んじさせられる。

――さて白チビ。人間の思惑なんざ関係なく、あんた、良く、速く、強い馬になって稼いでくれるか。

客人の不敵な笑みにも気づかず、ドラ夫は何の憂いもなく駆けまわっていた。

四

歯車の軋る音

「ようし、はい、はいっ。いいぞ、そうそう」

秋のやわらかい朝霧の中を、灰色の若駒が駆けていく。湿ったウッドチップが軽快な音とともに宙に舞い、ついでに馬の背中から小柄な男も空中に放り出された。

「あいったあ!!」

「マサ君、大丈夫!?」

落ち方がよかったのか、上半身を護《まも》るプロテクターとヘルメットが役に立ったのか、振り落とされたマサはすぐに起き上がり、情けない声を出していた。

「まったくもう。こいつ、おとなしくしているかと思ったら、隙を見て落としにかかるんだから」

「マサ君が隙を見せるからでしょう。ドラ夫は頭がいいんだから、最初から最後まで気をぬいちゃだめだよ」

マサを心配する気配など微塵《みじん》もないまま、アヤはまんまと乗り役を放り投げたドラ夫を確保しに走る。ドラ夫は積極的に逃げようという気持ちもなかったのか、おとなしくアヤに手綱を摑ませてブヒヒと鼻を鳴らした。

静内の菊地牧場で産まれた父・シダロングランと母・ドラセナの仔、愛称ドラ夫が広瀬夫人に購入されてから、早くも一年半近くの月日が流れていた。馬主の広瀬夫人から、名前は『シルバーファーン』にするという連絡があったが、菊地牧場では便宜的に愛称のドラ夫のまま呼んでいる。

俊二は少し離れた木柵にもたれかかり、練習走路での小さな騒ぎを見守っていた。

マサは交通事故の後遺症もなく、今は元気に騎乗を含めた仕事をしている。

マサの入院中に雇ったアヤは、競馬調教の技術はなかったが、馬術でインカレにも出場したという筋の良さを活かし、今ではマサをはるかに凌《しの》ぐ乗り役となっている。しかも、馬の扱いが上手《うま》いので、何かと難しい馬も安心して任せられる。今も、ドラ夫は大きな図体《ずうたい》を縮めるようにしてアヤに顔を寄せ、撫《な》でろとねだっている。

競馬業界の時間の流れは速い。厩舎《きゆうしや》は日々の調教と毎週のレースを追い続けているうちに、生産牧場は馬の管理と生産馬の応援を繰り返していくうちに、日めくりカレンダーはどんどん薄くなっていく。

業界で働く人々の多くは、喜怒哀楽、そして疲れを積み重ねつつも、淡々と馬に関わり続けるのが常だ。激情や過度の悲嘆に安易に身を任せれば、消耗し、足を踏み外す。人間だけならともかく、その場合に最も被害を受けるのは馬だ。それが分かっているからこそ、ホースマンは目の前の仕事を淡々とこなしていく。

ただし、その生活の中に数年に一度、奇跡のような僥倖《ぎようこう》や悪夢が紛れ込むことがある。悪い方は悪性の感染症発生であったり、意図的ではないレギュレーション違反であったりする。

そして幸運の方がさらに質《たち》が悪い、ということも往々にしてあるものなのだ。菊地牧場にとって、それがドラ夫だった。

菊地牧場の運営方針は、生産馬の基本調教は自分たちで行う、というものだ。従業員数名で回している小規模牧場にとってそれは楽なことではなく、近隣の同業者や農協から、育成は他の業者に委託しては、と再三言われ続けているが、社長の菊地俊二はこの一点については絶対に譲るつもりはなかった。それは、先代である父が語った「俺らは馬産ますのが仕事でねえ、競走馬を送り出すのが仕事だ」という信念からきている。

そこで、俊二も牧場を継ぐことが決定的になった若い頃から他の牧場や育成場に修業に出て調教技術を学び、従業員も調教スキルを有する人材を優先的に入れてきた。かかる労力の割に、生産馬が目覚ましい結果を出しているわけでもないのだが、小規模経営を活かして一頭一頭と地道に向き合う姿勢は比較的扱いやすい馬を安定して生み出しており、地方・中央問わず贔屓《ひいき》にしてくれる厩舎はいくつかある。

その中で、ドラ夫はいささか目立つ存在だった。

馬体は良い。運動能力もピカイチと言っていいと思われる。特に筋肉の瞬発力に優れており、ひとたび興が乗ると全身をバネのように使って同年代の馬たちを置いてきぼりにする。馬主こそ俊二からすると素人同然のご婦人だが、入厩を予定している厩舎は騎手である兄が所属している二本松厩舎だ。重賞勝ち馬を毎年出し、所属馬の勝ち上がり率が高いことを考えると、管理と調教もおそらく申し分ない。

「ただなあ」

背中から尻にかけてついたウッドチップの屑を払うマサと、その一方でドラ夫の鼻先を撫でるアヤの姿を眺めて、俊二は深い溜息をついた。期待の一頭ではある。しかしこの気難しい一頭のために気難しいアヤを雇い続けなければならなくなったり、常に気を配らねばならなかったりと、数字にならない労力が大きい。そんな印象があった。

美浦トレーニングセンターの二本松調教師も、管理馬の成績に一喜一憂しながら時を過ごしていた。重賞勝利が年に一、二度程になり、厩舎としての成績と評判は毎年着実に上昇している。最近は預託を頼まれてもキャパシティの問題から断らざるを得ないことも多い。マスコミからもファンからも上り調子の厩舎と見なされていることに、調教助手として古株になりつつある鉄子は悪い気がしなかった。

先週も、重賞に出した所属馬が人気薄から三着に食い込む好走を見せた。鞍上《あんじょう》は馬主の意向もあって他厩舎所属の若手騎手に頼んだが、その騎手にとっても良い経験になったと各方面から高評価を受けている。ただし、こういう時こそ浮かれず、毎朝の朝礼で「気を引き締めるように」と語気が強くなるのが二本松調教師だ。

その二本松が、厩舎事務所の入り口付近でスマホを片手に突っ立っていた。渋い顔だ。大人しく通り過ぎようとした鉄子の背中に、声がかかる。

「鉄子君、ちょっといいか」

「はい」

今ちょっと一服しようと思ってたとこなんで後にしてくれませんか。そんな本音を言えるはずもない。鉄子はブルゾンのポケットに煙草とライターを突っ込み、二本松のもとに小走りで近寄った。

「菊地牧場から例のシルバーファーンの動画が送られてきてね。これ、どう思う」

「うーんと」

見せられた画面では、見覚えのある菊地牧場内の四〇〇メートルトラックで、全身を使って全力で走るシルバーファーンの姿があった。以前見た時よりも筋肉がつき、脚もよく伸びている。乗っているのは小柄な女性だ。乗り役としての姿勢は悪くない。今年厩務員課程を出たばかりの新人よりはよほどいいフォームで、シルバーファーンをのびのびと走らせていた。

「年明けには入厩させられればと思っている」

「早くないですか？」

二歳馬は早ければ夏から新馬戦でデビューし、競走馬としての生活が始まる。生まれ月が早く、成熟している馬などは二歳になってすぐに入厩して競走馬としての本格的な調教を受け、早期のデビューを果たす。

期待された馬であれば三歳時のクラシック戦線への目標設定とそのための実績作り、そう期待されていない馬ならば少しでも早くレースの機会を得て『一勝』の実績を残すためだ。だが、シルバーファーンは生まれが早いわけでもなく、父・シダロングランも母・ドラセナも早熟型の馬ではなかったため、そう焦る必要はない。二歳の夏か秋に入厩しても充分だと思われた。

「普通の馬なら僕ももう少しゆっくりするんだけどな。ちょっと気がかりがあって。鉄子君、来週末、静内に様子を見に行くから君も来なさい」

「またですかあ」

行きつけのパチ屋、新台入れ替えなのになあ。理由までは言わないが一応渋ってみせて、乗り気ではないことだけは伝えておく。少しぐらい本音を交じらせておかないと、この師匠はどこまでも自分流を押し通そうとするし、唯々諾々《いいだくだく》と付き従うだけの従業員も信用しない。要するに面倒臭いボスなのだ。その塩梅《あんばい》が最近ようやくわかってきて、自分が古株になったことを鉄子は実感した。

十一月の北海道はすでに霜も降り、茶色に枯れた放牧地で馬たちは草架台の牧草ロールを食べていた。

「おっ、いたいた」

社長の俊二の先導で、二本松と鉄子は連れ立ってお目当てのシルバーファーンを目で追う。灰色の大きな馬体は、同年代らしき三頭の鹿毛《かげ》とじゃれあいながら走っていた。

「良さそうですね。馬体も雄大だ」

珍しく二本松が素直に褒めた。母馬はどちらかというと華奢《きゃしゃ》な方で、父馬もこれといって体格が大きい方ではなかったが、これから白くなるであろう芦毛《あしげ》の馬は、がっしりした大ぶりの骨格にたっぷりとした筋肉がついている。他の三頭もなかなかの体つきに見えることから、血統というよりは飼養方法によるところが大きいようだった。

「たっぷり遊んだり走らせたりと、とにかく動かしましたから」

「あの斜面がある畑もですか？」

「ええ、この辺は熊の心配がないんで、昼夜放牧であそこに放してました。特にシルバーファーンは鹿を追いかけるほどヤンチャでしたよ」

鉄子の質問に、俊二は少し誇らしげに放牧地を指した。元は山だった一部を切り拓《ひら》いたものか、結構きつい傾斜のある区画だ。確かにあの天然の坂路のような場所で鹿を追って走り回っていたら、心臓も後ろ脚も鍛えられるに違いない。最初に菊地牧場を訪れた時は、パッとしない見た目から少し侮っていたかもしれないな、と鉄子は反省した。少なくとも、目の前にいるシルバーファーンはそう悪くない馬体なのは間違いない。

「走路、走らせてもらっていいですか」

「はい。今うちの従業員を呼びますね」

俊二がスマホで呼び出して走路に移動すると、白い軽トラが畜舎の方からやってきた。車から降りてきたのは動画でファーンに乗っていた女性だった。小柄で細身、背筋もピンと伸びていかにも馬乗りの体型をしている。しかし、その表情は明らかに不機嫌そうに歪んでいた。

「うちのスタッフのアヤ……綾小路です。こちら、ファーンを預ける予定の二本松調教師と、……鉄子さん。ほら、挨拶して」

愛称の方を覚えてさては名字忘れたな、と鉄子は眉を上げたが、それよりも綾小路という従業員の態度の悪さが目についた。別に愛想笑いをしろとは言わないが、目を合わせることもなく、社長に促されてようやく「どうも」と小さく頭を下げる程度だ。

この場合、極端にコミュニケーションが苦手か、手がけた馬が連れていかれることに納得できないかの二択だな、と鉄子は判断した。隣の二本松をそっと窺《うかが》うと、女性の態度になど気づいていないようなそぶりで「では綾小路さん、よろしくお願いしますね」と微笑《ほほえ》みさえしている。ボスはこういう時が一番怖い。

態度の悪さはともかくとして、アヤが馬に近づくと、ファーンは懐いている様子で鞍《くら》と馬具をつけさせ、走路まで問題なく引かれていた。鉄子は馬の歩様《ほよう》はもちろん、引く側の力加減や姿勢もチェックする。動画での乗り方同様、悪くはない。有無を言わせず馬を誘導し、なおかつ強引さを感じさせない。

走路に入ると、アヤは乗る前にわざとらしいほどにファーンの顔周りを撫でた。さっき「どうも」とぼそっとつぶやいた時より二オクターブほど高い声で「大丈夫だからね」「頑張るんだよ」と声をかけている。俊二が「二本松調教師たちもお忙しいから早く」と促すと、返事もせずにひらりと飛び乗った。

「鉄子君、録画頼むね」

「アイサー」

二本松は彼らを直接見つめ、鉄子は録画中のタブレットの画面越しにファーンの走りを見る。正直なところ、動画よりもいいな、と鉄子は感じた。アヤが無理を強いる前にファーンは心得たように全身に力をみなぎらせ、力強く土を蹴って歩幅を広げていく。雄大な馬体も相まって、のびのびとした走りだった。もちろんまだ粗削りな面はあるが、薄い皮膚の下でうねる筋肉、関節の可動域の広さ、まっすぐ前を見て鞍上の指示に従う姿勢。もうすぐ二歳という若馬としてはなかなかいい。

鉄子はちらりと二本松を見た。顎《あご》に片手をやり、眉間に軽く皺《しわ》を寄せている。口元に微笑みはない。

——お気に召したか。

どうでもいい馬ならば、二本松は愛想笑いと共に「やあ、いいですね」などと軽口の一つも叩く。しかし、見込みのある馬を目にすると、さらに良くするためにはどういったトレーニングを課すべきか、成長の余地はあるかなどを見極めるために集中し、険しい表情になる。それを勘違いしたのか、社長が少し慌ててファーンと二本松を見比べている様子が少し可笑《おか》しかった。

「年が明けたら早いうちに、うちで預かりましょう。馬主さんには話を通しておきます」

走るファーンから目を離さないまま、二本松が言った。鉄子が「わかりました」と承諾し、社長は「えっ、そんな、もう？」と二本松の真意を汲めないままで慌てている。

――そんなに心配しなくても、あんたのとこの坊ちゃんはあたしが磨き上げてみせるよ。

ふっと鼻で笑いそうになるのを抑えて、鉄子はタブレット越しに灰色の馬体を眺めた。あの馬を自分が担当する。なんだかんだ言って、そのことを、今や楽しみにさえ感じていた。

年が明け、季節が過ぎ、七月上旬の日曜日を迎えた。

函館競馬場。天気は晴れ続きで、夏とはいえ海の近い函館競馬場は涼しい風がそよぎ、蒸し暑い美浦や栗東から連れてこられた馬たちは快適そうだ。みな、目がキラキラと輝いている。本州と比べて気温が低いのもあるが、湿度が低いことが馬にとっては特に快適なようだ。

好天続きで馬場は良馬場。開催四週目で芝は内ラチ沿いが踏みつけられてやや荒れてはいるが、避《よ》けて走るほどではない。

ファーンのデビュー戦は本日、第五レース新馬戦芝一八〇〇メートルで行われる。鞍上は二本松の意向で菊地俊基。特に意図したわけではないそうだが、弟が生産した馬に兄貴が乗ることになる。

鉄子は、ファーンの担当者兼厩舎の責任者としてここ函館に来ていた。二本松は看板馬が福島の重賞に出走するため、そちらに出向いている。二本松厩舎から函館に来た馬はファーンを含め三頭。今日はファーンの他に一頭がこの後出走予定だ。函館組では調教助手として一番の古株である鉄子が責任者だった。

――このあたしが温泉入る気にもならないなんて。

今までは二本松や先輩に付き従うだけだったが、責任者となれば事務手続きや他のスタッフの管理なども行わなくてはならない。らしくなく緊張し、例年ならたっぷり浸《つ》かる湯《ゆ》の川《かわ》温泉にも入る気になれず、昨夜はシャワーを浴びただけだった。

函館遠征を全体的にみれば、今までそれとなく二本松が教え込んできてくれたお陰か、ほぼ全てが滞りなく進んでいる。

幸い、ファーンは輸送での体重減はほとんどなく、鉄子と獣医師の見る限り、元気な様子でもある。神経質なところもあるので輸送で体調を崩すのが一番の懸念材料だったのだが、実際はトレセンで計量した四九八キロから一キロの増減もなかったことに鉄子は呆れた。繊細なのか図太いのか、ファーンの性格は未《いま》だに判断がつきかねるところがある。

とにかく大人しく走ってくれれば。別段欲張りでもない鉄子の願いは、ファーンが馬場に出る前に一度打ち砕かれることになった。

「こうきたか」

レース前のパドックでファーンの綱を引きながら、鉄子はごくごく小さな声で呟《つぶや》いた。

隣を歩くファーンの体は申し分ない。毛色こそ若い芦毛特有の灰色で毛艶などは分かりづらいが、恵まれた体格にしっかりとした筋肉が乗っている。機嫌よく歩いてもいる。そして、その下腹部からホース状の長い性器がにょろりと出っ放しになっている。

「馬っ気《け》か、切りだな」

パドックの最前列にいた中年の男が、ファーンと競馬新聞を見比べながら放った独り言が聞こえ、鉄子は唇を嚙みしめる。馬っ気、つまり発情している馬は集中力を欠いているとして、結果を期待できない傾向にある。

パドックで周回している他の馬を見ると、新馬戦だけあって落ち着かない馬もちらほら見受けられる。そんな中、単勝一番人気のゲルハルトドリームという牡馬《ぼば》はまるで古馬のように落ち着き払って堂々とした姿をしていた。珍しい尾花《おばな》栗毛ということもあり、観客の注目を一身に集めている。

——それに比べて。

鉄子は堂々と歩きつつ、歩様に合わせて性器をぶらぶらさせているファーンを見た。装鞍所では特に問題はなかったのだ。今回の新馬戦には牝馬《ひんば》もいる。しかしファーンは初めて来た場所に興味津々で視線を巡らせるだけで済んでいた。美浦でも、発情がきた牝《めす》の僚馬が目の前を通った時はさすがに興奮していたものの、調教などで他の馬と接している時に馬っ気を出していたことはない。

周回自体に支障はない。たまに観客たちを物珍しそうに眺める他は、大きく踏み出す歩様で、足さばきもいい。円形のルートの外側を大股でリズミカルに歩けている。

この歩き方で、もう少し落ち着きが出て堂々とした態度になったら、いずれはベストターンドアウト賞を狙えるかもしれない。そう、股間を除いては。大股で歩くそのたびにぶらんぶらんと揺れるそれは、実にだらしがない。引き綱を持ってファーンの外側を歩いている鉄子には、観客の失笑がよく見えた。馬っ気全開な新馬をよりにもよって女性スタッフが引いているせいか、嫌らしい笑みを向けてくる客もいた。

――エロおっさんに構うな。平常心、平常心。

馬がどんな状態であろうと、堂々と歩けという師匠の教えを思い出し、鉄子は「うちの馬は最高ですが何か？」という顔で大股で歩く。

その一方で、テレビで持ち馬を見ているであろう馬主の広瀬夫人のことを考えていた。

札幌で現在一人暮らしをしている広瀬夫人は、オーナーとして愛馬のデビュー戦を現地で激励するよう二本松に勧められ、当初は函館に来る予定だった。

しかし、直前になって「飼っている猫の調子が悪いので」とのことで自宅でテレビ観戦することになったのだ。鉄子にとっては拍子抜けするほど軽い理由だが、ペットと持ち馬、どちらが大事なのかは人それぞれであって仕方がない。

広瀬夫人は馬については素人とはいえ、ファーンの股間が他の馬と違った状態になっていることにはさすがに気づくだろう。それでも、間近でこの有り様を見られて説明を求められるよりはまだましだろうか。

――後日、あのぶらぶらは何だったのかと聞かれても、答えたくねえなあ……

馬っ気は決して鉄子が出させているわけではないが、担当者としては責任を感じる。

鉄子は横目で電光掲示板の方を確認した。ファーンの単勝オッズが十四頭中五番人気から八番人気に下がっている。馬っ気を見た客が馬券から弾《はじ》けば、これからもっと下がるかもしれない。

考えると気が重くなるが、鉄子は強いてぐっと唇を引き締めた。

「とまーれー」

係員の合図で各々の担当者が馬を歩かせるのを止める。検量室から出た俊基が、オレンジ色の帽子を頭に走り寄ってきた。

俊基が纏っている勝負服は、故広瀬医師の登録を夫人が引き継いだものだ。白地に青線で両《りょう》襷《だすき》、肩から両腕に青の縦縞《たてじま》。すっきりとしたデザインとカラーリングで、コースの向こう正面にいても視認性がいい。だが、白地がベースなだけに他の馬の後塵を拝し続ければ、すぐに馬もろとも泥にまみれて汚れが目立つだろう。奇《く》しくも芦毛で汚れが目立ちやすいファーンと一緒だ。

――まあ、勝負服も馬も、汚れたところで結局勝てばいいんだけど。

とはいえ今回の目標は勝利も大事だが、まずファーンに競馬を勉強させることだ。スタート後、前めの集団について他馬のペースに合わせて走ること、突っ走りすぎずに我慢することを覚えさせておきたい。調子が良ければ函館の短い直線を考えて早めに抜け出し、上位を狙う、というものだ。これは遠征前に二本松を交えたミーティングで決定し、電話でオーナーの了承を得ている。

もちろん勝ってくれればありがたいが、彼の競走馬としてのキャリアはこれから数年も続くのだ。今後のためにまずは無事にレースを終えること、そこから多くの経験を得ること、が大前提だ。勝負服も多少汚れて黒くなるかもしれないが、仕方がない。

「おうファーン、元気だな」

俊基はファーンの首を軽くたたき、下腹部にちらりと目をやった。調教で気合いを入れてきた乗り役が近づくと、さすがにファーンの性器は縮んで収納されていく。鉄子はほっと息を吐いて、また表情を引き締めた。

「まったく、予想のつかない坊ちゃんだよ」

鉄子が鞍の近くで両手を組んで合図し、俊基の左脛《ひだりずね》を持ち上げて乗馬をアシストする。一瞬だけファーンは耳を絞って神経質な様子をみせたが、人を乗せると、きゅっと口元も引き締まった。

「打ち合わせ通り頼むよ。とはいえ、予定通りにはいかないだろうから、その時の判断は任せます」

「うん。安全第一で行ってきます」

俊基が頷《うなず》き、前の馬が歩くのに従って鉄子は引き綱に力を込めた。前の馬から適度に距離を取りつつ馬道を進む。観客の声が大きくなってきた。いつもこの瞬間は緊張が走る。

「鉄子さん」

「ん？」

「勝たせらんなかったら、ごめんねえ」

馬上から響く気の抜けた声に、にっと笑顔で返す。

「殿《しんがり》負けでも怒んないけど、無茶させて馬壊したらブン殴る」

「了解」

天候は晴れ。芝はパンパンの良馬場。夏競馬らしい青空の下、爽やかな緑色の芝が広がっている。ファーンの四つの蹄《ひづめ》と、鉄子の安全靴が芝を踏みしめる。北海道開催の特徴である、根の深い洋芝特有の柔らかさだ。データによるとファーンの父、シダロングランの函館での成績は二戦一勝、札幌では三戦一勝。絶対的ではないが、洋芝との相性は良いのではないかと思える心強い戦歴である。

「よし、行っといで」

鉄子が金具を外すと、弾かれたようにファーンが走り出す。返し馬だ。準備運動を兼ねて走りの姿勢を観客に見せつけながら、灰色の大きな馬体がのびのびと走っていく。芝の緑に映えて、さらに大きく見えた。

鉄子は馬場から柵を越えて内馬場の方に移動しながら、ちゃんと無事に戻って来ますように、と祈った。この仕事に長く携わっていて、願うことは結局これだ。勝っても負けても、怪我のない完走あってのことだ。これは自分だけでなくどんな厩務員もそう願っているだろう。

ファーンの姿が遠ざかっていく。頼もしいその姿が、一瞬大きく跳ねた。

「あっ⁉」

馬場を挟んで反対側の観客席からも一瞬どよめきが起こる。鞍上の俊基の姿勢が揺らぎ、振り落とされそうになったが、なんとか落馬は免れてファーンを落ち着かせた。時間にしてほんの二、三秒のこととはいえ、鉄子の背中に冷たい汗が流れた。

——なんてこった。さっきまでは比較的おとなしかったのに。

「危ねえなあ」

他厩舎の調教助手が呟いた。ファーンの近くにいた馬たちも、突然の大暴れを目《ま》の当たりにして動揺している。特に今回は新馬戦。ということは彼らにとっても初めての競走体験なのだ。厩務員の危惧ももっともだ。放馬に至らなかったから良かったものの、他の馬に驚きやストレスを与えた可能性を考えて、鉄子は身を縮めた。どの厩舎の担当者もオーナーも、祈るような気持ちで初めて競馬に挑む愛馬を見守っているはずだ。

札幌でテレビ観戦している広瀬夫人は、一体どう思っているだろう。いきなり大きく跳ねた持ち馬を見て、「あら元気ね」ぐらいの印象を持っただろうか。そんなことを考えながら、鉄子はゲートへと向かった。

返し馬で他の馬をヒヤヒヤさせる結果となった俊基は、集合場所での輪乗りで他のジョッキーに軽く頭を下げつつ、ファーンをゲートに向かわせた。鉄子は綱を引きつつファーンの様子を確認する。呼吸が速く、白目の部分が血走っている。明らかに興奮していた。

——やばいな。

発走後の暴走。騎手落馬で競走中止。斜行で他馬の進路妨害。ラチ激突。転倒。怪我。予後不良。

鉄子はあらゆるネガティブな可能性を頭の中で思い描いてしまう。しかしすでに出走直前である今、できることといえばファーンをなるべく落ち着かせることだけだ。

泣いても笑っても、デビューする若馬十四頭がいよいよ発走する時間だ。鉄子も動揺と不安を抑えこみ、トレセンの練習用ゲートで幾度も行ったようにファーンを引き、狭い金属のスペースへと誘導する。今回の発走では、デビュー戦という不安もあって鉄子は事前に申請してゲート係員ではなく自分が立ち会うことにしていた。幸い、ファーンは抵抗する様子もなく、練習通りスムーズに入ってくれた。

引き綱を外し、ゲートの下をくぐって外に出ながら、鉄子は俊基の様子を盗み見た。ファーンが落ち着いたと把握しているのか、首を巡らせて他の馬たちの様子を目視で確認しているようだった。

——ああ、勝つこと考えてんだ。

鉄子はなかば直感した。調教助手は馬を預かり、走らせることが仕事だ。怪我のないように。どうか無事に。常にそう考える。

しかし騎手は、馬を走らせて勝たせることが仕事だ。自分が跨《また》がって命を預ける馬の様子を気遣いつつ、他の馬の様子も把握して、数十秒の間繰り広げられる『競争』で勝たんとする。当たり前のことではあった。

他の馬二頭がゲート入りでごね、予定時刻を二分ほど押している。心配なのは先にゲート入りした馬が待たされることで集中を欠くことだが、俊基はファーンに何かを話しかけて気を紛らわせているようだった。

全ての馬がゲートに収まり、一瞬の静寂の後、ゲートが開く。自分だけではなく、近くにいる他の厩務員たちも息を呑むのが鉄子にも分かった。どれだけホースマンとして経験を積んでも、数多くの馬を担当しても、新馬戦というのはやはり特別だ。普段よりも幾分引き延ばされたように感じる瞬間に、若い馬たちが競走の世界へと駆け出していく。

担当者はそのまま突っ立ってレースを見ていることはできない。ゴールで馬たちを出迎えられるよう、急いで移動用のバスに乗り込んでいく。鉄子も急いで中に入り、バス内部のモニターを見つめた。

「あちゃあ……」

そして溜息を吐く。

馬の一団は第二コーナーに入るところだった。その先頭に、灰色がかった白い馬体がある。今レース中唯一の芦毛馬、ファーンだ。

初めから先頭集団につけておきたい、という当初の計画からすると、他馬との兼ね合いから先頭を切る状況になっても何らおかしいことではない。ただし、その走り方がいけなかった。明らかにペースが速く、いわゆる「かかっている」状態だ。俊基もある程度はスピードを抑えるように働きかけているようだが、もともと力ずくで馬を制するというより、馬の走りたい気持ちに任せて上手く呼吸を合わせていくスタイルを得意としている。だからこそ成績に抜きん出たところがない中堅騎手なわけだが、その中堅騎手という立場を維持していくことがどれだけ大変なことなのか、多くの関係者は知っているし、それゆえに信頼もしている。だからこそ俊基もここぞという時を逃さず勝利を重ねてきた。

だがこれはいけない。

ファーンが走る気満々なのはとても良いことだ。しかし父母の血筋とスタミナから一八〇〇メートルという長めの距離を選んだ以上、まだ中盤で二番手に四馬身も差をつけるなどと、こんな飛ばし方をしては最後まで持つわけがない。俊基はせいぜい脚を壊さない程度に手綱を引いているだけだ。

このままでは最後のコーナーを待たずに後続に捉えられ、ずるずると後方に沈む。幾度も目にしてきた先行馬の逃げ負けシーンを鉄子は思い浮かべた。

――せめて怪我すんな。

俊基は馬に過度の無理を強いることはない。分かってはいても、鉄子は固唾《かたず》を呑んでモニターを見守ることしかできなかった。他の厩務員が「まあ、新馬だしねえ」と半笑いになるのも仕方がない。ただ、鉄子だけはファーンの無事を心から祈る。

鉄子の想像通り、ファーンは最終コーナーで馬群に呑まれた。予想していたことなのに、鉄子はシンプルに悔しい、と思う。首向きが斜めになった黒鹿毛の馬に抜かれる。とうとう直線入り口で、一番人気の尾花栗毛、ゲルハルトドリームが後方から抜け出し、ファーンを抜いてみるみる差をつけていった。あとは他の馬にも抜かれるだけだろう。目はモニターを眺めながらも意識が萎《しぼ》んでいったとき、「お、おいおい」という周囲の呟きでふと我に返った。

「マジで」

言葉が先に出て、意識は後から追いついた。灰色の馬が、残り一ハロン――二〇〇メートルでみるみる他の馬を追い抜いていく。見れば、騎手が懸命に手綱を動かし、鞭《むち》を振るっていた。後続に二馬身差をつけていたゲルハルトに、一完歩ごとにぐんと差を縮めていく。

「い、いけ!」

何も考えずに鉄子は声を上げていた。ファーンのスタミナが切れたように見えたのはフェイクだったのか。それとも抜かされたことでファーンの闘争心に火がつき、それに俊基が応えているのか。どちらでもいい。ここまできたら勝て。とにかく勝て。それしかなかった。

小さなモニターの、先頭集団を引いたカメラで映した映像ではファーンの細かい様子までは確認できない。それでも、低い姿勢で首を前に伸ばして速さを追い求めるファーンと、懸命に手綱を扱《しご》いて一センチ、一ミリでも馬を前に押し出そうとしている俊基の騎乗姿勢はよく分かる。一頭と一人。少しでも速く走ろうとする。ぴたりと呼吸が合っていた。

隣のゲルハルトも短期免許で来日している外国人騎手が懸命に先頭を保とうとし、馬の方もそれに応えて良い走りをしている。それでも、ファーンと俊基はじりじりと距離をつめ、ゴール板の直前でとうとうゲルハルトと横並びになった。

内にファーン、外にゲルハルトドリーム。決着はほぼ同着のようにも、鉄子の目には指幅二本分ほど内が有利にも見えた。

ゴール板を駆け抜けた二頭の馬とそれぞれの騎手は、競走を終えても一定の距離を保ちつつ速度を落としている。電光掲示板には『写』の文字が表示されている。写真判定だ。約三分後、ちょうどバスが検量室の近くで停まって鉄子が降車した時、『確』の文字が表示されてファーンの一着が確定した。

――よっしゃ！

鉄子は心の中で快哉《かいさい》を叫んだ。実際に声に出さないのは悪目立ちしないためだ。心情としては嬉しい。嬉しいが、レースの内容を思うと周囲を気にせず喜ぶのは憚《はばか》られた。

検量室の前、一着の馬の待機場所にファーンが滑り込んでくる。芦毛のため分かりづらいが、相当な汗をかいていた。運動量のせいというよりも興奮が収まらないのか、フッフッと荒い息を吐いている。

「お疲れ。ひとまず、よくやってくれた。ありがとう」

俊基がゴーグルを上げ、疲れ果てたような笑みを向けてきた。

「いやー、俺もね、どうなることかと思ったわ」

鞍とゼッケンを外しながら、俊基はいつものように気の抜けた声を出した。

一番頑張ったのは俺だ、と言わんばかりに、ファーンがひときわ大きく鼻息を吐く。このやろう、勝ったのが分かっているってのか。小憎たらしく思いながら、鉄子はファーンの首筋をポンポンと叩いて激闘をねぎらった。

「はいはい。言いたいことはあるけど、あんた頑張った頑張った。えらいえらい」

やらかした馬ではあるが、人間の動揺を悟られてはいけない。努めて明るい声を出した。

「お疲れ、うん、いろいろ言いたいことはあるけど、頑張ったな。偉いぞ」

俊基も明るくファーンをねぎらってはいたが、勝負服はべったりと汗で湿っていた。他の騎手と比べても、尋常な汗のかきかたではない。

「本当、お疲れ俊基。いやー、なんつうか……」

「うんまあ、跨った後は全部俺の責任だから」

それだけ言うと、俊基は検量室へと向かって行った。彼はすぐに次のレースの出走が控えている。反省会はその後だ。

福島の二本松調教師からも電話で色々と問い質《ただ》されることだろうが、まずは鉄子も事務手続きや次の馬の出走に備えなければならない。ファーンの体に特に怪我や痛む様子がないのを手早く確認すると、手順通りに綱を引いて歩き出した。

「放馬しかけたり馬鹿逃げで他の馬のペース乱してんじゃねえよ、ボケぇ!!」

いきなり、検量室に一番近い観客席から野太い声を投げつけられた。鉄子は思わず睨《にら》みつけようとして、やめる。おそらくファーンの走りによって馬券で負けた客だろう。申し訳ないという気持ちはわかない。裁定委員会から懲罰を受けるようなことをやらかさない限り、これは公正な競走であり、同時にギャンブルなのだ。客の声が聞こえていないふりをしている鉄子に、また違う声がかけられる。

「菊地、兄弟馬券サンキュー！」

そういえば、弟が生産した馬で兄が勝ったことになるのだ。感謝の言葉を投げかけたのは物珍しさから買った馬券が当たった客だろう。ふと、ファーンが産まれた菊地牧場ではこの勝利を見届けていたか、そして馬主である広瀬夫人は今回の勝利を喜んでくれているか、気に掛かった。

同じ頃、静内の菊地牧場では、事務所のテレビに数名の目が釘付けになっていた。

灰色の馬体が本馬場で一瞬放馬しかけた時は焦ったが、ゲートから出て、トップで第一コーナーに入った時は皆が小さく歓声を上げた。デビュー戦のため過去のデータはないが、二本松調教師からの話と事前の騎手インタビューで前めの集団につけておきたいという話は聞いている。

予定通りの望ましい好位置。そう思っていたのだが。

「かかってる……」

向こう正面で直線を思いっきり走るファーンの姿に、俊二は絶望的な声を出した。

「え、気持ち良さそうに走ってるじゃないですか」

馬は好きでも競馬そのものにはあまり興味のないアヤが、不満そうに唇を曲げた。機嫌を損ねない程度にマサが解説に入る。

「あのペースじゃさすがにスタミナ持たないよ。俊基さんも、なんで押さえ込まないんだか……」

最終コーナーに差し掛かるあたりでスピードは落ち、少しずつ後続の馬群に呑まれ始める。今回はダメかもしれない。まあこれで競馬を覚えて、次だ次。そんな雰囲気が漂ってきたとき、

「あ！」とアヤが大きな声を出した。

「走りが伸びてます。ドラ夫、前見てる。諦めてません」

その言葉通りに、ファーンはぐんとスピードを上げたように見えた。

「あーあーあーあー！」

「え？　マジ、いけるいける！」

あとはもう、各々好き勝手に声援を送るだけだ。ゴール板を過ぎると、ファーン会心の巻き返しが功を奏し、写真判定の時間をはさんで電光掲示板で一着の報がもたらされる。

「よ、よし、やった!!」

一番喜んでいたのは俊二だった。パドックで馬っ気を出したあたりから嫌な予感はしていたが、生産者としてはとにかく勝ってくれるのが一番だ。自分が選び抜いて交配させ、手塩にかけて育て上げた苦労が報われた瞬間でもある。

「やったやった、ドラ夫偉い！　私が育てただけある！」

「いやーさすが俊基さん。いい手綱捌《さば》きでした。これはクラシックも狙えるんじゃないですかねえ？」

アヤとマサは各々勝手に喜んでいる。その派手な喜び方を目にして、俊二はかえって冷静になった。

デビュー戦で勝利。最終オッズでは十番人気からの単勝万馬券。残った記録は確かに輝かしい。しかしその実態は、パドックで馬っ気を出したうえ、返し馬であわや放馬というところまで暴れた。向こう正面で戦略とは思えないかかり方をした上で最後一ハロンをハナ差で抜き返し。

デビュー戦に百点と零点《れいてん》が同時に存在している。

安定感のある二本松厩舎に預け、ガサツに見えるが経験豊富な調教助手が担当し、のらりくらりと乗りこなすのが妙味の兄が鞍上で、その結果がこれなのだ。

喜びと不安とが、俊二の胸の中で同時に存在していた。

五

自由と選択肢

「んー、どれどれ。よしよし。ほいほい」

八月の美浦トレーニングセンター、二本松厩舎《きゅうしゃ》の一角で、コンコンカンカン、リズミカルな音が響いている。合間には、鼻歌が交ざっていた。

「ホイ終わり。お疲れさん」

細身で筋肉質、よく日に焼けた前掛け姿の装蹄師《そうていし》が、膝で挟んでいたファーンの後ろ脚を解放した。体を少し離してから、ポン、と軽く背中を叩く。ファーンはわざわざ首を後ろに曲げ、白目をやや血走らせて装蹄師を睨《にら》んだ。

「終わったってば。そう怒んな」

「泉《いずみ》さん、どうでした。爪の状態」

傍に控えていた鉄子が、真面目な声で訊《たず》ねた。泉は「んー」とごく軽く唸《うな》り、道具を片付けつつ返事をする。

「状態って意味では健康だし、今回打った鉄もジャストフィット。問題ないと思うよ。ただ、前にも言った通り、やっぱり爪がやや薄いみたいだから、運動の後とか、ちょっと気を付けて見ておいた方がいいかもね」

「はい」

深刻になりすぎないようにという気遣いなのか、泉は朗らかに笑ってファーンの鼻筋に手を伸ばした。気の立ったファーンが噛みつきにいったところを、絶妙のタイミングで手を引く。ガチン、と歯の噛み合う音がした。

「けっこうなヤンチャボーイみたいだからね。接着剤使っても固まるまで我慢してくれそうもないし」

「なんかすんません」

鉄子は軽く頭を下げて、ファーンの汗ばんだ首筋を撫《な》でた。薄い皮膚の下で筋肉がみなぎっている気配がする。

速く走れる馬の身体的特徴として、体の皮膚が薄い、というものがある。そして、そういう馬の蹄《ひづめ》は薄い傾向にある。爪も皮膚の延長なのだから仕方がないが、どうしても蹄鉄が打ちづらくなるので、まれにではあるが釘ではなく特殊な接着剤を用いて蹄鉄を固定することもある。ただし、固定されるまでは十分以上の時間がかかるため、余程大人しい馬でないと使用できないのだ。当然、二本松厩舎を代表する『ヤンチャボーイ』であるファーンは接着剤は使えそうにない。

泉はファーンが噛みつきそこねた手でVサインを作り、にっと笑った。

「大丈夫大丈夫。こんぐらいなら今までも例はあったし、釘でなんとかできるよ。な、ファーン？」

泉に笑顔を向けられ、ファーンは前脚をかいた。カッカッ、と打たれたばかりの蹄鉄がいい音を立てる。

「お前頭いいな。俺にムカついててもちゃーんと鉄打たせてくれるもんな」

「うまくいなして作業してくれる泉さんだからですよ。おかげで助かりました」

鉄子は心から感謝して頭を下げた。その様子をファーンは見ている。普段自分の世話をしている人間が、敬意を払う相手であるということ。そのぐらいは理解して、不貞腐《ふてくさ》れつつも蹄を預ける馬なのだ。変に聡《さと》い。

「まー俺もこの仕事して長いから、色んな馬見てきたしね。そうそう、俺の師匠、栗東のさ。この間蹴られてアバラやっちゃってさ」

「えっ、泉さんの師匠が？」

鉄子は思わず、馬が驚かない程度に声を上げた。ベテランの泉の師匠といえば中央競馬で三本の指に入る名装蹄師のはずだ。その超ベテランが怪我をするほど蹴られるとは。

「二本ヒビ入っただけだから仕事に支障はないらしいけどさ。こんなの久しぶりだって電話で笑ってたよ」

「しょげてたんじゃなくて？」

「別に師匠が衰えたとかミスしたとかじゃなくて、なんかスペシャル元気な馬だったみたいよ。こんな暴れ馬久々に見た、って。まあ、ファイヤーポルカのホントのラストクロップだったらしいから、嬉しかったのもあるんだろうな」

「ああ、ファイヤーポルカの……」

鉄子は納得して頷《うなず》いた。ファイヤーポルカという馬は、十年ほど前にＧＩを三勝した牡馬《ぼば》だ。現役時代もさることながら、引退後、種牡馬としてもかなりの成績を残し、子や孫が重賞戦線で活躍し続けている。

しかし三年前、残念ながら繋養《けいよう》先で腸捻転を起こして死亡した。ラストクロップということはその最終世代の、かつ、最後の最後に産まれた馬。となれば、ベテランの関係者ほど感慨を抱くことに納得もいく。

「そんなんがダービー獲《と》ったらえらい騒ぎになりそうですね」

ロマンを求めるマスコミがえらい勢いで食いつきそうだ、という皮肉交じりで笑うと、泉は真面目な顔で「いんや」と否定した。

「ダービーはないだろうな。牝馬《ひんば》だから。走るとしてオークスね」

「えっ牝馬なんですか」

別に牝馬でも関係者に蹴りをかまして怪我を負わせることはあるが、ファーンの話の延長だったため、鉄子はすっかり牡馬と思い込んでいた。

「とんだヤンチャガールみたいだよ。まー、所属と馬主考えたら、ほぼ間違いなくクラシック路線は狙ってくるだろうさ」

そう言って、泉は栗東を代表する厩舎名と有力一口馬主クラブの名を告げた。一口馬主とはいっても、出資者の負担額が大きいハイクラスの一口クラブで、鞍上《あんじょう》もトップクラスの騎手が多い。

「あんたと同期だね。古馬になったら一緒に走ることもあるかも」

ぽん、と鉄子がファーンの鼻筋に手を置くと、ぶんと頭を上下して振り払われた。

泉はその後も厩舎所属の馬数頭の蹄鉄をつけ換え、道具が満載されたジムニーに乗って去っていった。見送った鉄子はほっと心の重荷がとれて、全身をぐんと伸ばす。信頼できる装蹄師に所属馬の蹄をピカピカにしてもらうのは、文句なしに気持ちがいい。自分のネイルアートにはとんと興味はないし、仕事柄割れたり挟んで生え変わったりはしょっちゅうだが、馬のネイルが不健康だと自分のこと以上に不安になる。

特にファーンだ。デビュー戦を想定以上の巻き返しで勝利し、今後の活躍が期待されるファーンも、細々《こまごま》とした心配事は尽きない。蹄の薄さを心配していたが、泉に大丈夫だと言ってもらえたことで支《つか》えがおりた思いだった。

さて時刻は夕方。管理作業も他のスタッフが引き継いでいるため、少し早い仕事上がりができそうだ、と鉄子は更衣室に向かって踵《きびす》を返した。こちとら昼休憩があるとはいえ朝の三時起きで仕事に出ている身なのだ。たまにはサクッと仕事を終わらせて自室に帰り、馬のことは忘れてビールを飲むのも悪くない。

その真正面に二本松がいた。外出から帰ってきたのか、いつも以上にピシッとしたスーツに革靴姿で、借金の取り立てに来た銀行員に見えなくもない。ヒッ、と言いそうになる口を無理やり引き締め、鉄子は「お疲れ様です」と頭を下げた。そのまま横を通り過ぎようとすると、「軽トラあいてるね」と声をかけられた。

鉄子が恐る恐る顔を上げると、二本松が馬主にしか見せないような笑顔を鉄子に向けていた。

「誰か使う予定ある？」

「いえ、今日はもう誰も使わないはずですが……」

あ、これ断れないやつだ。そう悟って背筋を伸ばした途端に、二本松も笑顔を消して指示を出すボスの顔になった。

「帰りに回り道して買い物して来たんだよね。ビール。悪いんだけどこれ持って御影君《みかげ》とこに行ってきてくれないかな。蘭もらいに」

「蘭、てことは回収ですか」

「うん、蘭の回収」

なるほど、と鉄子は納得した。競馬界には、大きなレースに勝った馬主、厩舎、騎手、生産牧場など関係者に大きな胡蝶蘭《こちょうらん》の鉢を贈って祝うという習慣がある。どれも数万円からという豪華なもので、厩舎の場合は事務所が蘭で埋め尽くされて嬉しい悲鳴が上がるのだ。

関係者同士のお祝いの気持ちが込められたそれらは必ず生花であり、造花であることはありえない。そして、生花というものは、いつかは必ず枯れるのだ。

特に蘭は、ゴージャスな花が終われば再び同じような花を咲かせるには経験と技術を要する。馬の管理に自信のあるホースマンたちであっても、せっかく頂いた蘭の鉢を管理しきれずやがて枯らしてしまう、ということも往々にして起こるのだ。ごく一部の花屋は咲き終えた蘭の鉢を下取りして再び咲かせ、またお祝い用にリユースするという話もあるが、人からお祝いで頂戴したものを下取りに出すのは躊躇《ためら》われる、という人も一定数いるものだ。

そして、二本松の妻は、趣味で蘭を育てている。その腕は手がけた蘭を毎年コンクールに出品するほどなのだそうだ。そこで、二本松は知り合いの厩舎に、花を終えた蘭の鉢をちょっといいビール一ケースと交換すると申し出たそうだ。これが大当たり。売ったり枯らしたりしてしまうよりは趣味の人に再生してもらった方がいい、ということで、二本松厩舎のスタッフは折に触れてビールを蘭の鉢と交換しに出かけるのだ。

「分かりました。今回は御影さんとこだけですか?」

「うん。先週現場で一緒になった時、エリカ賞の時の蘭が軒並み元気なくて、困ってるって言ってたから」

「分かりました」

鉄子は素直に頷き、二本松が自分の車のトランクから取り出したビールケースを受け取った。上司の妻の趣味のために時間外労働をすることになり、本来なら避けたいわけだが、大人しくいうことを聞くのには理由がある。

「で、これ、手間賃」

「あざーっす!」

さらにビール、五百ミリリットル六缶パックが一つ。これが鉄子の取り分である。鉄子は意気揚々と軽トラに乗り込もうとした。その背に二本松が「あ、ちょっと」と声をかける。

「シルバーファーンの馬主の広瀬さんね。今年買った馬、御影君のところに預けることになったんだよ。それとなく、話聞いてきて」

「ラジャー」

ピッと敬礼をして、鉄子は車に乗り込んだ。御影は三年前まで二本松厩舎の隣で調教助手をしていた。直接の師弟ではないが、何かと目をかけていた縁もあり、広瀬夫人に二頭目の馬の預託先として紹介した、ということだろう。その馬の扱いをどうするか探れという、それが今回の蘭回収のメインミッションであるらしかった。

目的の御影厩舎は二本松厩舎から南側、一つずれたブロック内にある。トレーニングセンター内部に張り巡らされた道路を、鉄子はゆっくりゆっくり走行した。道路脇には馬を引いた知り合いの姿や、手押し車に載せたボロ、つまり馬糞を回収箱までぎこちなく運ぶ新人厩務員の姿が見える。ふう、と鉄子は小さく息を吐き、それから運転席側の窓を開けて外気を吸い込んだ。馬の体とボロの臭いがする。

ホームだね、という気がした。鉄子は競馬村の外で育ち、自分で選んでこの道に入ったクチだが、自分が育った両親のいる公務員宿舎よりも、トレセンの中の方が自分の家、という感覚があった。

「さて、さっさと終わらせて帰ってビールビール」

はやる気持ちを抑え、万が一にも馬と接触することのないよう、鉄子はゆっくりと軽トラを走らせた。

御影厩舎の造りは二本松厩舎と大して変わりはなく、向かい合った二棟の厩舎とその間のスペースに枠場や洗い場、建物の端に事務所という構造だ。二本松厩舎は調教師の性格もあって塵《ちり》一つ落ちておらず、事務所もいかにもビジネス仕様、という無機質さだが、御影厩舎は入り口に「みかげ厩舎」とよく言えば素朴な墨書の看板が掲げられ、事務所も本人の趣味を反映してアウトドア系のチェアやＤＩＹらしき木のテーブルが設《しつら》えられている。

良くも悪くも人柄が出るよなあ、と思いながら、鉄子は事務所玄関近くの路肩に軽トラを止めた。近くにいた顔見知りのスタッフに挨拶をして、ビールケースを抱えながら事務所へと入る。

「ちわす、二本松オーキッドサービスです、御影先輩いますかー」

「おう鉄子、久しぶりだな」

事務所奥の、ちょっとした和室になっている個人スペースからにゅっと御影が出てきた。長くてボサボサの前髪のせいで表情が見えづらいが、体つきは細いままで、調教助手をしていた頃と変わりない。

「うちのボスに言われて蘭取りに来ました。外ですか？」

「いや、来客から見えないように事務所の裏手にまとめてある。助かるよ、うちのスタッフもカミさんも、こういうの疎くて」

案内された事務所裏のスペースは小さな庭のようになっており、その端にやたら高そうな入れ物に入った蘭が並べられていた。敷き詰められた苔《こけ》は湿り、蘭も花は落としているものの肉厚の葉が残っているものばかりで、それなりに大事に扱われていた、という感じがした。

「エリカ賞勝ったとき、二本松さんから真っ先にこれが送られて来てさあ」

御影はそう言うと、一際大きな鉢を手にした。

「一応お祝い返しはきちんとしたけど。これだけは流石《さすが》に、二本松さんのとこに戻すのは不義理かな」

少し申し訳なさそうな御影に、鉄子は自信を持って首を横に振った。

「いや、いいと思いますよ。後輩の勝ちをきちんと祝う時は祝うし、蘭も咲かせるやつは咲かす。そういう人でしょ」

「顔には出ねえけど？」

「顔には出ませんけど」

だよな、と二人して苦笑いをして、合計十五鉢を軽トラの荷台へと運んだ。

「茶でも飲んでけよ。事務所回って」

「ありがとうございます、でも、いいんですか？」

「いいよいいよ。聞きたいこともあるんだろうし」

こちらの思惑はバレていたらしい。鉄子は御影の誘いを素直に受け入れて、事務所へと向かった。

アウトドア用のチェアは高くていい椅子らしく、簡素な見た目に反して座り心地が良かった。ごつい耐熱マグカップで出されたコーヒーもきちんとドリップしたもので、仕事終わりの疲れた体に染み渡る。これはアウトドア好きの馬主ならさぞかし話も弾むだろう、と思われた。二本松厩舎にはない特色だ。

「二本松さんに頼まれた馬、この間北海道に見に行ったよ」

菓子鉢に盛られていたクッキーを無造作に摘《つま》んで、御影が切り出した。

「ぶっちゃけ、馬主資格続けていくための繋ぎというか。本命がお前のとこの馬ってのは、事前に聞いて知ってはいたけど」

鉄子は思わず口ごもった。個人馬主は、毎年最低一頭は競走馬を新規所有しておいた方が、リスクも利益も分散させられる、というのが二本松の持論だ。広瀬夫人の原資は馬道楽を満喫していた故・広瀬医師の遺産で、夫人は故人に当てつけるようにして金に糸目をつけずにシルバーファーンの購入を決めたのだ。いわばファーンが本命、御影に預託する馬は馬主としてリスクヘッジのために購入したようなものだ。御影が表現した通り、繋ぎである。

本命の担当である鉄子としてはいささか据わりが悪い。とはいえ変に遜《へりくだ》れば待っているのは小心者扱いだ。鉄子は動揺をかけらも見せないようにしつつ、コーヒーを口に含んだ。

「うちのボスがすんません。で、口利きされた馬はどうでした」

「まあ、普通、っちゃ普通の牝馬かな。でも、選んだのが二本松さんだけあって、繋ぎでも勝てるのを用意してくれたのはさすがだと思うよ。だから俺は預かる以上、勝たせられるように鍛える。それだけだ」

御影が菓子鉢を鉄子の方に寄越してきたので、ありがたく摘む。不機嫌になってもおかしくない立場にもかかわらず、怒りの気配を見せない御影に、鉄子は密かにほっとした。関係者間の不義理に気を付けているあたりは、さすが二本松だな、とボスの無表情を思い返す。実際のところ、不義理に気を付けるというよりは、禍根を残すことで生じる不利益を極力潰している側面もある。

「購入に関して、オーナーはすんなり首を縦に振ったんですかね」

「購入の経緯か？　元々所有していた牝馬の産駒《さんく》っていう縁で決めたらしいけど。オーナーの広瀬さんて、テレビ電話では何度か話したけど、実はまだ会ってないんだよ。どんな人？」

おっと、これは藪《やぶ》の中を探しに入って、逆に探られているようなものではないか。

「旦那さんの不幸で、本人も予想もしてなかった形で馬主資格を継いだ人ですけど、静かで上品などご婦人って感じです。調教の状況やレース報告で電話してもごく常識的な感じで応対してくれるし」

言葉を選びながら鉄子は言った。決して、夫が愛人宅で腹上死し、ヤケになって馬を買ったとか言ってはならない。

「そうか。まあ、変に玄人風《くろうとかぜ》吹かせて結果に見当違いの文句つけるような人じゃないならそれでいいや」

「あーまあ、たまにいますね」

相槌を打ちながら、鉄子は内心ほっとしていた。広瀬オーナーの馬の件で、御影はきちんと納得している。二本松にはそう伝えて問題なさそうだ。あとは帰るだけかな、と思っていると、空になったカップに気づいた御影がおかわりを淹《い》れに行ってしまった。まあいいか、と鉄子も座り心地のいい椅子で体をくつろがせる。気心の知れた先輩と久々にダラダラ話をするのも悪くない。実際のところ、二本松の蘭回収は他の厩舎の情報収集やコネクション作りという側面もあるのだろうと鉄子は見ていた。

「そういや鉄子、うちの若いのが盆の期間中ずっとお前が追い切りに出てたって言ってたけど」

二杯目のコーヒーを置きながら、不意に御影が切り出した。

「たまには実家に帰ってんのか」

「ええ、まあ、たまに」

痛いところを突かれて、鉄子はコーヒーを啜《すす》った。不用意に喉に流れ込んで、つい「あっっ！」と声が出る。これでは自分の弱点を晒《さら》したようなものだった。

「お祖父《じい》さん、お元気なのか？　ほら、戦中、中山競馬場にいたっていう」

御影は淡々と続けた。変に揶揄《からか》わない代わりに、触れないでいるつもりもないようだ。鉄子は白旗をあげて、ぽつぽつと答え始めた。

「あー……、今、介護施設にいますよ。さすがにもう百歳近いですからね。移動も車椅子だけど、頭はしっかりしてて、今でも土日の午後は中央競馬見てるらしいです」

「すごいな。きっともう体に刻み込まれてるんだろうな。一度、直接話聞いてみたかったよ。競馬界の生き字引みたいなもんだな」

御影は感心したように頷いている。なぜ御影が自分の身内に関心を寄せるのか、鉄子は理解できない。この業界に入ったとき、新人調教助手の緊張を解こうと投げかけてくれた質問への答えが、まさか先輩のツボにハマるとは思ってもみなかった。

そもそも鉄子が競馬関連の仕事を志した一番の動機が、この祖父なのだった。鉄子の父は公務員だが、祖父は競馬の現地予想屋をやっていたので、長期休みの時は祖父の仕事について行っては丸一日、祖父が大声で捲《まく》し立てる予想を聞き、馬の汗を見て過ごした。鉄子にとっては子どもの頃から慕わしいじいちゃんであったが、両親、特に父は良い顔をしなかった。

中山競馬場で厩務員をしていた時代は、軍部に供出される予定の馬を仲間とともにどこかへ隠し通した、という、信じられないような話も残っている。

「厩務員やめてから予想屋業始めたもんだから、遅くにできたうちの親父殿は随分反発したみたいですけどね。日曜参観も運動会も学芸会も絶対来てくれなかったって」

「子どもの恨みは深いな。中央競馬の人間は心しておかないと。俺もカミさんに今から言い訳しておこう」

御影は苦笑いしながら頷いた。彼は元々騎手の息子で、生まれた時から競馬村にいたせいか、村外での生活と外から迎えた妻の扱いにやや過敏なところがある。鉄子も苦笑いしながら続けた。

「親を反面教師にして公務員の中でもガチガチに生きてきたもんで、あたしが競馬学校受けるって言った時は両親にはメチャクチャ反対されましたよ」

「まあ……スムーズに賛成してくれる親御さんというのも少ないんだろうな」

「なんだかんだ、女だということもありましたし」

鉄子はなんの躊躇いもなく言った。普段ならば自分の性別を理由に受けた理不尽や不利益について、人に話すことはしない。だが、信頼でき、真正面から心配や気遣いの姿勢を見せてくれる人には過去の事実まで隠して強がることはしない。

「でも元気だった頃のじいちゃんが喜んでくれたんで、いいかなって」

「うん」

御影の穏やかな同意を得て、鉄子は頭をかいた。この人の親父さんも息子が競馬界に残ったことを喜んだのかな、と思いつつ、しばらく会っていない両親と記憶の中の元気だった祖父を思い出す。そして祖父が教えてくれた、今ではモノクロの写真しか残っていないような輝かしい昔話の数々も。今、厩務員として働いている身としては、軍や組織の意向に背いてまで馬を守り通す、なんてことはとても考えられない。わが祖父ながら、とんでもない覚悟と信念を持っていたものだ、と呆れさえする。

ふと流れた沈黙を破るように、事務所入り口から「御影さーん」と声がした。

「すんませーん、来週の調教予定、この時間帯なんすけど、……あっ鉄子さん！　お疲れ様です！」

若いスタッフが鉄子を見かけて背筋を伸ばした。

「おっ、お疲れ様です。さてそろそろあたしは。御影さん、お邪魔しました」

鉄子も挨拶と同時に腰を上げた。手早くスタッフに指示を出し終えた御影も立ち上がる。

「蘭の件、ありがとな。二本松さんにくれぐれもよろしく伝えてくれ。あと、次は負けません、とも」

「次？」

「この間の府中《ふちゅう》、俺、二本松さんに負けたからなあ」

「えっ」

鉄子は驚きと疑いから首を傾《かし》げた。調教師の先輩後輩はあれど、ひとたび競馬場に馬を送り出せば年齢もキャリアも関係ない勝負の世界だ。当然、それぞれの所属馬が同じレースで競うこともあるだろうが、余程のことがない限りは調教師同士で結果についていちいち対抗意識を燃やすことはない。ましてや、二本松と御影の間柄では。

「あそこはうちも二本松さんとこも誘導馬になった元管理馬がいるから、メインレースでどっちが前歩いて馬場入場するかって、モカソフトを」

「モカソフトを」

負けたという単語に緊張したが、真相を聞いて鉄子は一気に脱力したのち、爆笑した。確かに東京競馬場の名物・モカソフトクリームは美味《おい》しいし、二本松は甘いものも好んで食べるが、それにしても。

「あっはっはっは。おっさん二人でモカソフト」

「全レース終わってから、わざわざ知り合いの記者に頼みこんで買ってきてもらったよ……。二本松さん、時々そんな突拍子もないこと言い出すんだよなあ。この蘭もだけど」

軽トラの荷台に置かれた鉢を指して、御影は苦笑いした。

「厳しいけど、いい師匠だな。お前もあの背中追って、追いつけるように頑張れよ」

「はーい」

わざと茶化すような間延びした返事をして別れる。御影が言いたいのは要するに、いずれお前も調教師を目指せということだ。

——うちのボスといい、御影さんといい。なんで人をそんなに調教師にしたがるかな。

この競馬の世界は自分にとって居心地がいい。だからこそ、人に使われる立場と人を使う立場の大きな違いを感じざるを得なかった。素直に返事をするには、いささか大きすぎる目標ではないか。

ビール六本分以上に大きなものを背負わされたような気がした。

八月も後半となり、夏の盛りは過ぎたはずなのに日高の陽光はまだ容赦ない。朝は気温が低くとも、これから昼にかけて気温が上がる気配があった。

「あっつー。残暑きらい。早く仕事終わらせて昼寝したい」

「マサ君、人間がだらけてると馬は分かっちゃうんだから。言葉通じなくてもだらけたこと言わないでくれる？」

「そうは言うけど、こうも忙しくちゃあ」

日高の菊地牧場、その馬房では、マサとアヤがぼやくのと諫《いさ》めるのを繰り返しながらボロ出しをしていた。

調子が悪く放牧に出さなかった馬を確認しにきた俊二は、喋りながらも効率よく作業をする二人の従業員を見て苦笑いを隠せない。マサは頭でっかち、アヤはさらに桁《けた》外れの頭でっかちだから時々衝突もあるが、これはこれで人間関係に問題はないらしい。

特に馬が好きすぎるせいで他の従業員と価値観が合わず、空回りしがちなアヤが俊二にとって最大の心配材料だったものの、少しとぼけたマサがアヤの刺々《とげとげ》しさをうまく受け流すことで、他のパートさんから微笑《ほほえ》ましく見られているようだ。

やれやれ、と俊二は馬房を後にしようとする。そこで、「そういえばさ、ドラ夫」というアヤの一言で足が止まった。思わず物陰に隠れ、二人の会話に耳をそばだててしまう。

「デビュー戦であんだけカッコよく勝ったのにさあ。その後ぜんぜんレース出ないじゃん。なんで？」

馬と馬に乗るのが好きなアヤは競馬それ自体にはあまり興味がなく、競馬知識が豊富なマサにいまだにあれこれ聞いては少なからず呆れられている。とはいえ、ドラ夫、現在のシルバーファーンが次いつ走るのか。その素朴な疑問は俊二も抱き続けてきたものだ。

生産牧場は自分の生産馬の出走情報を馬主や調教師から逐一教えられることはない。もちろん生産者から見た距離適性などを相談されれば話は別だが、実際には出走前に公開される情報で知ることがほとんどだ。ましてや菊地牧場は二本松厩舎とやりとりした馬の数が多い訳ではない。かといって、兄の俊基が所属しているからとわざわざファーンの出走予定を聞き出そうとするのは論外だ。

だからこそ、俊二もアヤのような素朴な疑問を解消できずにやきもきしていた。ついでに、マサに素直に訊ねることもできずにいた。

うーん、という、どこか勿体《もったい》をつけたマサの声が馬房に響く。

「函館で早めに一勝できたんだから、そのますんなり札幌2歳ステークス出られればよかったんだけどね。ただ、デビュー戦の内容があれだったからなあ」

うっ、と俊二は声が出そうになる。確かに、成績だけ見れば函館で早期に勝ち抜けたが、馬っ気《け》、放馬しかけ、かかり癖など、若さや緊張を言い訳にするだけでは済まない気性問題がありそうだった。

「一度美浦に戻したっていうから、そこで気性面を含めてトレーニングし直しってとこじゃないかと思う」

「じゃあドラ夫はしばらくレース出ないの？」

そこんとこどうなんだ、と俊二も思わず身を乗り出した。

「今は3歳未勝利戦や新馬戦が多くて、二歳の一勝クラス戦って少ないんだよね。まあだから予想するとしたら、気性面みっちりトレーニングしてから新潟2歳ステークスあたりが妥当かなあ」

確かにその通りだ。俊二はマサの見立てに納得していた。札幌の重賞に出てくれたら自分も応援に行って、と密かに思っていたが、実際は道内に限らずどこかの2歳ステークスなどを狙っていくのが筋だろう。

「えっ、ダービーは？　ドラ夫はダービーには出ないの？」

ゲホ、とマサが遠慮なく咳き込む音がした。競馬自体に興味が薄いからって、そこからか、と俊二もアヤに呆れた。

「ダービーは、もっとレースで成績を残してから。ダービー含めた3歳クラシックは、年間七千頭以上産まれる馬の一握りどころか一つまみのエースしか出られないんだから」

「そうなの……」

さすがに現実を知ったのか、アヤのしょげた声が響いた。競技は違えど、馬術という競技世界にいた身では思うところがあったのだろう。

「いや待てよ、二本松厩舎は今までもクラシック戦線に馬を投入し続けてるから。もし今後も出走権とるか賞金積めて、ドラ夫のオーナーさんを口説き落とせれば……」

アヤに提示された素朴な可能性に心を奪われたのか、マサが俊二には聞き取れない声でぶつぶつ言い始めた。もっと聞こえるように呟け、と俊二が耳をそばだてると、アヤの「マサ君、手が止まってる！　仕事！」という怒号が飛んだ。マサ同様飛び上がった俊二は、こそこそ逃げるようにして馬房から出た。

八月下旬の太陽がじりじりと新潟の地面を焼いていく。馬主席では広瀬夫人が表情を硬くしてバルコニーに出ていた。広々としたスタンドの、指定席よりもさらに良い位置にある馬主席は、青空と緑のターフ、そして集《つど》った観客の姿を一望のもとに見渡せる。

「広いんですね」

ぽつりと、広瀬夫人は呟いた。風で帽子が飛ばされないよう押さえつつ、目を細めている。むっとする熱気にもかかわらず、夏らしい白いツーピースのスーツを涼やかに着こなしていた。新潟2歳ステークス。GⅢ。芝一六〇〇メートル。二戦目にしてシルバーファーン初の重賞挑戦である。

斜め後ろに立っていた初老の男が、「ええ」と返事をする。今日は広瀬夫人が初めて愛馬の競走を観戦するにあたり、故広瀬医師の馬主仲間だった横田《よこた》という男が案内役を買って出ていた。外科医だという横田は線が細く神経質そうだが、広瀬医師の死因を知っているのか、やけに広瀬夫人に気を遣っていた。

「中央競馬の競馬場はどこも広々として立派ですが、直線だけで一〇〇〇メートルの競走があるのは新潟だけの特徴なんですよ」

「そうなんですか」

「奥さんが所有されているシルバーファーンは、一六〇〇メートルなのでコーナーも走りますが、長い直線をゴールに向けて懸命に走る姿は応援のし甲斐《がい》がありますよ」

「それは、楽しみです」

そこはお愛想ではなく、本心からの言葉だったらしく、夫人はそっとバルコニーの柵に両手をかけて下を眺めた。ちょうど第七レースの馬たちがパドックから本馬場に入場してくるところだった。

ふいに、わいわいと賑やかな集団がラウンジから移動してきた。そのうちの一人が「おや」と広瀬夫人に目を留める。

機嫌よく水割りのグラスと競馬新聞を手にした、六十代ほどに見える男だった。タイピンには大きな貴石を背負った白金の馬が輝いている。

「おや、お堅いと思っていた横田さんが華やかな方をお連れしている。どうも、棚部《たなべ》と申します。胸にあるそのバッジは、もしかして、新規の馬主さんでしたか」

「ええ、そうです。夫から引き継いだばかりの素人ですが……」

控えめな挨拶と名刺を交わし、棚部は少し驚いて目を丸くした。

「札幌の広瀬さん、というと……もしかして噂の、シルバーファーンの馬主さんでいらっしゃる？　つまり広瀬先生の……」

「家内でございます。生前は夫が大変お世話に……」

「いやいやこちらこそ。先生には何年か前、札幌記念の時にご挨拶させてもらいました。その時に良いお寿司屋さんなんかもご紹介頂きまして。あ、ということは奥様にも一度札幌競馬場でお会いしておりましたね」

「いえ」

広瀬夫人は帽子を取り、美容の教科書のように両の口角を上げて微笑んだ。

「お初にお目にかかります。実を申しますと競馬場にも初めて参りまして。何もかも分からないことだらけで困っております」

「あ、えっ、これは失礼、失礼……あっ見上《みかみ》さん、愛馬のあの肢《あし》の伸び、素晴らしいですなあ……」

笑顔に加え、ほんの少しだけ眉を下げた広瀬夫人に、棚部は急に焦って仲間の群れへと戻っていった。

「あの、奥さん。その……」

「大丈夫ですよ、お気遣いありがとうございます」

どこかばつが悪そうな横田に、夫人はにっこりと笑ってみせた。

広瀬夫人は夫の競馬道楽に付き合って競馬場に同行したことはない。つまり棚部は、故広瀬医師が妻の代わりに連れていた女性と間違えたのだ。あるいは、間違えたふりをしてわざと言ったのか。どちらだったにしても、広瀬夫人はそつのない切り返しをしてみせた。

「あの、横田さん」

「は、はい」

眼下では第七レースの発走時間が迫って盛り上がる中、夫人はバッグから競馬新聞を取り出した。ラウンジの入り口で配布されたものらしいが、まだ書き込んだ印も広げた痕跡もない。

「今、ご挨拶下さった棚部さんの馬も、私の馬と一緒に走るのでしょうか」

横田は素早くメインレースの出馬表を開いて指し示す。

「ええ。棚部さんのは二枠四番の、この馬です。シルバーファーンは三枠五番なので、おや、スタートではちょうどお隣さんのようですね」

どこか焦りながら説明する横田に、夫人はくすりと笑いかけた。

「勝ってほしいです」

「え、ええ。そうですね」

夫に先立たれた幸薄そうな未亡人のか弱さや儚《はかな》さはそこにはない。それどころか、場数を踏んだ馬主のように堂々としている広瀬夫人を前に、横田の背筋は知らず伸びていた。

メインレース発走の時間が近づくに従い、スタンドの観客の数と熱気はいや増していく。

ファーンはデビュー戦に続いて菊地俊基を背に乗せながら、大人しく鉄子に引かれてゲート入りに備えていた。

「やれるだけのことはやった。よろしく」

「おう。こっからやれるだけのことは俺がやる」

短く鉄子が告げ、俊基も応じる。ドヤ顔、ドヤ顔、と思い出して鉄子は唇を引き結び、ファーンの目を覗き込んで首筋をポンと叩いた。

鉄子と俊基の意見により、ファーンは前回の函館での勝利からすぐに美浦トレセンへと戻した。

そのまま函館や札幌で二勝目を狙うのではなく、気性面を含めた入念な調教を経た上で次戦を選んだ方がいい、という判断だった。

ファーンの調整のための調教だけではなく、厩舎の先輩馬の調整に併せ馬として並走、あるいは他馬の後ろで控えることを根気強く叩き込んできた。

俊基はスケジュールが合う限りはファーンに跨《また》り、人間との意見を合わせることを手綱や鞭《むち》を通じて教え込んだ。地道な、実に地道な作業だった。

『函館の走りとVTRを見たけど、あの子は基本頭がいい。そしてひねくれている。パドックでの馬っ気はファーンなりに周囲の緊張を逆手に取ったんじゃないかな。だからこそ、調教はあの子の頭の良さをこっちが逆手に取り、地道に練習を重ねて協力関係を築いていくしかない。……いや、ファーンにとっては、共犯関係なのかもな』

とは、二本松の意見だった。

共犯関係。そう言われて、鉄子も俊基も腑《ふ》に落ちたものだった。そうだ、装蹄師の泉が言うところのうちのヤンチャボーイが人間に求めている役割は、きっとそれだ、と。

二戦目の、デビュー戦の時よりも暑くて観客の熱気が高まる中、ファーンは落ち着いてゲートに収まった。今日はパドックで馬っ気を出すこともなく、堂々と大股で灰色の馬体を見せつけた。輸送で体重が落ちることもなく、馬体重は前走からプラス八キロ。成長分の範囲だ。並みいる他の一勝馬たちの中、父が新種牡馬にもかかわらず四番人気につけたのは上々だろう。

全馬が収まった一瞬の沈黙の後、ゲートが開く。全馬が一斉に飛び出した。静止状態からの急発進。どの馬もスムーズにスタートを果たし、力強く芝を蹴っていく。ほとんどの馬が鹿毛《かげ》か黒鹿毛、青鹿毛の中、芦毛《あしげ》の灰色はよく目立った。厩務員移動用のマイクロバス車内の小さな画面でも目立って見える。

今回の作戦は、前回のように飛び出すことなく前め集団をキープ。第三コーナーまでの五〇〇メートル以上という長い直線で、他の馬にもまれながらペースを守ることができれば万々歳。スタミナを保って、最後のコーナーで多少外を回ってでも前に出し、ゴールまでの直線でスタミナを使い切るつもりで追う。それに必要な調教は調教師、鞍上、調教助手、他スタッフ間で情報を共有して実践してきた。

——さあ行け、ファーン。

固唾《かたず》を呑み、鉄子は睨むようにファーンの走りを見つめた。

残り四ハロン。それまで順調に四番手につけていたファーンが少し首を上げた。外から、真っ赤なメンコ（覆面）をつけた馬が前へ前へと順位を上げていた。先頭集団を抜いて行こうとするその馬を、ファーンは明らかに意識している。

それに気づきながらも、俊基は特別なアクションを起こさなかった。手綱を絞り、飛び抜けたいファーンを調教通りに抑え続けていた。

だから、ファーンもそのままでいた。調教でここまで挑発的なかわし方をする僚馬はいなかった。しかし、鞍上の落ち着きぶりに誘導される形で、大人しく第三コーナーを回っていく。

俊基は第四コーナーの抜け出し口で鞭を入れた。合図を受けたファーンの全身の筋肉が弾む。全力で走ってもいい。そう許可を受け、ぐんとスピードが上がった。

バルコニーから見ていた広瀬夫人は、愛馬の雰囲気が変わったことに気づき、「あっ」と小さく声を上げた。

五番手からさっきの赤メンコを抜き、三馬身ほど差のあった先頭馬との距離をぐんぐん縮めていく。長く平坦な直線を実に気持ち良さそうに走り、とうとう残り一ハロンというところで先頭に立った。

「そのままっ！」

両こぶしを握り締めて鉄子は叫んだ。後方でスタミナを溜めていた馬はまだいるはずだ。追いすがられても仕方ない。だがゴール板ではクビ差でもハナ差でもいい、先着してくれ。そう願った。

「よし、そのま……えっ」

その鉄子の声が上ずった。鞍上の俊基は懸命に手綱をしごいて追ってはいる。少しでも速く走らせようとはしてくれている。しかし鞭はもう入れていない。

なのにファーンは後続に二馬身、三馬身と差を拡げつつある。

「……えっ」

そのまま、団子になった二番手集団に約五馬身差をつけてゴールした。

他の厩務員から祝いの言葉を受けながら、鉄子は内心で頭を抱えた。

速すぎた。いくら血統に対して距離が短いからって、ここまで飛ばす必要はない。ファーンが好きなように走った結果かもしれないが、鞍上が追った以上に走りすぎてしまうというのも、また問題なのだ。苦笑いの交ざった表情で、鉄子は「あんのヤンチャ野郎め」と呟いた。

同じ頃、馬主席のバルコニーでは広瀬夫人が他の馬主たちから祝福を受けていた。

「素晴らしい勝ちっぷりでしたね！　いやあ奥さん、持っていらっしゃる！」

夫人の横では横田がすっかり興奮していた。まるで自分の馬が勝ったかのような喜びようだ。

「いえどうも、馬と菊地さんと厩舎の皆さんが頑張って下さったお陰で」

「うちの馬も実は自信あったのですが、やー駄目でした。完敗でしたよ」

賞賛九割、同じレースに愛馬を出していた馬主の嫉妬一割、という感じの祝いの言葉の数々に、広瀬夫人も若干戸惑っていた。棚部も若干悔しそうにしながらもファーンの末脚《すえあし》を賞賛していた。

「おめでとうございます。一着です。さ、係員の人について下に行ってください。口取りがあります。あ、勝利馬の記念撮影のことです」

「ありがとうございます」

横田と職員に急《せ》かされる形で、広瀬夫人は訳が分からないまま移動を始める。そのハンドバッグの中でスマホが鳴り、夫人は歩きながら通話に出た。二本松だった。

『おめでとうございます。いい末脚でした』

「ありがとうございます。菊地騎手や二本松調教師、皆さまのお蔭です」

早足と通話、そして高揚が相まって、夫人の息は少しきれていた。

『反省点はありますが、挑戦してみますか、クラシック』

「え？」

問い返した広瀬夫人に、二本松は『いえ後ほどお話ししましょう、では口取りで』と言い残して通話は切れた。

六

難関への挑戦者たち

夏競馬の時季はすぐに終わり、秋のＧⅠシーズン、年末の有馬《ありま》記念を終え、新年を迎えていた。

「それでは、繁忙期を避けたせいで少し遅くなりましたが、二本松厩舎《きゅうしゃ》の新年会を開催したいと思います」

簡易テーブルや椅子を持ち込み、スタッフでいっぱいになった厩舎事務所に、二本松調教師の音頭が響いた。

「今年は馬主の広瀬さんのご厚意で、カニを沢山頂戴しました。余らせてしまってはもったいないので、皆さん張り切って完食してください。では、乾杯」

乾杯！　とスタッフが一斉にノンアルコールビールの缶を持ち上げ、飲むのもそこそこに目の前のカニの山に戦いを挑んだ。テーブルの上にはタラバ、毛ガニ、花咲《はなさき》と、みっちり身の詰まった大ぶりのカニが並んでいる。

鉄子は一番大きなタラバのツメをもぎ取りながら、広瀬夫人に感謝した。二本松調教師と牧場を案内した際の、厩舎の土産にはいつもカニを買うという雑談を覚えていてくれたのだろう。時々何を考えているのか分からないこともあるけれど、気のきく奥様だ。

スタッフ全員、大喜びでカニに貪《むしゃぶ》りついている。みんな無言だった。時期的に冷凍とはいえ、広瀬夫人は良い業者を知っているのか、驚くほどおいしい。厩舎から車で帰宅するスタッフが多いのでノンアルコールなのは惜しいが、それも気にならないほど夢中になっている。鉄子もツメの根元の塊にかぶりつき、「うーん」と唸《うな》った。ギュッと身が詰まっていて、うまい。

――今年も頑張らないとなあ。

昨年の厩舎成績は上々だった。例年通り、預かった馬の能力を高めながら、毎週末に繰り広げられるレースを戦い抜く。その間、馬のケアと自己管理の手を抜かない。スタッフたちはホースマンとして基本を押さえた丁寧な仕事をこなし、ボスである二本松が巧みなレース選択と調教方針を示し、結果を出す。

堅実な運営で、所属の馬たちは古馬重賞を三勝、二歳馬重賞を四勝という成績を残した。全体的に良い成績で一年を終えた他、三歳馬の勝ち上がり率も高い。上々だ。

――特に、あのヤンチャ坊主だ。

鉄子は花咲ガニの脚を胴体からもぎながら、厩舎一、手のかかるシルバーファーンの灰色の馬体を思い浮かべた。

デビュー戦勝利後、新潟2歳ステークス一着。十一月の京都・デイリー杯2歳ステークス、芝一六〇〇メートルは直線で不利を受けて二着。

そして先月、十二月のＧⅠ、阪神《はんしん》・朝日《あさひ》杯フューチュリティステークス、芝一六〇〇メートルで一着という大金星を挙げた。今後の活躍への期待もあって、スタッフたちもカニを食べながらファーンの話題を口にし始める。

「ファーンさー、ＪＲＡ賞、いけると思ったんですけどねー」

まだ二十歳になるかならないかの男性スタッフが残念そうにぼやいてノンアルビールを呷《あお》る。

先日、前年度のJRA賞の発表があったのだ。主催団体による部門別の年間表彰。その2歳牡《ぼ》馬《ば》部門でファーンは惜しくも受賞を逃していた。

「朝日杯まで勝ったんだから、俺、最優秀2歳牡馬、いけると思ったんだけどなー」

直接の担当ではないが、自厩舎の馬がJRA賞に迫るというのはそうそうあることではなく、若手にとっては相当期待が高まるものだったらしい。

「ところどころ、勝ちっぷりが問題になったのが響いたのかもな。まあ、こちらも反省点があるということで」

鉄子が宥《なだ》めるように言った。逃して悔しい気持ちは確かにあるが、これぱかりは仕方がない。

「最優秀獲《と》った奴だっていい馬なんだからさ。しょうがないよ。えーと、ゲロ吐くとドリーマーみたいな名前の、なんだっけ」

「よその厩舎の馬名間違えんな。ゲルハルトドリーム、な」

同僚の間違いに呆れつつ、鉄子は訂正した。

JRA賞最優秀2歳牡馬はゲルハルトドリームという栗東所属の馬に決定した。尾花《おばな》栗毛で体が大きい、見るからにハデな馬だ。記者票でファーンと僅差だっただけに、二本松厩舎スタッフは皆歯噛みしたものだった。

「ファーンが一度勝った馬だから、余計に悔しいっすね」

若手が残念そうに言ってカニの殻を噛み砕いた。鉄子も気持ちはわかる。

ゲルハルトドリームはファーンのデビュー戦で二着になった馬だ。その後すぐに勝ち上がり、東京スポーツ杯2歳ステークス、ホープフルステークスと重賞勝ちを重ねている。

「まあ、ファーンの放馬しかけと暴走で不利を受けただけで、その後強い競馬してるからねえ。実際いい馬だと思うよ、あいつ」

鉄子はカニミソを啜《すす》りながら、自分に言い聞かせるように言った。その後は自然と話題は野球やサッカーに移り、競馬以外のスポーツにとんと興味のない鉄子はひたすらカニをほじくり続けた。

「今年はどうすんだろうねえ、ファーン」

「うわ、びっくりした」

鉄子の隣にはいつの間にか俊基が陣取っていた。今日は所属騎手として新年会に参加している。北海道出身だがカニの食べ方はいまいちで、脚の付け根の身がうまく取れずに四苦八苦している。

「二本松さんが広瀬さんを説得してクラシック登録認めてもらったみたいだから、まあ順調にクラシック路線をひた走るんじゃない？」

俊基の持っているカニに鋏《はさみ》を入れてやりながら、鉄子はそっけなく言った。

「パートナーとしてぶっちゃけどうよ。不安？」

「んー……」

真剣にカニの身をほじくりながら、俊基は眉間に皺《しわ》を寄せた。おや、と鉄子は意外に思う。ファーンのお陰で俊基の技術が評判となり、最近は依頼も増えている。だというのに強力な相棒を持ち上げる気配はなく、顔が渋い。

「俺、若い頃は熟女専門でさあ」

「待て何の話」

「あ、ごめん、馬ね。実家での、ガキの頃の話。繁殖牝馬《ひんば》の世話は好きだったんだけど、当歳や一歳って苦手だったんだよね」

ああ、ファーンの故郷でもある実家の菊地牧場の話か、と鉄子は納得がいった。現在は弟の俊二が後を継いでいるが、子どもの頃は兄弟順関係なく手伝わされたことだろう。

「なんつうか、後にどんな名馬になるんだとしても、若馬って訳分かんないことで暴れたりするじゃん。幼稚園児と一緒で」

「あー、うん、そうらしいね」

鉄子は曖昧に頷《うなず》いた。競馬学校の騎手課程中退、厩務員課程卒業を経て調教助手となった身では、いくら年中馬と一緒にいるとはいっても当歳や一歳馬と付き合う経験はほとんどない。

「ファーンは調教でも大分こっちの言うこと聞くようになったんだけどさ。時々、ぶっとんだ当歳馬みたいな訳分からん何かを腹に隠し持ってるような気がするんだよね」

「ええ……これ以上か……？」

デビュー戦からレースを重ね、経験を積んでいるとはいっても、ファーンは得体の知れない性格だと鉄子も思っている。

「しかもあいつ頭いいじゃん。ここぞ！　って時にこっちの裏をかきそうでさ。気が抜けない」

確かに。調教で俊基が乗れない時は鉄子が鞍上《あんじょう》を務めているので、言わんとすることはよく分かる。

「若駒苦手な割にはよく見てんね」

「苦手だからよく見ちゃうっての、あるじゃない」

やっと大きな身をほじくり出して、俊基は満足げにカニスプーンをくわえた。

「まあ、君には苦手でも何でも乗ってもらうけどね」

「うっわびっくりした」

今度は俊基の反対側に二本松が来ていた。

「うちの方針としては馬に問題ない限りはクラシック三戦完走させるつもりなので、君は他の馬請け負ったらだめだよ」

「了解っす」

有無を言わせぬ二本松の命令に、俊基は珍しく真面目な顔で了承した。鉄子は他の連中が投げ出した細い脚を箸でほじくりながら、長い一年になりそうだ、と覚悟した。

厩舎に所属する全馬が大切、全レース必勝、とはいえ、皐月賞、日本《にっぽん》ダービー、菊花賞《きっか》の牡馬クラシック三冠レースはやはり独特の緊張感がある。担当馬が三冠のうちどれかに挑戦したことはあっても、全てに挑むのは鉄子にとっても初めての経験なのだ。

それは俊基にしても同じことで、JRA賞にかすったお手馬とクラシックに挑むのは初めての経験のはずだ。

——普段のらりくらり代表みたいな奴だから、緊張はむしろプラスになるかもしれない。

むしろそうあってくれ、と鉄子は願ったが、まだカニの殻と格闘している俊基から、少なくとも今は勝負師の顔を見出《みいだ》すことはできなかった。

「それにしても」

二本松はカニに手をつけることなく、タブレットを操作して調べものをしている。

「ゲルハルトドリーム。母馬はドイツで妊娠した状態から日本に輸入されたわけか。種牡馬も聞いたことないけど、現地でGI二勝。外国産馬にも、なかなかいい馬がいるね」

二本松はふふふ、と酔ってもいないくせに機嫌良さそうに笑った。

あ、これは現地のエージェントと連絡取るつもりだな、と鉄子は察した。同じ種牡馬の子が入った繁殖牝馬を探して資金が潤沢な馬主に購買を持ちかけるのだ。

そして産まれた子は将来有望な馬として自厩舎に引き取る。金とロマン、どちらも大がかりな仕事である。鉄子は感嘆交じりの溜息を吐《つ》いた。

「ボスって海外競馬のチェックも細かくしますよね」

「まあねえ。ジャパンカップとかも海外からの参戦は近年少ないし、情報は積極的に追っていかないと」

なるほどな、と鉄子が納得していると、カニとの格闘を諦めた俊基が「海外かあー」と間の抜けた声を出している。どこに隠し持っていたのか、発泡酒の缶を手にしていた。

「俺ももっと若い時に海外で修業してくれれば良かった、と思う時あるわ」

「俊基が？　初めて聞いた。そんな向上心があったんだ」

「失礼な。新人からなんとなく乗らせてもらって、そこそこ勝ったり勝たなかったりしてるうちにタイミング逃しちゃったけど、若いのが一念発起してアメリカとかアイルランド行くの見てると、ちょっと羨ましくなる時はあるよ」

ふーん、と鉄子と二本松はそろって目を丸くしていた。普段、馬主や所属厩舎の調教師にまでマイペースな態度を崩さない俊基にしては、珍しい側面だった。

「今からでもチャレンジしてみたらどうだ？　今のキャリアなら口きいてくれそうな関係者もいるだろう？」

二本松は知人の調教師やエージェントの実名を出して訊《たず》ねた。しかし俊基は首を横に振る。

「いやーセンセ、この歳になってから英語勉強するのかと思うとさ……」

「わかる」

鉄子も頷いた。三十代。新天地へのチャレンジはともかく、語学習得には腰が引ける年齢だ。

「馴染みのおネエちゃんに会えないのも寂しいしさ……」

「それは分からん」

俊基は美浦所属の騎手の中でも飲む方だ。馬主に誘われれば快く応じるのはもちろん、若手騎手や厩務員を連れて飲み歩くことも少なくない。「二日酔いだー」とどんよりした顔で朝の調教に顔を見せることもしばしばだ。

それでも一度コースに出ればしっかりと自分の仕事をこなすので、特に問題にはなっていない。それに、俊基の誘いのお陰で交友関係を広げられた若手関係者も多く、ちょっとした頼れる兄貴扱いにもなっている。飲み屋の女性に時々入れ込んでしまうあたりは、まあ、許容範囲といっていい。

「まあ、海外行くなら応援するけど、少なくとも今年一年は我慢してもらわないとな」

「ウス。ファーン号と戦い抜きます」

話の切れ目と緩んだ空気を確認して、鉄子はおしぼりで手を拭き立ち上がった。「あれっ」と雑談に興じていたスタッフから声がかかる。

「鉄子さん、どこ行くの？　夜飼いは俺のシフトだから後でちゃんとやるよ？」

「んー、ファーンの左トモのイボとれたところ、気になるから見てくる」

「夕方に抗生剤の軟膏《なんこう》塗ってなかったっけ？」

「あの予測不能のヤンチャ野郎だから、床ゴロゴロした時に薬が取れるとかやりかねないからね。ちょっと確認だけ」

じゃ、と鉄子は宴会の席を抜け出した。長靴で厩舎の中に入ると、足音と気配で鉄子だと分かった馬たちが軽く騒ぎ出す。

「ごめんって。夜食はまだあと。ファーン元気か？」

ファーンは通路にまで頭を伸ばしてこちらを見ていた。元気そうだが、懸念は尽きない。実は朝日杯で勝利した後、美浦に戻ってきて少々体重が落ちたのだ。一時的な輸送減、というには回復が遅いことが気になっていたが、時間をかけた現在は元の体重を取り戻している。元気で状態もいい。しかし気になることを放っておく訳にはいかない。

ファーンは鉄子が来たのだと分かると、上唇を持ち上げてヒヒヒと鳴く。

「相変わらず腹立つなその顔……。あんた人を執事かメイドみたいに思ってんじゃないだろうね。どれ、体見せな」

鉄子は持ってきたヘッドライトを装着し、馬房に入った。ファーンが気まぐれでも暴れないよう注意しながら、体へと触れていく。

いつもなら観念して体を任せるファーンが、体を離して少し嫌がるそぶりを見せた。

「何。いつもやってる確認だよ。ん、……あ、カニか」

鉄子が手をファーンの鼻先にやると、またブヒヒと唇を持ち上げ、なんだそりゃと言わんばかりに前脚をかいた。どうやら手に染みついたカニの臭いが気になるらしい。

「ごめんって。ちゃんと拭いてきたから汚れてないって。ほれほれ」

鉄子が両手の臭いを存分に嗅がせると、危険はないものと分かって少し落ち着いたようだ。

鉄子は気になっていた左後ろ脚の、イボがとれた痕を確認した。夕方塗った軟膏の名残はまだ患部に残っている。ほっとひと息ついて、体、首、胸前、脚など、ファーンの体の隅々まで丹念に触れた。

懸念しているのはフレグモーネの発症だ。ある種の細菌感染のせいで馬の皮膚下に腫脹《しゅちょう》が発生する。早期に見つければ抗生剤の投与で症状は抑えられるが、なにせイボがとれた痕程度の小さな傷からも感染することがあるのでたちが悪い。

さらに、ファーンのような芦毛《あしげ》の馬はメラノーマという皮膚ガンの一種にもかかりやすいという遺伝上の宿命があるので、チェックしてし過ぎることはない。一月の冷たい空気の中、ファーンの薄い皮膚は温かく、そして問題なく滑らかだった。

「よし。ＯＫ。あんたがお人形さんみたいに大人しければ心配も少なくて済むんだけどねえ」

分かっているのかいないのか、ファーンはブル、と鼻を鳴らした。鉄子はファーンの目に負担にならない程度にライトの光を当て、顔の筋肉の動きを確認する。チェック終わり、とばかりに鼻筋に手を置くと、ぶん、と上下の動きで振り払われた。

「……頑張ろうな。しばらくはお稽古続きだぞ」

クラシックを視野に入れ、前哨戦を確実にこなすことを考えれば、三月の報知杯《ほうち》弥生賞《やよい》ディープインパクト記念、若葉《わかば》ステークス、スプリングステークスあたりで結果を出しておきたい。言われるまでもなく、鉄子はこれからの一年、激戦続きであろうことを考えて馬よろしくぶるっと体を震わせた。武者震いだった。


三月末の月曜日。鉄子は二本松調教師を助手席に乗せ、日高の道路を走っていた。

「桜花賞《おうか》、ファイヤーリリーはかなり良さそうだな。悔しいけど。なんだこの胸前。牡馬かと思った」

二本松はタブレットの画面を見ながら呟いた。ハンドルを握る鉄子は、視線を前に向けつつおや、と意外に思う。ボスは他厩舎の馬でも良い馬は手放しで褒める方だが、感情まで吐露することは珍しい。桜花賞は自厩舎の馬の出走予定はない。だというのに、悔しい、という言葉が出るなら相当だ。

「そういえば、確か去年、装蹄師《そうていし》の泉さんが言ってましたよ。栗東の師匠がその馬にアバラ折られたって」

思えばその頃から周囲の期待を集めていた馬だった。順調に二歳牝馬レースを無敗で勝ち上がり、桜花賞はぶっちぎりの一番人気に推されている。鉄子は実物を目にしたことはないが、レース動画や写真を見る限り、同世代の牝馬とは馬格もオーラもケタ違いだ。早くも牝馬三冠候補と目されているうえ、牡馬ばりの馬体の割に目がクリッとした可愛らしい鹿毛《かげ》のため、ファンからの人気も期待も高い。

「速くてかわいくてヤンチャガール。そりゃ人気も出るってもので。うちのファーンももう少し安定してくれればねえ」

二本松の溜息交じりの言葉に、鉄子は同意して笑った。

ファーンは予定通りに三月の弥生賞に出走し、二着。最後の直線まで集団にもまれていたものの、残り一ハロンで良い追い脚を見せてクビ差の二着。負けて強し。結果以前に、俊基の指示にぴたりと寄り添った形で暴走もみられなかったため、及第点以上と言ってもいい。

レースに慣れ、ようやく精神も成長して落ち着いてくれたか、と思った矢先、アクシデントが発生した。

ある日、特に前触れもなく馬房で暴れ、厩舎で一番若いスタッフに回し蹴りを喰らわせ、怪我を負わせたのだ。当たりどころが悪く、折れた肋骨《ろっこつ》が肺を傷つけてスタッフは即入院する羽目になった。

馬を扱っていれば起こりうる事故だとはいえ、レースで大人しくなったと思われた矢先の出来事に、鉄子は少なからぬショックを受けていた。人間を充分安心させたうえで、隙を見て集団で一番立場が弱く見える対象を狙い撃ちした。そんな風にも見えてしまう。

「頭がいいのは好材料のはずなのに。気性難が酷《ひど》くなったらタマ抜かれちまうって分かってんのかね、あいつはもう」

嘆きながら、鉄子は横目で二本松を見た。性格が荒い馬を去勢して良化を試みることはよくある。クラシック出走を公言している以上、三歳のうちは騸馬《せんば》にしないだろうが、ファーンの父・シダロングランの知名度と実績のなさを考えると、血を残すよりも現役成績の向上が大事だと考えられてもおかしくない。

鉄子としては、できることなら騸馬にはしたくない。扱いやすくなるという側面は現場の人間として実感してはいるが、競馬を引退した後、種牡馬になる道を断たれてしまうのだ。引退馬の運命をよく知るだけに、選択肢は一つでも多く残しておいてやりたい。

二本松はうーん、と存外真面目な顔で唸った。

「僕としてもね。やりたくないよね。それはね。そうならないように今ここに向かっているわけで」

コツコツとカーナビの画面をつつきながら二本松は言った。鉄子も同意して頷く。目的地に設定されているのは菊地牧場だ。今回の北海道出張は、新たに産まれた仔馬を見に行くというこの時期特有の目的と、もうひとつ。「ファーンを休養させるならぜひうちの牧場に戻してください」と申し出ている菊地牧場の、実力の程を測るためだ。

これから激戦続きとなるであろうレース間の休養は、ある意味、調教同様に大事なものとなる。成長著しい、しかし気性とのバランスをうまく取ってやらねばならないファーンの休養を、果たして任せられるか。二本松厩舎にとって、大きな懸案事項だった。

しばらくぶりに訪れた菊地牧場は、日陰や軒先に雪の塊が残るもののプランターからはチューリップの芽が出て、北国の春特有の明るさに満ちていた。放牧地にはもう産まれた仔馬と寄り添う母馬の微笑《ほほえ》ましい姿が見える。以前来た時よりも敷地内が少し小綺麗になってるな、と鉄子は感心する。ファーンの活躍で小さい牧場にとっては少なくない額の生産者賞金が入っているはずだし、重賞勝馬を出した牧場となれば馬の取引価格も高騰しているのかもしれない。ファーンが勝ったことで、俊基の弟である俊二社長やスタッフは喜んでくれただろうか。そう思うと少しだけ鉄子の頬が緩んだ。

今回はあらかじめ来訪を告げていたせいか、インターホンを鳴らす前に社長が慌てて外に飛び出してきた。

「どうも、お待ちしてました！　遠いところはるばる、ありがとうございます！」

菊地牧場の社長は満面の笑みで二本松と鉄子を迎えてくれた。三年前、ファーンを広瀬夫人に見せた時の、どこか商売用の笑顔とは違う。現金なもんだ、と思いつつ、これもファーンの活躍によって得られた信頼によるものと思えば鉄子も自然と微笑むことができた。早速、社長に繁殖馬房を案内してもらいながら生後間もない仔馬を見ていく。

「ドラセナの今年のお産はまだでしたっけ。今年もシダロングランを？」

「ええ、シルバーファーンの活躍がありましたので、ぜひ全弟を残したいと思いまして」

「ちなみにどなたかご予約は？」

「ええと、その。お声はいくつか頂いてるんですが、今回はセールに出して皆様の率直な評価を頂いてみたいと考えてまして」

社長は急に口をモゴモゴさせて下を向いた。二本松は気にするふうでもなく、「英断です」と応じる。

「ドラセナならきっと良い仔を産んでくれるでしょう。ファーンの活躍でその仔の評判が上がるよう、こちらも心していきますね」

「あ、ありがとうございます！」

二本松の微笑みに、社長は大袈裟《おおげさ》なほど頭を深く下げた。両親が同じ組み合わせ、つまり全きょうだいに活躍する兄や姉がいると、仔馬の市場価値は格段に上がる。ましてや全兄がこれからクラシックに挑んでいくとなれば、庭先取引よりもセールで高額落札を狙うのが妥当というものだろう。商売人としても、ホースマンとしても納得のいく選択だ。まあ、うちのボスが自分が馬主を紹介したのだから先に売れとワガママを言うタイプじゃないからできることだけどな、と鉄子はひとり頷いた。

案内された屋外の柵の中にドラセナはいた。ドラちゃん、と社長が呼ぶと、大きな腹を揺すりながらこちらに歩み寄ってくる。肌も足取りも綺麗で、良い管理をされているように見えた。たまたま、柵を挟んで一番近くにいた鉄子に鼻先を寄せてくる。

「触っても？」

「もちろんどうぞ。以前はともかく、最近はだいぶ性格が丸くなったので」

「では」

鉄子は手を伸ばして鼻先に触れ、「どうも。お宅の息子さん、ヤンチャだけど頑張ってますよ」と挨拶した。

「ドラちゃんに触らないでくださいっ」

突然、怒りと命令が混ざったような女の声がした。ドラセナは声の主を見ると鉄子から体を離し、そちらの方へと歩いていく。その先には、ジャージとTシャツ、サンダル姿の女性が立っていた。

「あれ、以前お会いした」

二本松の呟きを無視する形で、女性はさっさとドラセナの頭絡《とうらく》を摑むと、やけにスムーズに隣の仕切りへと移動させてしまった。

あれ、何かの処置をする予定でも入ってたのかな、と鉄子は様子を見守っていたが、社長は「ちょっ、勝手に何を」とうろたえている。女性はドラセナを遠ざけると、「社長！」と容赦のない怒りの声を上げ、社長に詰め寄ってきた。

「アヤ、何するんだ急に。それに今日は休みだったろう。パートさんと俺で大丈夫だから、休むなり出かけるなり」

「部屋で休んでましたよ！　でも事務所のホワイトボードに『客来訪』ってあるだけで誰が来るか書いてなかったから、気になって見にきてみれば！」

恰好《かっこう》こそ以前と違うものの、アヤと呼ばれた女性は間違いなく以前ファーンに鞍《くら》を載せるところから教え込み、初期の馴致《じゅんち》を担当していた女性だった。どういう事情かは分からないが、社長には二本松厩舎の関係者と彼女を会わせたくないという意図があったらしい。

「あなた二本松調教師と、そのスタッフさんですよね!?　なんでファーンをあんな風に育てたんですか！」

アヤはズカズカと距離を詰め、目を吊り上げて二本松と鉄子に嚙みついてくる。怒っているには違いないが、何を怒っているのか、そして牧場スタッフに怒られる心当たりなど微塵《みじん》もない二人は、却《かえ》って冷静な気持ちになっていった。

「あの。お話が見えませんが。確かに何もかも万全にとはいかなくとも、我々はシルバーファーンを預かったうえはできうる限り真剣に向き合っている次第で」

「そんなの、そうは見えませんよ、全然！」

穏やかな二本松の主張も全く意味をなさない。マジで何これ、と鉄子は呆れた。確かこの子、調教技術はなかなかのものだったのに、こんなに話の通じない子だったのか。社長も大変だな、と同情さえした。

「いい加減にしろ！　失礼だろう！」

「だってあんなのファーンらしくないです！」

ピシャリとした言い方に、鉄子は少し眉を上げる。

「そりゃ担当としても興味深い。テレビの画面越しに見たファーンは、こちらの牧場にいた時とどう違って見えました？」

「鉄子君」

やんわりと制止しようとした二本松を押しのけ、アヤは鉄子の胸元に指まで突きつけてきた。女性同士とはいえ、鉄子の方が頭一つほど背が高いため、アヤは自然と見上げる格好になる。

「担当ってことは、あなたがファーンを変えたんですね。毎日近くで見ていて気がつきませんか!?　あの子、ここ最近、全然楽しそうに見えないじゃないですか！」

え、と鉄子は反論として用意していた言葉に詰まった。生産牧場で縁があるからといって過剰な思い入れをする勘違い従業員、その印象は変わらないのだが、最近のファーンが楽しそうに見えない、という言葉は意味を飲み込む前に鉄子の心に刺さった。それは、ファーンが鞍上や担当者の言うことを聞くようになった、という喜ばしい成長と表裏一体だからだ。

とはいえ、このまま言われっぱなしで引っ込むほど鉄子も大人しくはない。

「……あのね。だとしても、あたしらの仕事はファーンを競走馬として立派に育てて、結果を残してやることなんで、牧場側からどうこう言われる筋合いはないんすよ。第一、馬の好きなように大事に大事に育てて成績悪くなったらどうなるかなんて、そっちもよく知ってることでしょう」

鉄子は精一杯の自制心を働かせ、なるべく落ち着いて話した。視界の端で、社長が慌ててスマホで誰かに連絡している姿と、少し首を傾《かし》げている二本松が見えた。今の回答は八十点、というところか。

アヤは両拳を握りしめ、ぶるぶると震えていた。そろそろ落ち着いてくれないかなアヤちゃんよ。別に泣いても逃げても責めないから、と鉄子が見下ろしていると、カッと目を見開いて睨《にら》みつけてくる。

「引退した競走馬がどうなるかなんて、そんなの痛いほどわかってます！　そ、そもそも、競馬なんてものが存在するから馬が死ぬんじゃないですか！」

「あー」

鉄子は思わず空を見上げた。言っちゃう？　生産牧場で働いて給料を得ておきながら厩舎関係者にそれ言っちゃう？　と呆れ果てながら鉄子が周りを見回すと、社長は両手で顔を覆い、二本松はリミッターが外れたのか、完全な無表情になっていた。その間にバタバタと足音がして、「社長！」と青年の声がした。

「ようやく来たかマサ！　アヤを頼む！」

「はい！」

マサと呼ばれたスタッフはアヤの背後に回り、右腕から肩にかけてをホールドした。同じように左側を社長が拘束する。そのまま引っ張って連れていくつもりのようだ。

「ちょっ、何するの、放してよちょっと！」

アヤは全身を突っ張って抵抗した。おお、男二人を相手に回してなかなかの体幹だ、と鉄子が感心していると、それまで黙っていた二本松がメガネを押し上げながらアヤの目の前まで歩み出た。普段の無表情ではなく、かといって仕事相手に向ける笑顔でもなく、ただ薄く微笑んでいた。

――あ、やばい、これは。

ボスが怒っている。そうは思っても、ここまで本気で怒っている二本松の姿は久しぶりで、鉄子でさえ制止のため足を踏み出すことができずにいた。

「別にあなたが馬を心配していようが、馬が好きなご自分のことが大好きであろうが、勝手にしてくれてよろしいんですが」

ゆっくりと、優しい、聞き分けのない子どもに向けられたような声だった。さすがにただならぬ気配を感じたのか、アヤの抵抗が止む。社長の顔は強張《こわば》り、マサに至っては顔色まで変わっていた。

「私はシルバーファーンを馬主さんから預かり、走らせてもっとお金を稼がせる予定でいる立場の者です。そして、シルバーファーンをどのレースで走らせるか、引退させるか、馬肉にするのか、最終的に決める権利を有しているのは世界でただ一人、シルバーファーンの馬主さんです」

「馬肉って……！」

その単語にアヤが一気に気色《けしき》ばんだ。両側から押さえられていなければ殴りかかってきたかもしれない。

鉄子も密かに眉根を寄せた。確かに食肉は馬の運命と分かちがたいものだ。しかし、愛情の差はあっても競馬関係者が進んでその単語を出すことはほとんどない。二本松は明らかにわざとアヤの神経を逆なでしていた。

「我々厩舎関係者は、その馬主さんから馬をお預かりして、適切な管理をし、競走の場へと送り出しています。職務ですから、もちろんお金を稼がねばならない。ボランティアではありません。馬が好きな人、愛している人、実はそうでもない人、色々な人がいますが、仕事としての矜持《きょうじ》を持っている人が集まって競馬というものが成立しているのは事実です。ね、鉄子君。あなたもそうですね？」

「え、あっ、はい。その通りです」

いきなり敬語で話を振られて鉄子は戸惑ったが、直立不動の姿勢で答えた。鉄子個人としては馬もお金も愛しているし、仕事へのプライドもちゃんとある。

二本松はアヤに近づいた。そして腰を曲げてまで顔を近づけ、にっこりと笑う。ひっ、と小さな悲鳴がアヤの口から漏れた。

「ましてや、我々が手掛けているのはサラブレッド。人間が作りあげた、競走のために存在する馬です。品種改良や育種についてのエゴはここでは問わない。だが現実として、彼らは美しい。お仕事で手掛けた愛馬に対して、あなたが思い入れを抱く気持ちもまた美しい。ただ、我々にも為すべき仕事があるのです。それを邪魔し、さらにはサラブレッドの存在意義まで貶《おとし》めるのであれば、私はあなたを許さない」

アヤは目を見開いたまま完全に固まっていた。やり取りを傍らで眺めているだけの鉄子ですら、固唾《かたず》を呑んで全身を強張らせていた。かつて、厩舎に常識がない若手が入ってきた時、この種の静かな説教が降った事件を思い出した。あの時は、意欲だけはあった若手の心がぽっきりと折れ、その後、競馬村でその姿を見た者はいない。それぐらい、競馬と仕事とサラブレッドのありようを侵された時のボスの怒りは凄《すさ》まじいのだ。

二本松は最後に、全身硬直しているアヤに向けてふっと柔らかく微笑んだ。アヤを押さえている社長に向かって、軽く頭を下げる。

「今日は日が悪かったようだ。菊地社長、すみませんでしたね。また日程を検討してお伺いします」

「は、はいっ、いいえ、こちらこそ、うちの従業員が見当違いのことを申しまして大変失礼を、無作法を、本当に」

しどろもどろで謝る社長に二本松は踵《きびす》を返した。アヤは地面に座り込み、傍でマサが懸命に意識がはっきりしているかを確認している。普段よりも歩幅の広い二本松を鉄子は追った。

無言で車に戻り、エンジンをかける。鉄子がギアをドライブに入れ、道路に出て速度が安定して初めて、二本松が「まったく」と呟いた。

「鉄子君は、もう少しものの言い方を考えるように。野火にガソリンを注いでどうする」

「すみません」

鉄子はきちんと謝った。確かに、あの手の人物の言うことは聞き流しつつ、丁重に応対するのが一番だ。腹の中ではどう思っていようと。鉄子が自分の未熟さに言い訳の言葉を探していると、二本松が「僕もつい頭に血がのぼってしまったから、人のことは言えないが」と上体をシートに預け、瞼《まぶた》を閉じた。

「馬を育てるのと人を育てるのは等しく難しい、とはいつも僕が厩舎で言っていることだけれど、加えて覚えておくといい。人間が嫌いな人間が馬を育てようとしても、上手《うま》くはいかないものだ」

「はい」

鉄子は神妙に返事をした。二本松は、鉄子が根本的には人間嫌いだということを見抜いたうえで言っている。今は経験と年齢で周囲とうまくやっていく術《すべ》を身につけてはいるが、若い頃に女性騎手を志して挫折《ざせつ》するまで浴びた周囲の言動から受けた傷は、今も心の芯の部分に残っている。

アヤとかいう小娘に憤慨すると同時に、あたしはあの子だ、という同族嫌悪に似た思いもあった。どこかでボタンを掛け違えていたならば、自分もああして、思い込みと仕事への愛を混同して己も他人も傷つけていたかもしれない。

しばらく車内にはエンジン音だけが響き、気まずい沈黙が流れた。それを破ったのは二本松だった。

「で、ファーンの休養先、どうしようか」

「あ」

肝心の目的が果たされていなかった。とはいえ、ああいうスタッフがいるなら預ける訳にはいかないだろうな、と鉄子は音にならない溜息を吐く。その一方で、二本松はタブレットでメールの画面を呼び出していた。


どすどすどす、と荒い足音が右から左に動き、また左から右へと戻る。俊二が険しい顔で腕を組み、事務所の応接スペースの狭い通路を往復しているのだ。

その傍で、アヤがソファーに座っていた。肩をいからせ、両手でジャージの膝あたりを握りしめて一見縮こまっているふうだが、完全に膨れっ面で、唇を嚙み締めている。小さい子とか、自分の娘の葵がやっていたら子どもらしくてかわいい所作だが、二十歳も過ぎた大人がやってもかわいいという類《たぐい》のものではないな、と俊二は上から睨みつけた。しかも、今さっき客に放った暴言を考えると、簡単に許してやれそうにない。

「何やったか、自分でわかっているのか?」

「わかってます」

食い気味の返事は反省ではなく、自分は悪くないという主張のあらわれだ。俊二はソファーの向かいの一人用チェアに座り、こめかみを指で押さえた。

アヤが自分の信念を曲げず、また思い込みが強い点についてはこれまでも散々我慢をしてきた。最初は仲良くやっていたがそのうちアヤを避けるようになった家族の意見も、パート従業員との小さな諍《いさか》いも、これまでなんとか宥めてきた。全てはアヤの馬の扱いの巧みさと、仕事にかける情熱を買ってのことだ。

しかし今日のはいけない。彼女がシルバーファーンに思い入れがあるのは結構なことだが、彼女にしか気づかない異変があったのだとしても、所属厩舎のスタッフや調教師に嚙みつくのはさすがにやりすぎだ。

終《しま》いには、競馬自体を貶めるような発言まであった。今後どうフォローしても二本松調教師はうちに不信感を抱くだろうし、下手をすれば彼の厩舎に所属している兄にまで影響が及びかねない。

——クビかな。

こちらの損失を声高に訴えないまま、淡々と解雇。結局これしかないという気がする。アヤが自分は悪くないと頑《かたく》なに考えているのなら、非を鳴らして辞めさせたらパワハラだなんだと労働基準監督署に訴えられかねない。俊二にとってそんなのは、逆恨み以外の何物でもないわけだが。

「悪いけど、経営者判断として引き続き雇用するわけにはいかない」

余計な修飾はせず、要点だけを語り始めると、アヤの体にギュッと力が込められたのが分かった。その時、パタパタパタ、とスリッパの音が近づいてきた。

バタン、とけたたましい音を立てて事務所と母屋とを隔てるドアが開かれた。その先に、俊二の母にして菊地牧場の専務、千恵子が立っていた。

「母さん、どうし」

「マサ坊から聞いたよ、あんた何言ってんだい!!」

細くて小さな体のどこからそんな声が出てきたのか。事の成り行きにアヤでさえ驚いて目を丸くしていた。

何言ってって、大事な仕事相手に一方的に喧嘩を売った従業員を解雇するのは経営者としては当然の判断で、と説明しようとした俊二を押しのけるように、千恵子はパタパタと歩いてきてアヤの前で仁王立ちになった。

「あんた、調教師さんに馬を大事にしろだのなんだの文句言ったたって? 馬鹿言ってんじゃないよ。馬が好き、馬が大事、なら化製場ぐらい手前《てめえ》で行けってんだ!」

勢いよくまくしたてられて、アヤは下を向いて身を縮こまらせている。俊二は声をかけることもできずに頭を抱えていた。生産者の妻として昭和・平成の馬産を支えてきた母にとって、青臭い発言で迷惑を振りまいたアヤが許せないことは分かる。だがまさか化製場の件を出してくるとは思わなかった。それはアヤのアキレス腱《けん》だ。

実際、今まで各所でいくらトラブルを起こしても我を曲げずにいたアヤが、化製場と聞いた途端にぶるぶると肩を震わせている。

化製場は、馬など家畜の死体の処理場だ。

どれだけ管理に気をつけていても、いかなる動物医療の粋を集めたとしても、馬はいずれ死ぬ。その際、よほど馬主や牧場が大事にしていた馬ならば専門の業者が火葬にする。かつては愛馬を牧場の隅に埋めて墓とする牧場もあったが、現在の法律ではそれは許されない。ほぼ全ての馬の死体は牛や豚などと同じようにトラックに積み、化製業者に処分を依頼することになるのだ。引き渡しの際に鬣《たてがみ》を切って残したり、墓を設けた名馬ならばそこに遺骨の一部や鬣を納めることもある。だが、多くの馬はトラックに載せてお別れし、後で馬頭《ばとう》観音などに線香を供えるぐらいだ。

「あんた先週、化製場に死んだ馬持ってかなきゃならないの、行きたくないからって、休日のマサ坊無理矢理呼び出して仕事押しつけたって話じゃないか。馬屋が馬の死体と向き合えねえで、一体どういう了見だっ」

ああ、母が怒っているのはその件か、と俊二は合点がいった。先日、菊地牧場では繁殖牝馬が一頭死んだ。分娩時の、不幸な事故だった。血圧の過度な上昇から胎内の血管が破裂し、新たな命が生まれるはずだった分娩馬房は血に塗《まみ》れた。呼びつけた獣医師も手の施しようはなかった。腹の中の仔馬も、もちろん死んだ。

痛ましい事故だった。仔馬の誕生を楽しみにしていた期待は裏切られ、貴重な繁殖牝馬と仔馬が種付け料ごと馬の血とともに流れ去ってしまったのだ。発症前から分娩に立ち会っていた俊二もアヤも、愕然《がくぜん》とした。

しかし、こうした不幸は有り得ないことではないのだ。俊二は経営者としては父の跡目を継いで十年にも満たないが、競走馬生産農家に生まれたからには、これ以上の理不尽で酷い馬の死を幾度も目にしている。そして、同業者からさらに酷い例も耳にしている。何度もだ。

『俺らの仕事を堅気と思うな』

ふと、脳裏に亡き父の声が聞こえて俊二は息を呑んだ。あれは確か、期待をしていた育成馬が放牧地での怪我がもとで死んだ時だ。当時小学生だった俊二は、兄の俊基と共に死体をトラックに積み込むのを手伝った。そのトラックを見送った時、父がこぼした言葉だった。あの時は分からなかったが、父と同じ経営者という立場になった今、その意味がよく分かる。

そして、母はその父とともに馬を育ててきた馬飼いなのだ。

「すみません……」

アヤは下を向き、消え入りそうな声で謝罪した。何を言われても口答えばかりの彼女がこうして素直に謝るのは珍しい。

かつて引退馬のために奔走《ほんそう》して、周囲に多大な迷惑をかけた果てに救えなかったこと。俊二はアヤから直接経緯を聞いたわけではないが、数年共に働いていれば話のはしばしから事情は察することができる。いつだったか、学生時代に失礼なアンケートを送り付けたというのも裏を返せば飼養環境向上を促したかったのは間違いない。

アヤにとって馬の死は鬼門だ。繁殖牝馬の事故死が今回二本松厩舎に嚙みついたことにどう関係しているのか、周りからは不可解な限りだが、彼女の中では確固たる理由があるのかもしれない。

「馬屋として生きるんなら、馬殺しちまってなんぼだってこともちゃんと分かっておけって話なんだよっ」

千恵子はアヤを一方的に責めていた。確かに母の言い分は筋が通っている。ただ、時代に合わせた言葉の選び方をしなければならない。

——損な役回りだ。

俊二は腹を決めると、さりげなく母とアヤの間に入った。「あのね」と怒りを抑えた声で語り掛けると、下を向いていたアヤが顔を上げた。涙と鼻水でべしょべしょだった。

「君は確かに馬の扱い上手いよ。馬屋の息子の俺や、もしかしたらファーンを任せてるトレセンのスタッフよりも上手いかもしれない」

アヤの目にわずかだが光が戻った。その通りだ、という自信からくるものだろう。負けん気の強さは競馬の世界では必須条件だ。

「でも、だからといって良いホースマンとは限らない。専務が言ったように、馬殺してなんぼって言い方はちょっとあれだけど、馬の死はホースマンの仕事と切っても切り離せない。もし馬の死を目の当《ま》たりにしたくないなら、馬から距離を取って眺めるだけにした方がいい」

ごくり、とアヤが息を呑むのがわかった。

——何やってんだろね、俺は。

ただ一方的にクビを宣告すりゃあ楽なのに。そうしないでいる理由はただ一つ、数多《あまた》の瑕疵《かし》を抱えつつも、アヤの馬を愛する気持ちだけは間違いなく本物だと思っているからだ。

「このままここで本当のホースマンを志すか。それとも馬から離れて、そうだな、ファーンを遠くから応援するような立場になるか。自分で決めるんだ」

ある意味では残酷な選択だった。残るなら今後は一切のわがままを許さない、という宣告でもある。社長の俊二と、専務の千恵子がじっと見つめる中で、アヤはTシャツの腹のあたりの生地を引っ張って乱暴に顔を拭った。

瞼が腫れ、顔の皮膚は擦《こす》れて真っ赤。ひどい面相だ。への字に結ばれた唇が開かれ、少し間をおいてからすうっと息を吸い込んだ。

「やります」

意外なことに、怒りも力みもその声には含まれていない。ただ、低い声が宣誓のようにゆっくりと紡がれていく。

「本当のホースマンになりたいです。このまま、ここで、働きたいです」

客人にあれだけのことをやらかして、自分の欠けたところを痛烈に指摘されたというのに、しおらしさは全くなかった。強気で勝ち気な彼女の願いに、俊二よりも千恵子の方が愉《たの》しそうに笑っていた。

七

春の落雷

美浦の緑に囲まれたウッドチップのコースを、シルバーファーンが駆け上がっていく。その左側半馬身後を、鉄子が乗る同厩舎《きゅうしゃ》所属のイチヤクが追っていた。

――うん、集中できている。

ゴーグル越しに見える芦毛《あしげ》とその鞍上《あんじょう》の息はぴったりと合い、ファーンはすぐ近くを走っているイチヤクの存在を気にする様子もない。

――皐月賞の疲れは残ってないな。

ファーンから遅れないよう鉄子自身も集中してイチヤクを走らせつつ、先週の牡馬《ぼば》クラシック一戦目・皐月賞を思い出していた。

中山競馬場芝二〇〇〇メートル。それまでも幾度か重賞を経験していたファーンだったが、さすがにクラシック独特の盛り上がりには気圧《けお》された様子だった。

鉄子はいつも通りを心掛けてパドックを周回したが、ファーンは特に他馬のピリピリした雰囲気を感じ取ったのか、しきりに他の馬を気にして後ろ脚で立ち上がっていた。

パドック前には五番人気だったものが、落ち着きがない様子が響いたか最終オッズでは八番人気に落ちていた。一番人気は前年度JRA賞を持っていかれたゲルハルトドリーム。五〇四キロという馬体重ながら、緩みのない筋肉質な尾花《おばな》栗毛はたたずまいからして堂々としていた。

しかも折悪しくファーンが八番でゲルハルトは九番。前後に並んで歩くと、四七二キロでそう細い訳でもないファーンでも完全に引き立て役のようになってしまった。

それでも鉄子は仕上がりに自信を持っていたし、鞍上の俊基もゲートに入った時には珍しく固く唇を引き結んでいた。

——それがいけなかったのかねえ。

ゲートが開いた直後、ファーンはいきなり前につんのめった。あ、と息を呑んだほんの短い瞬間に、あらゆる悪い想像が頭を駆け巡った。

幸いファーンはただ躓《つまず》いただけで、その後の足取りは問題なく、最後方を走ることになった。そこでじっと我慢してスタミナの消耗を抑え、後半でバテた他の馬を首尾よく捉えて順位を上げ、最後にドカンと抜け出せるのが理想だが、さすが選び抜かれた若馬たちが集《つど》う皐月賞。一度馬群に入るとそう簡単に前に出させてはもらえなかった。

俊基もうまく捌《さば》いて順位を上げていたものの、結局は先頭で駆け抜けたゲルハルトドリームの金色の尻尾を最初から最後まで眺めて終わってしまった。

ファーンのラスト一ハロン通過タイム順位は勝ち馬に続く二位。とはいえ、四着で馬券に絡むことはできなかった。悪くない結果ではあるが、置かれた立場で満足していてはやっていけないのが競走の現場だ。

レース後のファーンは機嫌が悪かった。スタート時に躓いて以降、自分が望むように走れず、前に蓋をされていたことに腹が立ったのか、入線後に俊基がスピードを落とそうとしてもなかなか言うことを聞かず、ただ一頭レースペースに近いスピードで走っていた。

——レース終わったの分かってないんじゃねえか、とか呟《つぶや》いてた厩務員、てめえ顔覚えたからな。

自分のことをどうこう言われるより、担当馬を揶揄《やゆ》されることの方が何倍も腹が立つ。思わずその怒りがぶり返しそうになって、鉄子はファーンと並走するイチヤクに意識を集中させた。

「馬券に絡めなくて申し訳なかったけど、まあ、クラシックは長丁場だ。疲れは抜けたみたいで良かったよ」

ウッドチップ坂路の調教を終え、俊基がのんびりとした口調でファーンの首筋を叩いた。走り終えたイチヤクを他のスタッフに任せ、ファーンを引く鉄子はあ、とあからさまに溜息をつく。

「そうなんだよ。長丁場なんだよ。まーだ三分の一しか終わってないと思っただけで、どっと疲れが出る」

鉄の心臓に毛が生えてる、とまで若手スタッフに囁《ささや》かれる鉄子であっても、担当馬がクラシックに出る緊張は並大抵のものではない。

「俊基は今年、桜花賞も出たもんな。どうだった?」

鉄子は無理やり話題を変えた。他人の苦労話は蜜の味、ではないが、自分の苦労を語るより人の苦労話を聞いている方がまだモチベーション維持にはいい。俊基は他の厩舎から依頼され、皐月賞の前週、阪神競馬場で牝馬《ひんば》クラシック一戦目、桜花賞に乗っていたのだ。

「十二番人気を八着に入らせてやれたから、まあ良かったかなと。馬も頑張ってくれたし」

「そうか」

「馬主さんも喜んでくれてね。夜、祇園《ぎおん》連れてってくれたよ。舞妓《まいこ》さんってキレイでいいもんだよなあ」

「あー、いかにも西の競馬界って感じ」

俊基が乗った馬の馬主は長く個人馬主をやっている人で、愛馬のクラシック出走は初めてとのことだった。出走しただけでなく、賞金まで稼いでくれたなら、さぞかし嬉しいことだろう。

そう、初めての持ち馬がポンポン勝ってしまっている広瀬夫人が異色なのだ。皐月賞には最近新たに始めた事業の都合で来られなかったとのことだが、さすがにダービーには臨席するという。

「で、なんと斜め向かいの茶屋でファイヤーリリーの内輪の祝勝会やっててさ」

俊基が声を潜め、鉄子も「ほほう？」と耳をそばだてる。何を思ったのかファァーンまで左耳を後方に向けた。

「こう、声が聞こえてくるぐらい派手だったもんだから、こっちの姉さん方もお女将《かみ》さんも恐縮しちゃってね。俺は別に気にしてないし、却《かえ》って申し訳なかった」

「まー、あの勝ち方ならどんちゃん騒ぎもしたくなるだろうな」

単勝一・一倍、断然一番人気のファイヤーリリーは中盤こそ馬群の中で脚を溜めていたが、第四コーナー途中から爆発的な加速力を見せ、二着に八馬身差という桁《けた》外れの実力を発揮して勝ったのだ。同世代の牝馬に実力差を見せつけ、心を折りに折ったような大勝利だった。

春の現時点で既に牝馬クラシックはファイヤーリリー、牡馬クラシックはゲルハルトドリームにそれぞれ三冠の期待がかけられている。

牡牝ともに春の時点から有力馬が固定されるのは珍しい。管理馬がその立場にいないことは多少悔しいが、実際三冠馬の期待をかけられたらそれはそれで大変だろうな、という気もする。

鉄子がそんなことを考えていると、道の反対側から馬を引いた厩務員がやってきた。すれ違う時、ファーンの鞍上にいる俊基と目が合ったのか、声をかけてきた。

「トシさん、こないだどもねー、またねー」

「おうどうも、また飲もうねー」

達者だが、ネイティブの日本語ではない。つい鉄子は声の主に目をやる。ヘルメットのせいで気がつかなかったが、彫りが深く、日本人にいないタイプのイケメンだった。あ、インド人ね、と納得する。

「俊基、知り合い？」

「うん、山田《やまだ》厩舎のアジーンさん。飲み会でこの間一緒になったんだよ」

特に何でもないことのように俊基は頷《うなず》く。鉄子は他厩舎の人の出入りまで完全に把握している訳ではないが、最近インド人を雇用したところがあるとは耳にしていた。

「さっき引いてた馬も落ち着いてたし、さすが英国文化圏のホースマンって感じだな」

アジーン氏は実に落ち着いた馬の引き方をしていた。歩幅は大きく、馬を制しつつシャキシャキと歩く。簡単なようでいて、トレーニングとして馬を引くのは一朝一夕で身に付くようなものではないのだ。そういや、と鉄子は二本松のお供で北海道に出張した時のことを思い出す。

「馬産地でも随分インドの人増えてきたみたいだね。あたしは会ったことないけど、飲み物買おうと思って静内のスーパー入ったら、スパイス売り場がやたら充実してててびっくりした」

地元の牧場主によると、一緒に引っ越してきた家族をサポートするために、役所がヒンズー語ができる職員を雇うこともあるそうだ。手厚いバックアップで実力あるホースマンが定着してくれるのはありがたいが、それだけ国内で馬の仕事を志す若者が少ない、ということでもある。実質、スタッフをまとめ二本松のサポートをしている鉄子にも人手不足は頭の痛い問題だった。鉄子の難しい顔に気づいたのか、「そうだ」と俊基が明るい声を出す。

「今度アジーンさんがカレー会と称して本場仕込みのビリヤニとタンドリーチキンと南インドカレー作ってくれるってさ。鉄子さんも来る？」

「あー、それは絶対うまそうなやつ」

魅力的な誘いに鉄子が頷いた瞬間、ぺ、と妙な音がしてファーンがびくりと尻を上げた。幸い、鉄子が綱を長く延ばし、俊基がバランスを取ることで、落馬や放馬することなくすぐに落ち着かせることができた。

「自分で屁こいて自分で驚くな、ばかたれ」

鉄子がじろりとファーンを睨《にら》むと、解《げ》せぬ、というように頭を小さく上下に振る。

「腹が健康ってことかね。ま、成績よりも先に無事是《これ》名馬。いっぱい食っていっぱい糞しろよ、ファーン」

俊基はファーンの首をポンポンと叩いた。本当にそうだ、と鉄子は無事是名馬という言葉を頭の中でくり返す。

競馬に関わる仕事をして十年以上。病気、怪我、事故などで突然命を失うことになった管理馬は片手では数えきれない。俊基にしても、乗っている馬が競走中止になったり騎乗予定の有望馬が急な腸捻転で死亡した、ということは何度もあった。スポーツ、娯楽、賭博、文化。競馬を表現する言葉は色々あるが、馬の命と引き換えにして良いものかどうか、という天秤《てんびん》はホースマンそれぞれの心の中で常にぐらぐら揺れている。

とにもかくにも、まずは馬の健康と安全。クラシックで勝つか負けるかはその先にある。

「お前はまず次のダービーな、屁っこき太郎」

「それうちのボスの前で言うなよ」

馬主さんからお預かりしている馬に変なあだ名をつけるんじゃない。鉄子の頭の中では二本松の厳しい声が勝手に再生される。

「それで鉄子さん、カレー会来る？」

「馬の糞の話した直後に聞くことじゃなくねえ？」

話をしつつ歩いていると厩舎に着き、そこからは鉄子はファーンの体をチェックしたり洗ったり、俊基は調教の感触を二本松に報告に行ったりと、それぞれの仕事に戻った。

一通りの作業を終え、鉄子が事務所に戻ったところ、中からぬっとスーツ姿の男性が出て来た。ひとまずお互い軽く挨拶をする。首からはＪＲＡのＩＤカードを下げている。ＪＲＡの職員が用事で立ち寄ることは珍しくもないが、鉄子はその顔に見覚えがない。

事務所では二本松が机に封筒と資料を拡げていた。それらを眺める二本松は無表情だがやや口元が綻《ほころ》んでいる。珍しくご機嫌だった。

「鉄子君か。お疲れ様」

「お疲れ様です。今いた事務方の人、なんの用事でした？」

「ああ、美浦の事務の人じゃなくて、東京競馬場の人。イチヤクのスカウトの件で」

ああ、と鉄子はボスの機嫌がいい理由に納得した。

さっき鉄子が乗っていたイチヤクは、八歳の騸馬《せんば》だ。入厩当初は気性が荒かったので去勢したところ、それが大当たりしたのか人によく馴れ気性難も直った。二勝した後は特に目立った戦績はなかったものの、たまに掲示板圏内に入ってコンスタントに賞金を稼いだり、何度か重賞レースにも出たりと、長く活躍してくれた。

穏やかになった気性のお陰で、同厩の新入り馬や暴れ馬にうまく寄り添って落ち着かせてくれるし、調教でもうまく並走役を果たしてくれる。ファーンにとっても恩人、いや恩馬といったところだ。息の長い戦歴からもたらされた出走手当と入賞賞金を考えると、馬主孝行・関係者孝行な馬ともいえる。

その穏やかさと賢さを見込まれ、誘導馬の誘いが来たというのだ。パドック・本馬場入場の先導、放馬時に馬を落ち着かせるなど、馬と人に馴れていないとできない仕事だ。スカウトされたということは、馬の資質をうまく引き出せたことが認められたという意味で管理者としては非常に喜ばしい。誘導馬には芦毛や派手な尾花栗毛の方がスカウトされやすいことを考えると、よくある鹿毛《かげ》のイチヤクに誘いが来たことは、日々ブラッシングなどの世話に気を遣ってきた厩舎スタッフにとっても誇らしいことだ。

「馬主さんからの返事待ちだけれどね。もう八歳だし、華やかな場所でファンから長く愛されることになるから、きっと喜んでくれるんじゃないかと思う」

「そうですね」

鉄子は素直に頷いた。二本松は手早く書類の確認を終えると、机の隅に山積みにされたスポーツ新聞を開き始めた。自分でデータを作成・集積するだけでなく、マスコミに馬や騎手がどう評価されているのかも調べつくす。二本松の緻密で地味な情報戦略こそが、この厩舎の足下を固めていることを鉄子も心得ていた。

「ドリップコーヒー飲みたいんで淹《い》れていいすか」

「いいよ。僕にも一杯ちょうだい」

二本松厩舎のスタッフ用休憩室にはインスタントか缶のコーヒーしかないので、スタッフは客が不在の時に限って、手前の事務室でドリップコーヒーを飲んでの休憩が許されている。逆に、二本松がスタッフに「コーヒーを淹れてあげよう」と声をかける時は高確率で説教になるので、恐れられてもいる。

二本松の机にカップを置き、鉄子は棚から日誌のファイルを引っ張り出して打ち合わせテーブルの端に陣取った。日誌は昨年のもので、入厩後のファーンの様子が記されている。

『気性△　注意　要申し送り』

『ゲート練習初日　途中暴れる　ゲートが嫌なものだと思わせないよう要注意』

『馬房内で寝違え　起こしたスタッフの腕に噛みつき　今後も注意』

——あったあった、そんなこと。

一つ一つ苦労を思い出すたびに、はは、と苦笑いがこみあげてくる。手のかかる子ほど可愛い、と言われれば確かにそうだ。三月にファーンの生産牧場を訪れた際、生意気な従業員に難癖をつけられたことは腹立たしいが、彼女もファーンに手を焼きつつも愛情を注いでいたことは間違いないのだろうな、と鉄子も理解している。

コーヒーを一口飲んで視線を上げると、神棚の横に額装された墨書がある。

『より良く、より速く、より強く』

——それが難しいんだよなあ。

手にしたファーンの記録を振り返りながら、鉄子は苦笑いした。

「ファイヤーリリー、厩舎インタビューだと相当なヤンチャっぷりらしいね」

こちらがファーンの暴れん坊記録を読んでいるのを見透かしたように、二本松が声をかけてきた。掲げられた記事には、『栗東の新女王候補は気質も女王様!?』という、スポーツ新聞らしく少し茶化した見出しが躍っている。鉄子が近くまで寄って内容をざっと見ると、インタビュー記事の内容はいたって真面目で、担当厩務員がリリーの蹴り癖に苦労しつつも愛情を注いでいる様子がうかがえた。

「先生、この間の阪神で実物見たんですよね、どうでした」

桜花賞に二本松厩舎から出馬はなかったが、四頭が同週のレースに出走していたため、二本松は阪神競馬場に行っていたのだ。うーん、と複雑な顔を作ってから、二本松はスポーツ新聞を畳んだ。

「三歳になって、ますます尻周りの肉の張りが良くなったな。実際目にすると、同い年の牝馬の中では存在感が違うよ。関係者の間では三冠とったら凱旋門《がいせんもん》賞狙うって話が出てるとさ」

「まあ、いずれそうなるんでしょうけど」

ゴージャスな話っすね、と鉄子は頷いた。フランスの最高峰、凱旋門賞を日本の生産馬が制する。それは、日本競馬界の悲願だ。

これまでも日本を代表するホースマンがこれぞ、という馬を送り出して挑んできたが、最高順位は二着、未《いま》だ優勝馬を出しきれずにいる。実力のある若い馬に期待をかけるのは当たり前だ。

「リリーを預かっている栗東の高杉《たかすぎ》調教師はアイルランドで修業してきた人だからね。クラブの意向もだけど、そちらの熱意も並々ならぬものがあるんだろうな」

「なるほど……」

何気なく相槌を打つものの、海外に目を向けるまでの闘争心というのは、正直言って、鉄子の中にはない。見透かしたように、二本松が手元のタブレットに写真を表示した。夜の競馬場で、スーツ姿の二本松と白い民族衣装に身を包んだ男性がにこやかに並んでいる。

「僕も五年前にドバイに馬を出した時、主催してるあっちの偉いさんと話をしてきたけど、やっぱりちょっと独特なものがあって気圧されたよ」

「あっちの偉いさんって、石油王的な？」

「うん。石油王かつ王族的な」

「オゥ、ロイヤル」

茶化しつつ、鉄子の口元はひくつく。日本でアラブの石油王だの王族だのという単語が現実に出てくる業界を、鉄子は競馬以外に知らない。

「アラブの人も元は遊牧民だけど、やっぱりヨーロッパ由来の競馬はヨーロッパ貴族の文化というか嗜《たしな》みだからね。中東の人にとってはそこで自分の馬が勝ったり、地元で最高クラスのレースを主催するっていうのが、ある意味ではものすごく痛快なことらしいんだよね。日本人にはちょっと理解しにくいところはあるけど」

「そうですねえ」

世界史に興味がなくとも、近代史で中東とヨーロッパの間に穏やかならぬ関係があることは鉄子にもおぼろげながら分かる。確か、祖父が『アラビアのロレンス』を好んで観ていたせいだ。

「日本人もその意味で、馬をきちんと扱えるホースマンは重宝されるし高い評価を受けつつも、アジア人である、という色眼鏡からは逃れられないんだよ。それはもう、個人の善悪とか関係のない事実だ」

とん、と指を伸ばして二本松は画面を消した。サラリーマンから一念発起して調教師の狭き門を潜りおおせた人だ。高杉調教師のような海外での武者修行の経験はない。しかしだからこそ挑戦の意義を敏感に感じ取っているのだ。その辺りのボスの貪欲さを、鉄子は信頼している。

「だから、そういう雰囲気を知っている高杉調教師が凱旋門賞にこだわる理由、なんとなく推察はできる気がするし、個人的には応援もしたいね」

「そうですね」

鉄子は二本松の素直さに同調した。仮に、自厩舎の馬が凱旋門賞に挑戦してもおかしくないぐらいの成績を残しても、実際に挑めるかは馬主の意向も含めてまた別問題だ。その数々の困難をクリアできる関係者は、率直に尊敬できる。

――ファーンに、凱旋門賞挑戦は、ない。

仮にファーンが今年のダービー、菊花賞、ジャパンカップ、有馬をぶっちぎって勝ったとしても、凱旋門賞出走を検討するのは現実的とはいえない。仕方ないことだ。表情を緩めた鉄子に、二本松はごく小さく笑いかけ、空のカップを手にとった。

「二杯目は僕が淹れよう。……まあ、機会があるかどうかはともかく。感染症で国境を跨《また》いでの移動規制が入らない限り、頑張れば挑戦するチャンスが存在している、ということは鉄子君も覚えておいた方がいい」

「……丸投げしてませんか、あたしに。二本松さんだってこれから幾らでもチャンスあるでしょう」

「そりゃ勿論《もちろん》。やれそうなら挑みますよ僕も。ただ、その頃にはちゃんと独立してなさいね。海外に挑む者が一人でも多い方が、日本馬の勝てる確率が上がるんだから」

鉄子はうへえ、と情けない声を上げてテーブルに突っ伏した。結局、そういう話だ。自分はまだ調教助手の立場であって、将来的に調教師試験を受けるかどうかも決めていないってのに、受かった後の心構えまで説教されている。

「着々と外堀に生コン流すのやめてもらっていいですかね……」

「後進の邪魔をするような心の狭い師じゃないことを感謝しなさいよ」

二本松はどこか楽しそうにドリッパーにお湯を注いでいる。結局、説教コーヒーになってしまった、と鉄子は後悔した。

「別に凱旋門賞やロイヤルアスコットやケンタッキーダービーを目指せ、という話じゃない。

ただ、先人の誠実な仕事と着実な結果の延長線上に我々の評価はあるのだし、現在の仕事が次世代の評価にも繋がっていく。それを忘れるなという話だ」

次世代、と言われて鉄子の脳裏に浮かんだのは、ファーンに蹴られて入院した若手スタッフや菊地牧場のヤンチャすぎる女性従業員の顔だった。まだ未熟な彼らは、自分たちの歩いた後を歩いていくのだ。

「目標がさりげなくでかすぎやしませんか」

「まあ、その前にファーンのダービーだからね。当日は広瀬夫人も来場する。しっかり恰好《かっこう》よくパドック回ってくれたまえよ」

ぎゃふん。結局、目前の緊張と二本松が示唆する将来像を無理やり紐《ひも》づけられた形だ。鉄子はテーブルに突っ伏したまま不貞腐《ふてくさ》れようかと思った。その時、事務所入り口の引き戸が開けられた。

「すみません、お届け物ですー」

「あ、はいはい。ハンコねハンコ」

鉄子は慌てて立ち上がり、配達員から荷物を受け取った。両掌に載るサイズの箱で、かなり軽い。綺麗なラベンダー色の包装紙に包まれている。コーヒーのカップを持った二本松が怪訝《けげん》な顔をしていた。

「なんというか、可愛らしい。どこから？」

「えーと、札幌の広瀬さんからですね。内容は……化粧品？」

はい？　と師弟二人とも妙な顔をして、届いた荷物をあらためる。中には、上品な藤色のケースに入ったリップ、コンパクト、化粧水や美容液が入っていると思《おぼ》しき小瓶が数個入っていた。

「ああ、これ、うちの厩舎気付で鉄子君あてだよ。ほらカード」

「あたし!? えー、『うちの病院とタイアップする形で立ち上げた化粧品です。ぜひお試し頂ければ幸いです』……え、ええー、えええええー」

広瀬夫人が新事業を立ち上げた、という話は聞いていたが、まさか化粧品とは思わなかった。しかもダービー前のこの時期に自分宛てに送られてきたということは。鉄子はどうか否定してくれとすがるような目で二本松を見た。

「ダービーのパドック、これで美しくなって周回してね、ってことだ。良かったね、鉄子君」

「いやだあぁ……」

ポン、と駄目押しで肩を叩かれて、鉄子はその場にくずおれた。


「そうかー、鉄子さん、美しくなっちゃうか、そっかー」

「他人事《ひとごと》だと思ってこん畜生」

三日後の日曜日に日本ダービーを控えた木曜日。最終追い切りを終えて、二本松厩舎の喫煙スペースで俊基が爆笑していた。

「いや、ごめんて。鉄子さん、普段すっぴんじゃん。プライベートでは化粧するの?」

「まあ、休みの日に友達と会ったり服買いに行ったりする時は普通にするよ。馬扱う時は化粧品特有の匂いもあるし、無香料の日焼け止めだけにしてる」

「ああ、そうか、なるほど匂いがね。ごめん。そこまで考えてなかった」

　馬は匂いに敏感だ。だから仕事の時は化粧をしない、と鉄子は主張する。実は理由の半分ぐらいは面倒くさいからしないのだが、それはばらさないでおく。

「あれ？　なら、広瀬オーナーからせっかく送られてきても使えないんじゃない？」

「それが、全品ちゃんと無香料で馬に警戒されることもなく、成分も馬が舐《な》めても大丈夫、という親切仕様だったんだよ」

　鉄子はむすっとしながら煙を吐いた。これで匂いが強ければそれを理由に使わずに済んだが、無香料ならそういうわけにもいかない。

「ペット飼ってる人向けの仕様なんだろうな。いいとこの奥様然としてるけど、結構商才あるのかも」

　鉄子はそう言って頰を撫《な》でた。つるり、と抵抗のない滑らかさだ。パドックでまで化粧をしたくない故に色々言ってしまったが、基礎化粧品含めて品質は確かで、重賞前のストレスで荒れがちなお肌が今回はツルツルを保っている。今度会ったら礼を言わねば、と素直に思ってはいた。

「一応、本番のパドックで馬に驚かれたら嫌だから、昨日ちゃんと化粧してファーンの馬房行ったんだよ。そしたらあいつ、どんな顔したと思う」

「え、何。まさか馬っ気《け》出したとか？」

　鉄子は俊基の後頭部を軽くどついてから、ポケットからスマホを取り出して画面を見せた。そこには、目を細めて下唇をダラーンと垂らしたファーンの顔がある。何ともだらしがない。

「うわっ、めっちゃ寝てる」

「うん。あまりにも見事な寝顔だったからつい待ち受けにしちまった」

つまりファーンは担当者が化粧をしていようがしていまいが関係ないということだ。鉄子はポケットにしまう前にふとスマホの画面を見た。

「あ。実家から電話入ってた」

「かけ直す？　俺、外そうか」

「いや、この後ミーティングだから夕方にでもかけ直す」

急ぎの用事ならば、繋がらない時点で用件をメールか何かで送ってくるはずだ。それがないということは、元気かどうか探ると共に、親としての何らかの主張をしたいのだ。つまり今の仕事をこれからも続けられそうか、などと問いながら、こちらの人生を軌道修正しようと試みる。

――修正もなにも、歩いた人生があたしの人生だ。

鉄子は苛々《いらいら》とスマホをポケットにねじ込み、新しい煙草に火をつけた。

「そういやこの間さ、歴史実験みたいな番組やってたんだよ。昔の合戦てどんな感じか」

いつの間にか自分のスマホを取り出して眺めていた俊基が、画面を見ながらのんびりした声を出す。

「在来馬ってサラブレッドより小さいじゃん。だから馬に乗って戦うっていうより、馬を繋いで下りて戦う方がアリだったみたいで」

あー、うん、と鉄子は相槌を打った。

「あー、鷹狩りとかと同じで、馬に乗って威張ってるのが大事、みたいなやつか。実際はそりゃ馬に乗って戦うより下りた方が楽だよなあ」

曲芸並みに調教した馬ならともかく、鉄子の実感では手塩にかけた担当馬でも、馬上で戦える気はしない。

「農耕馬はいてもサムライしか騎乗しちゃいけないとかあったらしいじゃん。その意味で日本人て誰もが乗馬に親しめてたわけでもないんだよね」

まあねえ、と鉄子は頷いた。

「基本的に騎馬民族ではないしね。近代競馬も明治維新以降で、まあ軍馬としての需要があったせいもあるけど、それもせいぜい百年ちょっとぐらいの出来事で。そこから今や世界のレースに挑んだり、産駒《さんく》を欧米やアラブから買いに来るまで洗練させたんだから、よくやるわ」

鉄子はいつぞや二本松にハッパをかけられた件を思い出しながら言った。馬を適切に管理する、調教で力を引き出す、という以上の熱意と立ち回りができなければ、世界で戦うという発想は出ない。

俊基はそうなー、と間の抜けた返事をした。

「だからなんか、昔の人とか、鉄子さんのじいちゃんの戦中の話もさ、すげえなって。軍のために改良されて、そのために競馬もあって、でもその競走馬を軍からコッソリ逃して匿《かくま》ってた、ってなんか痛快じゃない」

「痛快」

って問題かなあ。と鉄子は首を傾《かし》げた。確かに祖父は戦中に中山競馬場の厩務員をしていて、仲間同士で協力して軍に引き渡すべき馬数十頭をどこかに隠していたと聞いている。それを武勇伝のように思えないのは、間に競馬を認めない親世代を挟んでいるせいなのだろうか。すごい話だと思うし感心もするが、どうにも自分と直接繋がりのある話に思えない。

形にならないもどかしさを感じる鉄子をよそに、俊基はのんびりと煙を吐いた。

「ファーンにもその時に匿われた馬の血が入ってんのかなあ」

「どうかね。調べれば分かるのかもしれないけど」

「調べない方がいいんじゃない？」

「なんで？」

血が入ってんのかなあ、と言いつつ何だその言いぐさは、と鉄子は俊基を軽く睨んだ。短くなった煙草を灰皿に押し付けた俊基は、存外真面目な表情をしていた。

「調べたら余計なもの背負いこむでしょ、鉄子さん。それに、ファーンに何か背負いこませるのも、嫌でしょ」

「……うん」

確かに。過去は過去。知って割り切れるならそれでいいが、自分の意思で自分の気持ちを完全に整頓できる訳ではない。場合によっては万馬券を当てる方がはるかに楽だ。期待や希望は美しいが呪いにもなりうる。

「おーい、そろそろミーティング始めますよー」

厩舎の奥からスタッフの声がして、鉄子も手の中の煙草を慌てて消した。

「じゃ、美しい鉄子さん、っふ、き、期待してるよ！」

「馬鹿笑いしながらいうな大馬鹿野郎」

少なくともファーンの相棒は大舞台を前に緊張していない。再び俊基の後頭部をどつきつつ、鉄子はそのことに安堵していた。

日本ダービーの今週は、金曜日からずっと晴れの予報だ。芝の馬場はパンパンの良馬場が見込まれる。内ラチ沿いが荒れているのは想定内。フルゲート十八頭。三歳馬、同世代約七千頭のサラブレッドの頂点が決まる。

「とはいっても、牡馬だけを考えたら約三千五百頭だけどね」

ミーティングで、二本松はいつもの調子で冷静に言った。スタッフの苦笑いが収まってから、また口を開く。

「今回、当厩舎のシルバーファーンがダービーに臨みます。うちからダービーに出すのは二年ぶり。そして、ダービーに限らず馬とレースは一期一会。それはどの馬とレースでも変わりない。緊張するなとは言わないが、その緊張が馬に伝染して命取りにもなりうると心得なさい。ファーン以外の出走予定馬も、全力を出せるよう気を配るように。以上、今週も健闘を祈る」

はいっ、と重なり合うスタッフの返事はいつもよりも腹に力が入っている。緊張するならいつも以上に入念な馬扱いを。鉄子も表情を引き締めた。

日曜日、関東全域は予報通りの好天に恵まれた。美浦から東京競馬場に輸送されたファーンにも、何ら問題はない。

ファーンは十八頭中九番人気。皐月賞四着を考えればもう少し人気が出てもいいぐらいだが、父馬の知名度のなさが響いた。上位人気の馬たちの父親は皆華々しい活躍を果たした名種牡馬。ステージの格をもって、期待がダイレクトに反映されている。

人気はともかく、どの出走馬にとっても晴れの舞台であることには変わりない。パドック周回をする鉄子もいつものジーンズと厩舎ブルゾンとはいかず、皐月賞に続いて上下黒のパンツスーツというい で立ちだ。そこに今回は広瀬夫人から贈られた品で化粧を薄めに施す。ファンデーションの肌色も口紅の色も、鉄子の好みからすると少し明るすぎるような気がしたが、陽光の下に出るとしっくりと馴染んだ。

「おう鉄子ちゃん、今日は美人さん五割増し」

装鞍所で、目が合ったベテラン厩務員に褒められる。時と場合によってはハラスメントだなんだということになりかねないが、鉄子は形よく引かれた口紅の端を持ち上げた。

「気合い入れたんでね。負けませんよ」

「うちのも負けないよー」

互いに不敵に笑いあい、一時間ちょっと後の大勝負での健闘を誓う。装鞍所に集まった各担当者も、緊張しながらもどこか心躍っているように見えた。

――ここには真の勝負師しかいねえ。

背筋がゾクゾクと緊張するのを感じながら、鉄子は本日一番の勝負師、ファーンの背中にゼッケンを掛けた。白地に黒で『6』の文字と『シルバーファーン』の馬名。馬名の周囲には金糸の縁取りが陽光に輝いている。ダービーでしかお目にかかれないゼッケンだ。最近さらに白さが増した芦毛にこの配色はなかなか似合う。

「さあ、行くよ、シルバーファーン。東京優駿《ゆうしゅん》だ」

鉄子の掛け声に、ファーンはハア、と大あくびをした。

パドックからは普段とは大違いの、謝肉祭のような気配がした。観客の密度はもちろん、内側でもドレスアップした馬主や関係者が歓談していて、ダービー特有の華やかさに満ちている。皐月賞も牡馬クラシック一戦目とあって独特な雰囲気ではあったものの、ダービーはさらに一味違う。柵の向こうで人山になっているファンの目つきも、馬に負けないほどギラギラしている。この一レースには全国から総計で何百億もの金がベットされているのだ。パチンコ好きである鉄子は、その一事だけで頭がくらくらする。

――これで緊張するなって方が無理だ。

鉄子は頬が引き攣《つ》りそうになり、手綱を持っていない左手でこっそり頬を叩いた。革手袋ごしの気合い入れは、思いのほか音が出た。ファーンがうるせえ、と言わんばかりにこちらに顔を向けてくるので、ごめんという意味を込めて鼻先を撫でる。ファーンがブヒ、と偉そうに鼻を鳴らし、鉄子はニヤリと笑った。普段と違う雰囲気でどうなることかと思ったが、いい意味で裏切られた。ファーンはいつも通り、偉そうだ。

――なら、あたしがすべきことは。

鉄子は前を向いて口角を引き締めた。他の馬は皆素晴らしい仕上がりだ。ふと、中学生の時に競馬学校騎手課程を受験した頃の記憶が鉄子の中で蘇《よみがえ》る。他の受験生は皆、小柄だが精悍《せいかん》な顔をした男子ばかり。いかにも機敏で勝負師の卵という顔をしていて、数少ない女子受験者、かつ付け焼き刃の乗馬経験しかない鉄子は臆した。あたしじゃない、他の子がきっと合格する。そう怯《おび》えた。

——でも、勝ったじゃないか、あたしは。

だめだと思っていても、自分は騎手課程に合格したのだ。その後、体の成長による体重増で騎手の道を諦めざるを得なくなった後も、あたしは馬から逃げず、今ここでダービーに出る馬を引いている。

ドヤ顔。鉄子は意識して強気な表情をした。勝てる。少なくとも、この馬はきっと勝てる気でいる。そう思い込むと、周囲の様子を探る余裕も出てきた。

皐月賞馬にして一番人気のゲルハルトドリームはさすがに堂々とした周回だった。運に愛されているとも言える最内の一番ゲート。単勝オッズ二・六倍の一番人気。観客の視線を集め、それでも堂々と歩く巨軀《きょく》はさすがとも言える。鞍上は皐月賞と同じ若手実力トップと言われる木野龍太《きのりゅうた》だ。

二本松と共に馬主としてパドック中央のスペースに立っている広瀬夫人は堂々としていた。裾に複雑なフリルがついたラベンダー色のワンピースと、イギリスの競馬場に臨席した貴婦人もかくやという広いつば付き帽子が映えている。

鉄子は横目でちらりと広瀬夫人を見た。背筋をピンと伸ばし、愛馬の周回をじっと見ている。厚化粧には違いないが、それがよく似合っていて、初対面の時よりも十歳は若返って見えた。そして、表情がない。未来への期待も、諦めも、不安もなく、ただじっと現在だけを見ている目だった。

——これはこれで、勝負師なんだろうな。

戦っているフィールドも、勝敗の基準も多分違う。しかし、ファーンという存在で繋がっている彼女は、こちらが誇らしくなるほど臆せず凜《りん》としていた。

とまーれー、の掛け声で全ての馬が周回を止め、それぞれのジョッキーが馬に駆け寄り騎乗する。二本松が俊基と作戦の確認をしている間、鉄子は広瀬夫人と目が合い頭を下げた。さすがにこの場で化粧品の礼を言う訳にもいかず、後で改めてと思っていたが、広瀬夫人は鉄子の顔を見るやにっこりと笑った。

「いい装いです」

「あ、ありがとうございます」

短いやりとりだった。それでも、広瀬夫人にとって満足のいく顔になっていたことが、鉄子には妙に嬉しかった。

「それでは、行って参ります」

「どうぞ気をつけて。菊地騎手、よろしくお願いします」

「はい」

鞍上で俊基が顔を引き締めて挨拶すると、広瀬夫人は優雅に微笑んで愛馬を送り出した。ファーンの出来、俊基の落ち着き、広瀬夫人の自信に、二本松がうっすら笑っているのを鉄子は見た。

吹奏楽団によるファンファーレの生演奏が響き渡り、出走馬が順にゲートへと収まっていく。

鉄子も俊基も、特別なことは何もしなかった。普段通り、落ちついて決まった手順を辿る。ファーンは全力で走り、俊基が手綱を取り、鉄子は見守る。ダービーでもそれは変わらない。

ただ、日本ダービーではゲートがメインスタンド前に設置されている。いつもよりも観客数が多いうえ、距離も近い。

——ファーンの奴、大丈夫かね。

鉄子の目には、ファーンは落ち着いているように見えた。もっと落ち着きなく、ゲート入りを嫌がっている馬もいるぐらいだ。皐月賞で失敗して以来、ゲート練習もし直して自信と経験を積んでいる。大丈夫だ、あれもやった、これもやった、大丈夫だ、と鉄子が心の中で数え上げているうちに、ゲートが開いた。

「よしっ」

鉄子は声を上げた。気付けば見守っている厩務員たちそれぞれから、同様の声が聞こえる。スムーズにスタートを切った。各自、担当馬の健闘を祈りながらターフを横切ってメインスタンド前まで移動する。あとは巨大なターフビジョンを見守るだけだ。

今回の作戦はファーンのストレスを最小にするよう先頭集団につけ、東京競馬場名物の最後の長い直線でスパートをかける。

おそらくゲルハルトドリームも脚質から似たような戦法に出るだろう、と思っていたら、まさにその通りになった。逃げを宣言していた先行馬から遅れること五馬身の集団に、芦毛と尾花栗毛が並んでいる。

第一コーナー、第二コーナーを回り、その先のバックストレッチへ。長い直線に入って早々に逃げ馬は後続集団に距離を詰められていく。第三コーナーの入り口で、完全に集団にのまれた。

——差が、ねえな。

逃げ馬の走りに惑わされた様子もなく、馬の集団はそう長く伸びず、やや細長いだけの一塊になって第三コーナーになだれ込んでいった。ファーンは運悪くかなり外側を回らされている。東京はコーナーの外周が長い分、外側を走れば単純に走る距離が長くなってしまう。

ラチの内側に生える大欅《けやき》を過ぎた頃から、馬群が割れ始めた。えっ、と鉄子は息を呑む。目にも鮮やかな栗毛の馬が、早くも一頭抜け出していた。

「早すぎね？」

他の厩務員の呟きに、鉄子も思わず頷く。いくら何でも仕掛けが早すぎる。果たしてスタミナが持つのか、と思った途端に、白い馬体がその後を追って抜け出した。

「うっそ！」

鉄子は悲鳴に似た声を上げた。予定では最後の二ハロンまで抑えることになっていたのだ。いくら流れによっては俊基に判断を委ねるとはいえ、今回のスパートは早すぎる。

コーナーを抜け、スタンド前の長い直線にさしかかったところで、ファーンはゲルハルトドリームの横に並びかけた。こうなっては応援するしかない。抜け、かわせ、脚よもってくれ、と鉄子は固唾《かたず》を呑む。

残り一ハロンとなっても、二頭は並んだままトップスピードを保ち、後続を寄せ付けない。まさか、いけるのか。そう思った瞬間、ターフの中央でファーンがわずかに姿勢を崩し、前のめりに転倒しそうになる。その瞬間、菊地俊基の体が宙に浮いた。

東京競馬場でターフを見つめる数万人が、ほぼ同時にあっと息を呑んだ。

「ファーン！」

反射的に鉄子は駆けだそうとした。それを左右から腕が伸びて押さえつけられる。他の厩務員か、係員か。睨みつける余裕もない鉄子の視線の先で、振り落とされた俊基の体が地面に叩きつけられた。

――いやだ！

もう少しでダービー勝利が、とか、せめて二着に、などということは鉄子の思考から消し飛んでいた。転ぶな、怪我するな、死ぬな。言葉にならないままひたすら願った。

ファーンは姿勢を崩したものの転倒することはなく、驚いた時のように全身を跳ねさせながらスピードを落とし始めた。持つ者のいない手綱が背中の上で長鞭《ちょうべん》のようにしなる。俊基は横向きになったまま、ぴくりとも動かない。

騎手が。馬が。早く確認に行きたい鉄子の体を、誰かの腕が必死に押さえていた。鉄子にだって理屈は分かる。ターフで何が起こっても、走る馬がいてその馬が通過し終えない限りは何人《なんぴと》たりともターフに立ち入ることはできない。それでも、俊基は無事なのか、ファーンが脚を痛めてはいないか、身動きの取れない体の中で焦りばかりが募っていく。

幸い、後続の馬と騎手たちは突然目の前に生じた障害物も、一頭でスタンド側に向かって跳ねるファーンのことも左右にうまく避《よ》けてくれた。ゲルハルトドリームはその間に悠々と一着でゴール板を通過した。

最後尾の馬が入線し、運営職員が「行ってください」と許可を下したので、鉄子はいち早くターフ内へと飛び出した。その間にも誘導馬二頭が馬場に入ってくる。

　俊基の状態はもちろん気になる。しかしファーンの担当者は自分しかいない。焦りながら走る鉄子を誘導馬たちが追い越し、ターフに一頭残るファーンの傍へと駆け寄っていった。そのまま二頭で挟むようにしてファーンから距離を保っている。落ち着いた馬が周囲に来たせいか、ファーンは跳ね回るのを止め、ぶん、と大きく首を振った。装鞍所で期待をこめて背に掛けた、ダービーの特別なゼッケンがずり落ち、芝生でファーンの足に踏まれて汚れている。

「ファーン！」

　鉄子は興奮させないよう、感情的にならない声を意識して声をかけた。聞き慣れた声を耳にしたファーンは、こちらを向いて駆け寄ってくる。見る限り、歩様《ほよう》に問題があるようには思えない。鉄子は無事に頭絡《とうらく》と引き綱を接続し、確保に成功した。

　すぐに落馬があった方向を見ると、俊基が救急隊員の手によって担架に乗せられているところだった。だらりと垂れ落ちた左手は動かない。隊員の一人に声をかけられつつ、内ラチに停められた救急車へと運ばれていた。骨折、首、再起不能、後遺症、……死。様々な悪い想像が鉄子の頭をよぎる。そして自分は騎手に対しては何もできず、乗り手を落としてしまった馬をケアすることしかできない。

　ファーンは興奮しているが、脚と表情に緊急的な危機はない。とはいえ早く獣医師に診せなければ。脚運びを気にしつつ外ラチ沿いまでファーンを引いていくと、観客がこちらと救急車の方を向き、心配している様子が見えた。

――罵倒された方がましだ。

　お前の馬券買ったのに、落馬のせいで進路と着順変わっちまったじゃねえか、などと罵《ののし》ってくれればまだ気が楽だ。一頭の落馬競走中止があったとしても冷静にレースは続き、冷酷に賭け事は成立してしまうのだ。ファーンのせいで賭けた馬券が無駄になった客もいるはずだ。だというのに、皆、ウイニングランをしているゲルハルトの方ではなく、ファーンと救急車の行方を見て悲痛な顔をしていた。心配してくれている。心配させてしまっている。スタンドの方を見られず、鉄子はたまらずファーンの首筋に手を這《は》わせた。

「ファーン？」

ファーンはゴール板近くのターフビジョンを見ていた。画面では尾花栗毛の華やかな馬が勝利の喜びを味わうように走っている。

——泥臭い走り同士の争いで、負けた。それを、こいつは悔しがっているのだ。

うそだろ、と鉄子は危うく場違いな言葉を口にしそうになった。

暴れ馬。ヤンチャ坊主。困ったちゃん。そんな生半可なものではない。理解できない競走の化け物が目の前にいた。

八

走る理由

午後、まだ早い時間の入院病棟は窓から入る陽光と穏やかな雰囲気のせいか、ゆったりとした空気に包まれている。

鉄子は廊下を歩きつつ、隣の二本松をそっと覗き見た。ジーンズに二本松厩舎《きゅうしゃ》スタッフ用ブルゾン姿の自分も、きっちり背広姿の二本松も、どこか場違いな恰好《かっこう》のような気がしてきた。

「見舞い、本当にこれでよかったんでしょうかね」

手に持った紙袋をかざして、鉄子は首をかしげた。病院に来る途中にあった家電量販店に入り、二本松が購入したものだった。

「花だの食べ物だのは他から沢山来てるだろうからね」

「まあ、そうでしょうけど」

頷《うなず》きながら、鉄子はナースステーションで足を止めた。菊地俊基の病室を訊《たず》ねると、疲れた顔の看護師がややうんざりした様子で答えてくれた。少なくない見舞客の対応に消耗しているらしい。鉄子と二本松は丁寧に礼を言って病室へ向かった。

昨日の東京競馬場メインレース、日本ダービーで落馬した俊基は、当初、完全に意識を失っていた。時速七〇キロオーバーの馬上から地面に落下したのだ。いくら万が一の時には受け身を取るよう訓練しているとはいえ、最悪の場合も考えられる状況だ。

放馬となったファーンを押さえた鉄子や調教師控え室で見守っていた二本松だけでなく、あらゆる関係者とファンが緊張と不安を抱えた一時間後。広報によって、菊地騎手は病院搬送後に意識を取り戻し、命に別状はない、という一報が伝えられた。

さらに夜になり、外傷としては打撲と肋骨《ろっこつ》二本の骨折。頭を打っているため今後数日入院して精密検査を行う、と伝えられ、二本松厩舎の面々はひとまず安堵の息をついた。後遺症の有無、騎手生命の行方、という意味ではまだ安心はできないが、少なくとも重篤な状態ではない。

そしてファーンの方はというと東京競馬場の直線をトップスピードで駆けている最中に躓《つまず》いていたにもかかわらず、脚がもつれて皮膚を軽く擦った以外は目立った怪我はなし、と獣医師による診断が下っていた。

躓いた原因は、右前脚の蹄鉄《ていてつ》がすぽんと一気に落ちたため。落鉄、——つまり、人間でいえば全力で走っている最中にシューズがすっぽ抜けて転びそうになった、ということになる。

競走中に蹄鉄が抜け落ちるのは、稀《まれ》なことではない。装蹄師がどれだけ万全な仕事をしていても、一定確率で発生しうることだ。大抵は馬も気が付かないまま走り抜けるし、落鉄が直接の原因となって極端にタイムが落ちるということもない。

ただ、今回のファーンの場合は馬自身もかなり入れ込んで競っている最中だったことでバランスを大きく崩すことになったのだろう、というのが二本松の見立てだった。躓いた時に転倒にまでは至らなかったこと、落馬した騎手が命に関わる怪我までは負わなかったこと、そして後続の馬群が巻き込まれることなく現場を走り抜けてくれたこと。不幸中の幸いが幾つも重なっていた。

人間と馬、双方の命がひとまず危ぶまれる状態ではないことを把握し、厩舎に戻って情報待ちをしていた鉄子やスタッフはもちろん、広瀬夫人と彼女に付き添っていた二本松は一旦ぐったりと力を抜いた。安心するにはまだ早い。しかし最悪の事態だけは免れた。

——お陰でこっちは寝不足だ。

鉄子は欠伸《あくび》を嚙み殺しながら病室の戸をノックする。「どうぞ〜」と間延びした返事がした。

俊基は電動ベッドで上体を起こしてスマホを見ていた。個室の棚やベッド周りのあちこちに、見舞いの花や果物の籠が置かれている。

「二本松さん、鉄子さん。ありがとうございます」

俊基は見舞客の顔を見るや、深々と頭を下げた。

「せっかくの晴れ舞台で走り切らせることができず、すみませんでした」

「いや。聞いたろう、落鉄だ。誰が悪いということでもない。結果こそ残念だったが、あの事故に至る直前まで、ファーンのパフォーマンスを最大限に引き出してくれていた。無事で本当によかった」

二本松は鉄子から紙袋を受け取ると、俊基に渡した。

「なんですか？　これ」

「開けてみるといい」

促された俊基が袋から取り出したのは、一般的なものよりも二回りほど小さいタブレットだった。

「文章を読むのに特化した電子書籍リーダーだよ。タブレットより軽いから、僕のおすすめでね」

「わあ、ありがとうございます。暇つぶしに助かります」

「ついでに僕が愛読している競馬理論の電子書籍も何冊か入れておいたから、入院の間、熟読しておくといい。検査で数日は出られないんだろう?」

「わ、わあー。ありがとうございますぅー」

――そういや師匠、電器屋で買った後に助手席で何かゴソゴソやってたな。

入院といっても休暇ではない。二本松のスパルタぶりを受けて表情が強張《こわば》っている俊基に、鉄子はひそかに同情した。

「花や果物もありがたいんだけど、二本松さんといい広瀬夫人といい、一味違うお見舞い品も嬉しいです」

俊基は苦笑いして枕元の棚から巨大な銃のようなものを取り出した。電動ハンドドリルにも似ているが、先端にゴルフボールのような丸いものがついている。

「何だい、それ」

「飛行機の時間の都合とかで今朝早く見舞いに来てくれた広瀬さんが置いていったんですよ。なんか、電動マッサージのいいやつなんですって」

俊基は本体のスイッチを入れた。ボール状の部分がブイインと振動している。

「あー、それ、すごく高くて筋膜リリースとかできるやつだよ。装蹄師の泉さんが最近買ったって自慢してた」

鉄子はご満悦の泉を思い出して言った。高くていいマッサージガンを選んでくれるあたり、広瀬夫人らしいな、とも思う。

ダービーの後、広瀬夫人に付き添っていた二本松の話によると、夫人はオーナーとして毅然《きぜん》としつつ、騎手の怪我の程度を心配していたらしい。

「そうなんだ。まあ、打撲とかで見えないダメージがあるかもしれないからってお医者さんにはストップかけられちゃったけど、退院したら使わせてもらおうかな」

俊基はマッサージャーをためつすがめつしていた。昨日、激しい落馬から意識を失っていたとは思えない呑気《のんき》さだ。鉄子はその様子にほっと息を吐いた。体のダメージの具合は診断の通り。精神の方も今のところ問題がなさそうだ。二本松もそう思っているのか、「このボタンを押すとハイパワーになるのか」などと、一見のんびり俊基と会話している。

「肋骨は？　どんな感じ？」

鉄子の問いに、俊基はぽん、と左手で肋骨の辺りを軽く叩いた。

「うん普通に痛い。けど、別に内臓に突き刺さった訳でもずれてる訳でもなく、パッキリとヒビが入っただけ」

「そうか、じゃプロテクターすれば調教も大丈夫だね」

「それはそうなんだけど。痛いには痛いんだから、もっと労《いたわ》ってよー」

俊基は情けない声を出した。落馬して肋骨やった、ぐらいの怪我は馬乗りなら皆一度は通る道だ。一度に折った本数が少なく、しかもきれいにヒビが入った程度なら、ギプスで守るほどでもなく、治るのを気長に待つしかない。くしゃみなどをすれば当然痛いが、騎手なら余程のことがない限りそのままレースにも出走する。

「他のところは？」

「ん？　んー、検査これからだけど、多分大丈夫だと思うよ」

何気ない俊基の答え。だが、その視線が一瞬窓の方に逸《そ》れるのを鉄子は見逃さなかった。先に二本松が口を開く。

「どこか麻痺《まひ》か妙な痛みが？」

俊基は一瞬口ごもり、それから、観念したように答えた。

「首の、後ろの方に痛みが、少しだけ」

何でそれ早く言わない、と鉄子は食ってかかろうとした。言葉にする前に、すっと二本松が自然な動きで前に出る。

「担当の医者には？」

「話しました。午後からＭＲＩ撮るんで、その時に注意して確認してくれると」

「そうか」

うん、と頷いて二本松は鉄子を見た。もう一度そのまま頷く。

「検査してもらわなければ何とも言えないな。痛みや不安は、必ず医者に相談するように。いいな？　サボったら、レースはおろか調教も却下する」

「そんなあー。分かった、分かりましたよ」

情けない声を出して俊基は肩を落とした。しかし、その表情は少しほっとしている。

――そうだよな。一番不安だったのは本人だ。

鉄子は両拳を軽く握り締めた。首の痛みという、騎手にとっては致命的なダメージに当の本人が不安を覚えないはずはない。それを、師匠としてきちんと指摘しつつ、医者というプロときちんと連携を取るよう諭して当人の負担と不安を軽減した。二本松なりの、ベストな対応だろう。

「俺よりもさ、鉄子さん。ファーンは？　大きな怪我はなかったとは聞いてるけど、実際の様子はどんな感じ？」

何気ないふりをして、俊基が聞いてきた。鉄子も合わせて、何事もないように笑う。

「皮膚の怪我はまあ普通に薬塗ってケアしてるとして、レントゲンで調べ上げて脚の骨も内臓もダメージなし。今朝馬房見てきたけど、問題なくモリモリ飼い葉食って、経過を見に来てくれた獣医師さん蹴りかけてたよ。脚の故障でけつまずいたんじゃなくて、本当に落鉄でこけそうになっただけ」

「そうか、良かった」

俊基は顔から力を抜いた。緊張が解けて、力なく笑ったようにも見える。

他の多くの騎手と同じように俊基は十代後半でこの世界に入り、三十代半ばの現在に至るまで手堅い成績を残し続けている身だ。もっと酷《ひど》い怪我を負って騎手生命が危ぶまれたこともある。

そして、乗っていた馬が転倒事故から死んだこともある。どれだけ健康な馬であっても、どれだけ大事に乗っていても、不幸な怪我や死から無縁でいられるわけではない。それは、厩舎側の二本松や鉄子にとっても同じことだ。

――本当に、運が良かった。

今さら震えそうになる指を握り込んで、鉄子は無理に笑った。

「あんたが意識失って担架で救急車まで運ばれてる間、ファーンの奴、どうしてたと思う」

「え、何、もしかして心配そうに見守ってくれてた？」

両手で胸を押さえ、期待に目を輝かせた俊基に鉄子は首を横に振った。

「勝ったゲルハルトが映ってるターフビジョンをじっと見てたんだよ。まるで、あいつに負けたのが悔しいみたいに」

競走馬が特定の馬をライバルと認識することも、レースで競り負けて荒ぶることも、時々はあることだ。しかし、馬本体ではなくターフビジョンに映る姿まで睨《にら》みつけるなど、聞いたことがない。

「あいつらしいな」

俊基は、あっさりと受け入れて苦笑いした。

「ま、何事もなかったかのように元気だから安心しなよ。あんたも今週末に騎乗予定だった馬は全部乗り替わり決まったし、今はゆっくり休みな」

励ましたつもりが、乗り替わり、という単語で俊基は急に頭を抱えた。

「乗り替わり……乗り替わりなぁー。目黒《めぐろ》記念、乗り替わりになっちゃったから俺、オーナーさんに申し訳なくて」

「あー」

俊基はあの日、ダービーの後、第十二レースの目黒記念に乗る予定だった。もちろん騎手は変更、ちょうど乗り鞍《くら》がなかった若手騎手が急遽鞍上《きゅうきょあんじょう》を務め、無事に五着で完走した。

「三番人気だったし、馬の調子も良かったから、勝ち狙えるんじゃないかと思ってたんだけどなぁー」

心底残念そうに、俊基は口をへの字に曲げて腕を組んだ。

「……ファーンも、勝てると思った。勝たせたかった」

ぽつりと、小さな声で呟《つぶや》かれたのが結局は本音だ。ダービー最後の直線、優勝を懸けた二頭の叩き合い。競り負けただけならともかく、落馬競走中止。

関係者誰もが悔しい思いをする中、一番悔いが残るのは他でもない鞍上だ。鉄子は俊基から視線を外し、静かに両拳を握り締めた。

「案外、なるべくしてなったのかもしれない」

二本松がふいに冷静に言った。

「もちろん直接の因果関係は分からない。しかし、ファーンの矯正しきれなかった気性、我々の緊張、俊基の闘争心。何もかもが高水準とはいえ、百点満点とは言えなかった。そういう欠けた部分が積もり積もって、勝ちが逃げていった。それも一つの考え方だと思う」

「そんな……」

非科学的な、と鉄子は言葉を挟みそうになり、やめた。確かに競馬にはそういう、理屈を超えた要素がある。それを不確定要素だと甘く見る者は、運命に傲慢《ごうまん》になって強さを過信し、ついには弱さを過剰に恐れるようになる。そうしてずるずる落ちて姿を消したホースマンを何人も見てきた。

「今回のことは負けて運が悪かった、でも怪我が大したことなくて不幸中の幸い、だけで終わらせるべきじゃない。各々何が足りなかったか、それを見つめ直す絶好の機会だと思って精進した方がいい。ファーンに関わる全員と、ファーン自身もな」

はい、と重く返事をする鉄子と俊基の声が重なった。二人の様子を見て、二本松がうん、と時間をかけて頷く。

「検査に問題なければ、菊花賞、いけそうか」

「いけます」

俊基の返事は早かった。

「ファーンが走れて、俺も問題なければ、絶対乗ります。よろしくお願いします」

二本松を見据える俊基の目は鋭かった。怪我は早期に治す。課題は徹底的に潰す。より馬の力を引き出せるようにする。だから、絶対に鞍上は他の騎手には譲らない。その決意に溢れていた。

俊基が訴えた首の痛みなど、不安要素はなおある。しかし、少なくとも挫《くじ》けてはいない闘志に、鉄子はようやく肩の力が抜けた。

「オーナーの広瀬さんも、馬と菊地騎手が大丈夫そうならぜひ菊花賞を、と言ってくれている。まずは怪我を完璧に治しなさい」

「はい」

調教師と所属騎手としての確認事項は果たした、とばかりに二本松は病室を後にした。鉄子は慌ててその後を追った。病室を出る直前に、「鉄子さん」と俊基から声がかかる。

「せっかくの全休日にありがとね」

「ほんとだよ。退院したらそのマッサージガン貸して」

「わかった」

短いやり取りの後で廊下に出ると、二本松は壁に背を預けて待っていた。鉄子が追い付き、並んで廊下を歩く。休日とはいえ美浦トレセンに戻ったら一度ファーンの様子を見ておきたい。二本松が言う、欠けた部分を埋める方法とやらが何なのか鉄子には分からないが、まずは馬そのものを見ねば何も始まらない。

「思ったより怪我軽くて良かったですね。復帰も早そうで」

「うん」

早足の足音の間を埋めるためだけに無難な話題を振ったが、二本松は顎《あご》に手をやって何か考えこんでいる。

「……いけるか、と聞かれればいけます、と答えてしまうよな。騎手の性《さが》というか、何というか」

自分で聞いたくせに、という言葉は飲み込んでおく。二本松は細く長い息を吐いた。

「俊基の首の痛みと、精神面も少し心配ですか」

事故の後遺症は往々にして体だけで留《とど》まってくれない。それに、精神面については、一時的に大丈夫に見えても後からダメージが出てくることもある。鉄子の問いに、二本松はゆるゆると首を横に振った。

「今さら俊基に精神面の心配なんて、怪我の心配以上にしてないよ。あれで若い頃はもっとひどい落馬事故を何回もやらかして、そのたびに適度に落ち込んでは回復してきた。結果、見た目以上にタフで食えないことは鉄子君もよく知っていると思う」

「ええ。……じゃ、心配なのはファーンの調子ですか」

「うん」

まっすぐエレベーターホールに向かうかと思いきや、二本松はその手前で曲がり、談話室に入っていった。広くて清潔な室内はさんさんと陽が入り暖かい。そこかしこで入院患者と見舞客が話をしている。

二本松はホットの缶コーヒーを二本買うと、プラスチックのテーブルセットに腰掛けた。鉄子もその向かいの椅子に座る。缶を一本差し出され、何か嫌な予感がした。

お互いコーヒーを一口飲んでから、二本松は両手を組んで切り出した。

「ファーンの休養、菊地牧場に戻してみようと思ってる」

「は!?」

鉄子は思わず大きな声を上げた。入院患者に付き添っていた看護師が振り返ってこちらを睨む。慌てて頭を下げ、声量を落とした。

「待ってください、休養なら千葉とか、付き合いの長い外厩がいくらでもあるでしょう。なんでまたわざわざ静内に」

ただレースの疲れを取るだけなら、確かに菊地牧場へ放牧に出すのでもいいだろう。しかし、まだ気性に難があり、走力や心肺も鍛え続ける必要があるファーンは、美浦から遠くない外厩、つまりトレーニング可能な専門施設に預けるべきだと鉄子は考えていた。

二本松はもう一口コーヒーを飲み、ゆっくりと鉄子の方を向いた。その間の無言が怖い。

「それは菊地牧場に不安があるから？　それとも信頼できないスタッフがいるから？」

「う……」

口ごもった時点で理由が後者なのは明らかだった。

しかし、だからといって不安なものは不安だ。リスクばかり考えられる牧場にわざわざどんなメリットを見出《みいだ》してファーンを預けようというのだ、この師匠は。鉄子もなかば意地になっていた。

「……なぜ、あの牧場がいいと?」

「今後のことを考えているからね」

「今後?」

ファーンの、古馬以降のことを言っているのか。鉄子の考えを読んだように、二本松は口の端をわずかに持ち上げた。

「ファーンもそうだが、あの牧場にはなかなか伸びしろがあると思っていてね。最初に足を運んだ時は結構荒れていたものだったが」

確かに、と鉄子は思い返した。他の牧場見学のついでに足を向けた時は、敷地内は草ぼうぼう、お世辞にも手入れが行き届いているとは言えなかった。

「それが、ファーンが勝って生産牧場賞と繁殖牝馬《ひんば》所有者賞を貰《もら》うようになったら、そこそこ手を入れるようになったし、なによりファーンの全弟をセールに出そうとするような欲も出るようになった」

「褒めてんですか、それ」

「褒めてるよ。経営に欲は必要だ。ましてや競馬においてはね。かつかつの経営から結果が出た時、それを適切にプラスに回すというのは簡単なことじゃない」

二本松はすっと手を伸ばし、テーブルの上でぐるぐると円を描いた。ぐるぐるっとそのスピードが上がり、ぐん、といきなり右上へと撥《は》ね上げる。

「その意味で、ファーンをきっかけに俊基の弟は経営者として今後伸びる可能性があると見た。まだ先の話だが、僕もうちの都合の良いように使える牧場を一つ確保しておきたいと思っていたからね」

二本松はにっこりとした営業スマイルで鉄子を見た。対して、鉄子はうわあと声まで出して苦く笑う。

最初は牧場の経営体質の話をしていたが、明らかに自厩舎の今後の経営展開をにらんでのことだ。調教師は馬を調教することだけでなく、厩舎を経営していくのも仕事のうちだ。そこに自在に使える北海道の牧場が一つあれば、自由度がぐんと増す。

「クラシック出走馬で試みることですか」

「普通のクラシック出走馬ならやめておくかな。ただ、我らがシルバーファーンは大きなひと叩き、というか荒療治が必要な気もしたからね」

――確かに。

そこを突かれると鉄子も頷かざるを得ない。万全を期して準備をしても足りないものがあるのなら、新しいやり方を試す決断も必要になってくる。ギャンブルは客だけの専売特許ではない。むしろ生産者や関係者のギャンブルに馬券を介して客を巻き込むのも競馬の一側面だ。

「でもあのバ……歯に衣《きぬ》着せない女性従業員は不安です」

鉄子も腹を割って懸念を明らかにした。鉄子はおろか二本松にまで嚙みつき、競馬の根幹を否定してみせた若造。テレビ中継でもファーンのわずかな変化にも気付いた観察眼は大したものだが、成長を期したファーンに彼女が関わるのは心配でしかたない。だが、二本松はすんなりと首を横に振った。

「それは大丈夫じゃないかな」

根拠は、と言いかけた鉄子に、二本松はスマホのチャット画面を見せた。相手は菊地牧場の社長だった。ざっと見るに、シルバーファーン、休養、再調教、ぜひ、などの言葉が並んでいる。日付は三日前だ。要するに、今この時の思い付きなどではなく、二本松はダービーの前から菊地牧場に任せることを考えていたのだ。

「かなり前から打診しておいたから、あちらの社長も色々考えてくれていてね。従業員を増やした他、アヤさんっていったっけ。例の人も他の牧場や軽種馬関連の研修に出したりして、結構もまれたみたいだよ」

「へえ……」

二本松がOKを出したのなら、決定権を持たない鉄子は従うしかない。しかし、不安と不満は腹の中にたまっていた。

「コーヒー冷めるよ」

「はい」

言われるままにぬるくてまずいコーヒーを口に運ぶ。缶をテーブルに置くと、二本松がフーッと息を吐いた。威圧的にではなく、体の力を抜いたようだ。続く言葉は柔らかかった。

「ファーンのこと、不安なんだろう。預けるのが、というだけではなくて」

「ファーンを心配して不安、というよりも、ファーンを今後扱いきれるか、ということが正直、不安です」

鉄子は素直に答えた。放馬直後にライバルが大写しになったターフビジョンを見るあの馬の目が思い出される。草食獣の目ではなかった。

「率直なのは良いことだ」

「暴れ馬や、指示に従わない馬なんてこれまで散々見てきました。それを矯正できないまま登録抹消しなきゃいけないことも経験しました。それが不安なんじゃなくて、あいつの桁《けた》外れの闘争心を御せるか自信がないんです」

ファーンはこれまで見てきたどんな馬とも違う。人間に御しきれるかどうかさえ、今は疑わしいほどだ。

「今回は運が良かったけど、鞍上や他の人馬に致命的な怪我を負わせたら。ダービーの後のファーンを見てたら、その可能性が見えてしまった。いや、確信したと言ってもいいかもしれません」

勢いをつけて缶コーヒーを飲み干し、カン、と音を立ててテーブルに置いた。

「あいつは、とんでもないことをやらかす。そんな気がするんです」

臆病者、と誹《そし》られても構わない。なんなら鉄子はクビだって賭けていいと思っている。ただ、動物相手に動物的な直感として、感じたことをそのまま言葉にした。

二本松は、ふーむ、と珍しく困ったように腕を組み、天井を向いた。

「予定通り、菊地牧場に預けて、菊花賞を目指すよ」

「わかりました」

それはそうだ。担当者の鉄子が根拠のない不安を抱えているからといって、それを理由に調教師が予定を変えることはありえない。

「ただ結果を期して クラシックのラストクラウンを狙うわけじゃない。これはファーンにとって必要なハードルだから挑ませる。目標に合わせて菊地牧場を巻き込んでファーンを叩き直し、調教する。それができなきゃ、今後腫れ物に触るようにずるずると試行ばかり続けて、活躍の時を逃すことになる」

二本松は首を戻すと、懐からスケジュール帳を取り出した。挟んでいた万年筆でさらさらと何事か書き込んでいる。

「休養中の運動プログラムは、過去のデータを参照して僕が一から練って指示を出す。鉄子君は、菊地牧場とのパイプを繋げておいてくれ」

「え。パイプを繋ぐって、どういう」

「ファーンの輸送に合わせて現地に行って、スタッフ含めて牧場側と話をつけてきて欲しい。そうだな、数日はむこうに滞在して、ソフト面も色々擦り合わせて試してみよう。相談はこっちに逐一電話してくれていい。何時でも構わない」

ぱん、と音を立ててスケジュール帳を閉じた二本松に、鉄子が抗《あらが》う手段はなかった。

また北海道出張かあ、とか、ファーン以外の担当馬の引き継ぎを任せられるスタッフの配置とか、ぼやきや考えなければならないことは山ほどある。

わざわざあの牧場まで出向き、トレーニング内容を擦り合わせるという行為自体、簡単なことではない。自厩舎のスタッフとコミュニケーションをとるのとは訳が違うのだ。仕事としての難しさもあるが、鉄子としては、単純に煩《わずら》わしい。

それでも、鉄子は「はい」と承諾した。実際に走るファーンや怪我を経ても乗ろうという俊基に比べれば、面倒臭いタスクなぞいかほどのものか。

——ここで退けば鉄子の名がすたる。

「はい。やります。やってみせます」

自らへの宣言でもあった。

「あの馬、化けさせるぞ」

「はい」

まっすぐ返された返事に二本松は頷き、席を立った。廊下に出て、今度こそエレベーターホールに向かうかと思いきや、反対方向へと歩き出す。

「え、どこへ」

「俊基に、菊地牧場に預けることを言っておく。実家だからな」

つまり、ファーンを菊地牧場に送る計画は以前から検討していたが、鉄子の承諾をもって行動に移し、俊基に話をするということか。

——こういうとこが、うちのボスはほんとさぁ。

人当たりの良さやアクの強さで人を惹きつけるタイプの調教師とは正反対といっていいぐらいなのに、実は他厩舎と比べて離職率が低い。

自分も、よそに移ることは今のところ考えられないな、と二本松の後を追った。

「あと、よその従業員にバカとか言わないように」

「今回ぎりぎり言わなかったはずですが気を付けます」

すみません、と鉄子は素直に頭を下げた。菊地牧場にしばらく留まるとなれば、口の利き方に気を付けなければ、と自戒した。


日本ダービー翌日、菊地牧場の事務室では、牧場長にして社長である菊地俊二が机で頭を抱えていた。その後ろから、マサが一生懸命慰めている。

「社長、ほら、俊基さんご本人から心配するほどじゃないって連絡あったんですよね？　ファーンも問題ないとのことですから……」

「やっぱり俺も、府中に行って直接応援すべきだったんだ……。葵のバレエの発表会とかぶったからなんて言ってないで……」

レースの落馬事故直後は兄の容態やファーンの怪我の有無さえ分からなかったから、ただただ狼狽《うろた》えて関係各所に問い合わせの電話を入れることしかできなかった。

意識を取り戻した兄から電話をもらい、さらに馬も無事と二本松厩舎から伝えられ、俊二をはじめ菊地牧場一同はほっと胸をなでおろしたのだった。

その分、一度平静になってから、俊二は深く落ち込んだ。

生産馬がダービーに出走するという滅多にない慶事でありながら、家の事情で現地に行かなかったことを悔い、五着以内の掲示板圏に入れば御の字と思っていたらあわや優勝かというデッドヒートを繰り広げたことに喜びつつ動揺し、そして落鉄という不運をいつまでも嘆いた。

そして、兄の俊基が落馬してダービーでゴールできなかったという事実を悔やんだ。

弟としては、もちろん兄の事故で体がどうなったか心配でもあった。今まで幾度か起きた落馬事故と同じように、身内として身が切られる思いがした。ただ、それと同時に、自分は騎手の身内で生産者である。着順はともかく、ファーンの背でゴール板を駆け抜けられなかった、その無念さ、悔しさを感じずにはいられなかった。

牧場を継がずにさっさと騎手になり、しかも飄々《ひょうひょう》と活躍する兄の姿に多少思うところはあった。しかしやはり、こういう事故があって、初めて揺り動かされる感情というものはある。結局、俊基は大事な兄だった。

「やっぱり、俺だけでも現地でファーンと兄貴を応援すべきだったんだよ。そうすれば、兄貴は……」

「しゃーちょーう、気持ちは分かりますけど、応援と事故と結果はまったく別のことですよ。人も馬も無事だったんだから、ある意味ダービー勝つより運が良かったんですって」

もう何度目かとなる慰めをマサはまた繰り返した。

「そうかなあ……」

いつまでも嘆いてはいられない。それより、馬の怪我が大したことないのなら、二本松がダービー前から打診してきた「ファーンの夏の休養は菊地牧場で」という件の支度をせねばならない。

「生きて、元気で、まだ走れるなら次があります。ファーンのためにやれることがあるなら、僕らは全力でそれをすべきです」

「そ、そうだな」

力強いマサの言葉に、俊二も同意した。ここ二、三年で、マサは随分としっかりしたものだ。ドラセナがファーンを産んだ時に放牧地でオロオロしていた男とはとても思えない。最近ではアヤの気の強さをうまくいなしたり、パートさんに時給アップを持ちかけて牧場内の環境整備まで指示している。

「アヤちゃんも今日研修から帰ってくるんですし。あの子の強引な屁理屈に負けないようにするには、堂々としてないと。菊花賞出るなら、関係者に残された時間は平等です。さ、しゃんとしてください」

「ああ、そ、そうだな。しゃんとしないと、だな」

最近は、どっちが雇い主か分からんな、と頭をかきつつ俊二はパソコンを立ち上げた。それとほぼ同時に、外から軽自動車のエンジン音が聞こえてくる。事務所の横で停まった。

「あ、帰ってきたみたいですよ」

「アヤの奴、昨日のダービーで怒り狂ってないだろうな」

思わず机の陰に隠れた俊二のポロシャツの襟を、マサが容赦なく摑んで引き戻した。

「ただいま戻りましたー。はー二週間ぶり。馬も人も変わりありませんでしたか?」

活発そうなTシャツ短パン姿で事務所に入ってきたアヤはよく日焼けしていた。

「お帰り。どうだった、十勝《とかち》は」

「はい、楽しかったし、勉強になりました。軽種馬も重種馬も道産子《どさんこ》も。参加者も全国各地から来てて」

　はいおみやげ、とアヤは大きなエコバッグを机に載せた。中にはピーマンやキュウリ、トマトなどの一足早い夏野菜が詰まっている。

　アヤは今回、十勝の家畜改良センターで行われた、馬産に携わる若手のセミナーに参加していたのだ。それ以外にも、月に一度のペースで俊二の知り合いの生産牧場や育成牧場などに積極的に修業に出ている。

「アヤちゃん、昨日のダービー見た？」

「うん、研修室のテレビで見た。心配したけど、ファーンに大きな怪我なくて良かったよ」

　マサの問いにほっとした表情でアヤは答えた。以前なら、落鉄で躓かせるなんてどういう管理をしているんだ、などと息まいていたかもしれないと思うと、大した変化だ。

　じっと見ていた俊二の視線に気づいたのか、アヤは慌てて「あ、菊地騎手もそこまでの怪我ではないとのことで、本当にほっといたしまして」と取り繕った。

「いや、いい、いい。兄貴は頑丈だから」

　まあ、普通にすげえ心配したけど。と俊二は内心付け加えた。

「あら、お帰り。アヤちゃん帰ってたのかい」

　奥の居住スペースから俊二の母、千恵子が姿を見せた。アヤは即座に背筋を伸ばし、「先ほど戻りました！」と挨拶した。

「あ、十勝の野菜、お土産に買ってきました。お台所の冷蔵庫に入れておきますね！」

「うん、頼んだよ」

アヤは一度は置いたエコバッグを摑むと、千恵子と一緒にいそいそと事務所を出て行った。

「……社長の俺に対する態度と随分違わねえ？」

思わずぼやいた俊二に、まあまあ、とマサがなだめにかかる。

「専務にこっぴどく説教されてから、彼女は本当、変わりましたから。頭上がんないんですよ」

「まあ、そうなんだけど」

俊二は呆れと安堵が半分半分の溜息を吐《つ》いた。確かに、二本松調教師に食って掛かった日に千恵子からカミナリを落とされて以来、アヤは変わった。

もともと優秀で頭の回転も速い故に自分の意見を譲らないところがあったが、随分と人の話に耳を傾け、言いたいことを我慢できるようになった。それで、俊二としても各地に修業に出せるようにもなったわけだ。

幾度か解雇さえ考えた俊二はもちろん、従業員として共に働くマサにとってもアヤの変化はありがたかったようだ。マサも自分の意見を聞いてもらえるようになって、落ち着きと自信を持ったように見える。俊二としてはありがたい変化だった。

「十勝だと肉用馬の生産者も多いから、アヤちゃんまた喧嘩ふっかけないか心配だったけど、取り越し苦労だったみたいですね」

「本当だよ。あっちの関係者に迷惑かけたら色々と差し支《つか》える」

結果的に何事もなかったようで、懸念がほどけて俊二は机に肘をついた。

「社長がアヤちゃんの伸びしろを信じてあげたからこそですよ」

「伸びしろ、ねえ。どうなるんだか」

俊二が呟いた声は、小さすぎてマサの耳にまでは届かなかった。


六月上旬の日高の空の下、一台の大型トラックが走っていた。『競走馬輸送中』という文字を見て、周囲の車は充分な車間距離をとるか、よく安全を確認してから速やかに追い越していった。

自分の運転の感覚だともどかしいほどの安全運転に、助手席に座った鉄子は安心していた。急ぐことよりも、安全第一。アクセルもブレーキもハンドル操作も穏やかに。馬運車は安定した走りで菊地牧場に向かっていた。

鉄子は今回、苫小牧のフェリー港で馬運車を載せた船を待ち、そこから日高まで同乗させてもらっていた。馬匹《ばひつ》運送という、馬の輸送に特化した業者に頼み込んでのことだ。この通り輸送の安全に心配はないが、死力を尽くした叩き合いの後ということもあり、ファーンに予想外の消耗があってはならない。念には念を入れての措置だ。

広い運転席には馬の様子が見えるモニターがついており、鉄子はちらちらと覗き込んでは運転手に苦笑いされていた。ファーンは空調完備で、万一の事故などに備えて床や壁をマットに囲まれた荷台で、実に図太く瞼《まぶた》を閉じている。どうやら寝ているらしい。

今回の運転手は四十代半ばほどの小太りの男性だ。丁寧なブレーキングと周囲をよく見てからの慎重な加速で、輸送している馬に常に気を遣ってくれていることがよく分かる。馬を運ぶということに特化したプロの運転だった。

「今回お預かりしてる馬、ダービーに出てた芦毛《あしげ》ですよね。俺、複勝買いましたよ」

「えっ、あ、そうなんですか、ありがとうございます」

思わぬことを言われて、鉄子は慌てて礼を言う。そして、「すみません」と付け加えた。ファーンが落馬競走中止になったことで、その馬券が紙切れになったことは事実なのだ。

運転手はいえいえ、と片手を振った。

「ジョッキーも、馬も、大事に至らなくて本当によかったです。ましてや、その馬の休養をこういう形で手伝えるなんて、この仕事冥利《みょうり》に尽きます」

「そう言ってもらえると、こちらも救われます」

笑って頭を下げつつ、鉄子としてはどこか落ち着かない。実はダービー以降、ファーンのファンと称する一般の人たちから、かなりの数のファンレターが厩舎宛てに届いていた。中には安全祈願のお守りが同封されているものもあり、ファーンの馬房横にぶら下げられたそれらは、日を追うごとに数を増やしている。

——ありがてえな。

鉄子は普段、意識して一般のファンの存在を頭から追い出しているところがある。担当馬を応援してくれる、信じてくれる、その気持ちは本当にありがたいと思いつつ、その愛情や期待に引っ張られれば余計な緊張を背負うことになる。

そのスタンスは大きく変えていない。ただ、ダービー後のファーンに関しては、そういった人達の声が心の弱ったところに温かく染み入ってくる。

「今後の馬券のお約束はできませんけど、精一杯面倒みて、またターフに戻しますんで」

「そん時は単勝に給料つっこみます。応援してますよ」

ありがとうございます、と鉄子は改めて頭を下げた。

予定の時刻から三十分遅れで、馬運車は菊地牧場の敷地に入った。中から社長とスタッフが出てきて、挨拶もそこそこにまずはファーンを荷台から降ろす。

タラップを下りたファーンは、両耳を立ててきょろきょろと周囲の様子を窺《うかが》っていた。鉄子は引き綱を持ちつつ、ファーンの首筋を撫《な》でる。

「分かるか？　あんたの実家だよ。お母ちゃんは繁殖だから会えないけど、懐かしいだろ？」

ここが生まれ故郷だと分かっているのかいないのか、ファーンはブフッブフッと鼻息を荒くしている。菊地牧場に戻すのを反対していた鉄子だが、やはり梅雨時《つゆどき》の本州で外厩に任せるよりは、こうして北海道まで連れてきて正解だったな、とも思う。

運転手は「じゃ、頑張ってください！」と人のいい笑顔を残して、馬運車で去って行った。鉄子はマサという見覚えのある男性スタッフに案内されてファーンを馬房に入れた。四肢を守るバンデージを外すというマサに後を任せ、事務所前に戻って社長と今後の詳細を詰める。

まずは、被っていたキャップを脱いで頭を深く下げた。

「改めまして、ダービーでは不甲斐《ふがい》ないところをお見せし、すみませんでした」

落鉄も、落馬競走中止も、鉄子のせいではない。しかし、管理馬に起きたことは厩舎が責任を負う。オーナーに対する程ではなくとも、その辺りは明らかにしておかなくてはならない。

「いえ、とんでもない。頭上げてください。うちの生産馬をダービーまで連れて行って下さって、ありがとうございます」

「鞍上の菊地騎手あってのことでもあります。二本松は、怪我が問題なく治れば菊花賞でも引き続きお願いしたいと申してました」

「俊基の身内としても生産した側としても、願ってもないことです。シルバーファーンがこちらにいる間、誠心誠意管理させて頂きます」

本心ではありつつ、どこか形式的なやり取りを一通りこなし、鉄子は本題とばかりに滞在中の調教メニューを詰めようとタブレットを取り出した。

その時、鉄子と俊二の死角で砂利を踏む音がした。

「大橋さん！」

女の鋭い声がした。ん、誰だ、あたしか、と鉄子は一拍遅れて声のした方を向く。鉄子という呼称が姓より名より馴染み過ぎていた。

視線の先で、ヘルメットにプロテクター、キュロットにブーツという調教スタイルのアヤがこちらを睨んでいた。口をへの字に曲げて、眉間に皺《しわ》を寄せて、肩を怒らせている。

——お、何だ何だ、早々に喧嘩売りに来たか。高価買い取りしてやるか。

ニヤリ、と鉄子が不敵な笑みを浮かべると、アヤはヘルメットを取って深く頭を下げた。

「あの時は、すみませんでした！」

額が太腿《ふともも》についているんじゃないかと思うほど頭を下げられて、鉄子は面食らった。

「お、おい。アヤ、こんなところで、いきなり何を」

社長が慌てているということは、言われて謝っているという訳ではなさそうだ。鉄子は営業スマイルを浮かべた。

「どうも、綾小路さん。しばらくファーンがお世話になります。謝るって、なんのことですか？」

我ながら人が悪いとは思うが、これも今後の仕事をやりやすくするためだ。責任の所在というものは、双方で明らかにして共有できねば意味がない。アヤは頭を下げたまま続けた。

「以前会った時、生意気なこと言った件です。競馬について何も知らないのに、二本松さんと大橋さんのお仕事を汚すようなことを言いました」

「……それだけでなく、こちらの牧場やご自分のお仕事も貶《おとし》めたこと、分かってますか？」

鉄子はあえて冷静に言った。怒りは腹の底にまだある。しかしそれより優先させるべきことがある。少なくとも今の彼女の目標は自分と同じはずだ。

「はい。……ほんと、何も分かって、いえ、分かろうとしてなかった、んです」

少し震えた声は、自分を曲げる悔しさよりも認識を改めた恥ずかしさによるものだ。考えの転換が早いのは美点ではある。鉄子の中でかつて抱いた怒りがしゅっと音を立てて消えた。

「頭を上げて下さい」

アヤは相変わらず怒ったように顔を強張らせ、しかし目は涙で潤《うる》んでいた。

「以前、ファーンの変化についてテレビ越しに気付いたあなたにも、今回色々とお手伝いをお願いすることになると思います。その勘と、騎乗技術を信じます。よろしくお願いします」

「よ、よろしくお願いします、頑張ります！」

鉄子は様子を見守っていた社長の俊二を見た。少し呆れた様子ではあるが、アヤの謝罪と意気込みに頷いていた。

まだ少し硬いな、大丈夫かな、という不安はある。また口論をすることもきっとあるだろう。それでも、ファーンの能力を高める、その目標は同じだと鉄子は信じることにした。

「鉄子でいいです」

へ、と眉を上げるアヤに鉄子は笑いかける。少し皮肉が交じるのは仕方がない。

「その方が呼ばれ慣れてるんで」

「は、はい！」

ファーンに携わる者が目標を共にした。お互いに自然と握手を交わそうとした瞬間、ドカーンという派手な音が畜舎の方から響き渡った。

「あーっ、壁に穴ーっ」

続いてマサの悲鳴が聞こえた。怪我はないようだが、蹴ったな、ファーンの奴、と鉄子は全てを察した。

思わず強張ったこめかみを揉みほぐした鉄子を見て、アヤが声を上げて笑った。よせばいいのに、社長までが笑いを堪《こら》えきれずに肩を震わせている。

――ったく、良い意味でも悪い意味でも。

一筋縄ではいかない夏休みになりそうだ、という予感がした。

九

善き馬飼いたち

ドドッ、ドドッ、ドドッ……。

夏の早朝、霧にけぶる放牧地に、規則正しい蹄《ひづめ》の音が響いていた。

シルバーファーンの灰色の馬体が乳白色の霧を裂くようにして軽快にトラックを回っている。

その背にはアヤが乗り、馬と呼吸を合わせてゴーグルごしに前を見据えている。

鉄子は腕組みをし、その様子を柵の外から見つめていた。インカムに手を添え、スイッチを入れる。

「よし、体も温まったみたいだ。ムチ入れてペース上げて」

『了解』

返事と同時に、アヤがファーンに右ムチを入れる。その瞬間、ギアをトップに入れたかのように歩幅とピッチが上がった。

「そのペースであと五周。ムチの回数は極力減らして」

『はいっ』

ファーンの動きに鋭い目を向けていた鉄子は、人がすぐ近くまで来ていたことに気付き、軽く頭を下げる。

「おはようございます、社長。朝からやらせてもらってます」

「おはようございます。うちのアヤが役に立つなら存分に使ってください」

鉄子と俊二は軽く挨拶を交わすと、トラック周回を重ねる一頭と一人をともに見守る。

鉄子が視線を動かさないままで口を開いた。

「正直、驚いてます」

「驚くというと、何に」

「御社の綾小路さんですよ」

少し皮肉めいた鉄子のもの言いに、俊二が苦笑いを返した。

「大学で馬術なさってたんでしたっけ。その時に相当体幹を鍛え上げたんでしょうね。鞍《くら》に尻をつけないモンキー乗りで、あれだけ背中がぶれないのは美浦の調教助手にも珍しいです」

鉄子の率直な賞賛に、俊二は少し困ったように頭をかいた。

「本当に馬が好きで、馬乗りが上手《うま》い子なんですよ。でもそのせいであちこちで問題起こして……内面が成長したからこそいいところが活かせて、本当に良かったと思ってます」

父親のような情の深さと、身内ゆえの苦々しさとの両方を滲《にじ》ませて、俊二は走るアヤを見つめていた。鉄子は横目でその表情を見て、内心で同情する。馬だけではなく人を育てなければうまく回らないのは牧場経営も厩舎《きゅうしゃ》運営も同じだ。

以前アヤに言いがかりに近い喧嘩を売られ、後にその件を謝罪されてこうして共にファーンの調教をつけるようになってから、早一週間。鉄子は菊地牧場の真新しいゲスト用トレーラーハウスに泊まらせてもらっている。

その間、従業員や社長一家と食事などを共にし、アヤがここに来た経緯や過去の数々の失態なども一通り把握した。

鉄子は最大限、ドン引きした。

——一歩間違えば、馬産地にとっても競馬業界にとってもデカい爆弾になるとこだったんじゃねえか。

アヤの馬好き故《ゆえ》の視野狭窄《きょうさく》。それが改善されたのは菊地家のゴッドマザーと二本松による叱責のお陰だ、と鉄子は俊二から説明を受けている。

鉄子もそれはその通りだと思う。あの時の二本松は鉄子にしても思い出すだに恐ろしかった。だが多分、それだけではない。

要領の悪いところはあるが、真面目でアヤのキツい言動にもめげないマサというスタッフ。アヤの馬乗りとしての技量を信じて多方面に研修に出した社長。

他にも、おそらくパートさんや菊地一家、地域の人々など、多くの人が少しずつ関わったことで、アヤは落ち着いてきたのだろうと思う。

そして、アヤが色々なところで自ら居場所を失いつつ、馬と関わることを決してやめなかったことも大きい。馬を見て、触る。世話をし続ける。ただそれだけのことを継続して初めて養われる、ホースマンの資質というものがあるのだ。

——まあ、ファーンが言うこと聞かなきゃそれまでだっただろうけどな。

アヤを背に軽快に駆けるファーンに、鉄子はへッと笑いかけた。いくら馬の扱いが上手くとも、ファーンがここまで馴れなければ調教を任せるという選択肢はなかった。人間の命運を最後に握るのは結局このヤンチャ坊主なのか、と思うと少し憎たらしい気もする。

「ラスト一周。ムチ使わないで極力ペース上げて」

『……はいっ』

インカムの向こうからの返事は掠《かす》れている。大分息が上がっているようだが、アヤは手綱と体の動きだけでファーンを急《せ》き立て、言われた通りムチを使わないままで一周を回り終えた。鉄子は止めたストップウォッチを眺め、ふうん、と唇の端を持ち上げた。悪くないタイムだった。

アヤは速度を落としてファーンの首筋をぽんぽんと叩いている。ブヒヒ、と嘶《いなな》いたファーンは、全身汗だらけでもどこか得意げだった。


「それではー、皆さんお疲れ様でしたー。鉄子さんが明日美浦に帰られるということで、皆さんたっぷり肉食べてご歓談ください。かんぱーい」

俊二の下手な音頭を合図に、かんぱーい、という声と肉を焼く匂いが夕闇にたちこめる。

鉄子が菊地牧場に来て十日。最後の晩に、母屋前では従業員とパート、菊地一家で炭火ジンギスカンを囲んで、鉄子のささやかな送別会が開かれていた。

「いやー、本当にお疲れさまでした。ファーンの休養中の運動方針を示してもらったばかりか、二本松厩舎さんの考え方に触れられて、うちの皆も気合いが入りましたよ」

よかったよかった、と感極まって泣きそうな勢いで、俊二が鉄子の紙コップにビールを注ぐ。

「いえそんな、こちらも多くを学ばせてもらいましたんで。ファーンの今後については動画を逐次送ってもらって、二本松がメニューを組み立てつつアヤさんに調教をお願いするということで」

「はい。それはもう。マサも動画の撮影に断然乗り気ですし」

「生産馬の菊花賞挑戦にむけてお手伝いができるなんて、光栄です！　ぜひよろしくお願いします！」

「ようし、よく言ったマサ！　菊花賞に出られたら、俺、今度こそは家族連れて見に行くからな、留守頼むぞ！」

「そこは僕も連れて行ってくれるんじゃないんですか社長！」

社長に続いてマサまでもが既に酔っぱらったようになっている。

——大丈夫かね、ほんとに。

一抹の不安を感じつつ、鉄子は焼けた肉をつついた。

「鉄子さん、お肉足りてますか。野菜は。おにぎりもあります」

アヤが追加の食材を持ってきてくれたので、鉄子は丁度いいとばかりに空いている向かいのベンチを指した。

「お、ありがとう」

「さっきから手伝いばっかりで食べてないでしょ。そこ座って食べなよ」

「いいですか？　じゃ、失礼します」

アヤは自分の皿と箸を手に、示された席に座る。そのまましばらく、二人で黙々とジンギスカンをつついていた。

「あの。鉄子さんにお聞きしたいことがあるんですが、いいですか」

「何？　答えられることなら」

かしこまったアヤのもの言いに、鉄子はきたな、と思った。これまでのファーンの騎乗への真面目な取り組みっぷりに、不安のサンドバッグでも多少の喧嘩でも引き受けてやろうという気持ちにはなっている。

「鉄子さんが競馬の世界に居続けられる理由って何ですか？」

「金」

――間違えた。

想定と違った質問をされて、つい捻《ひね》りのなさすぎる回答になってしまった。アヤがみるみるうちに毛虫を見るような表情になっていく。

「待って。ごめん。間違い。いや間違ってないけど、補足させて」

慌てて訂正を試みようとして、鉄子は落ち着くためにビールを呷《あお》った。

「えーと。きっかけは馬に関係のあった祖父が喜ぶから、って騎手になろうとしたんだけど。結局なれなくて調教助手に落ち着いたら、意外と水が合ってね。馬は基本的に好きだし。もちろん給料に不満がない、というのもあたしには大事なことでさ」

休み調整すれば平日にパチンコ行けるし、という余計な一言は言わないでおいた。アヤは鉄子の説明にどこか腑《ふ》に落ちない顔をしている。

「あとは、もっと良くなりたいっていう向上心ていうか。言葉は悪いけど、欲があるからね」

「欲？」

「多分あんたが嫌いなやつだよ。馬に成績残させたい、ってやつ」

鉄子が遠慮なくアヤを指すと、彼女は心当たりがあるのか視線を逸《そ》らした。馬が好きで、気持ちを切り替えて生産牧場で仕事に励むアヤだが、やはり競馬それ自体に不信感を抱いている部分がある、と鉄子は見ていた。

そしてその不信感は、競馬界にいる鉄子ゆえに理解できる部分はある。だからこそ、嫌われても構わないから言葉を尽くそうと思った。鉄子は傍らにあった缶ビールを開け、アヤの紙コップに注ぐ。

「さっき言った金っていうのもそこに絡んでてさ。厩舎から払われる給料って、勤務時間の長さや怪我の可能性を考えたら正直それほど高いもんじゃないんだよ。でも、馬の賞金の一部は分け前として入る。あたしは、その金で何かうまいもの食いに行くようにしてる」

アヤはなおも自分には理解できない、という顔でこちらを見ている。鉄子は不敵に笑いかけた。

「寿司でもウナギでも何でもいいけど、そん時は格別うまく感じるね。関わった馬がいい成績残してくれた、そこに注ぎ込んだ努力が報われた、って感じがする」

「そうですか……」

「なんだかんだ、結局は成績と金で馬のその後が決まっちゃうところもあるからね。それはもう、仕方がない」

「仕方が、ない……」

アヤは両手で持った紙コップをじっと見ていた。ぬるくなる前に飲めばいい、という助言は鉄子が担当することじゃない。

現実にあるものをどう飲み込むか。どうすれば受け入れられるか。愛情と金と栄誉がほとんどを決めてしまうこの業界は、自分の尺度を持たなきゃしょせん長くは続けられない。鉄子がつつけるのはここまでだった。

「あ、肉。焦げますね。野菜も。食べなきゃ」

アヤははっと我に返ると、鍋から焼けたものを鉄子と自分の皿に取り分けた。ついでにぬるくなったであろうビールも一気飲みして、少し焦げた肉をはふはふと頬張っている。

「ま、なんにせよ飯食わなきゃ。腹が減っては馬にも乗れない」

「ふぁい」

鉄子も肉とおにぎりを頬張りながら、尻あたりの肉がぞわぞわ痒《かゆ》くなるのを感じた。結局、二本松はファーンの休養や菊地牧場の外厩扱いに加えて、自分に調教師となる経験を積ませる一環と考えていたんじゃないのか、という疑いが拭えない。

——あたしがトレセン来たばっかりの頃も、ボスはこんな気持ちだったのかね。

発展途上の若いホースマンが迷いながらも肉にかぶりついている姿を見て、鉄子ははは っ、と嗄《か》れた笑いが出そうになった。

九　善き馬飼いたち

九月中旬。悠々とした放牧と折々の調教が詰め込まれた夏休みを終え、シルバーファーンは美浦の二本松厩舎に帰厩した。

二本松がリモートで指示する調教メニューと傾斜のある放牧地、そしてファーン自身の成長により、馬体は一回り大きくなり、懸念された輸送減はなく、食欲も旺盛。涼しい日高で過ごせて良かったな、と猛暑の関東に疲れ切ったスタッフたちに羨ましがられた。

その後は慌ただしいながらもファーンの体調の良さに支えられる形で計画が進められた。気性面を考え、とにかく経験を積ませたいという二本松の決定により、神戸《こうべ》新聞杯に出走した。阪神競馬場芝二四〇〇メートル。関西への輸送と長距離レースという菊花賞に似た条件で、ファーンの輸送減などがないかの確認も兼ねた出走だ。

鞍上《あんじょう》は八月の下旬に怪我から復帰していた菊地俊基。あいにく他の出走馬もかなり充実していたので、勝つために無理をするぐらいなら安全に戻ってこい、という二本松のオーダーは、当のファーンによって覆された。

騎手の指示通り従順に中団で脚を溜め、直線できれいに抜け出して二馬身差で快勝したのだ。余りにも教科書通り、お手本のような走りに、当の鞍上である俊基が一番驚いていたようだった。

ファーンの菊花賞の出走はゆるぎない訳だが、なまじGⅡのトライアル競走を快勝しただけに、ファンやマスコミからは菊花賞のダークホースと目されるようになった。

ダービーの落馬競走中止で他の馬に不利を与えた汚名から一転、というところが余計に記者たちからの注目を浴びる。

お陰で菊花賞を控えた二本松厩舎は、新聞や専門誌、テレビクルーからの取材を例年より多くこなさなければならなくなった。前週にファイヤーリリーが秋華賞《しゅうか》を制して牝馬《ひんば》三冠を達成し、最後の牡馬《ぼば》クラシックの行方に注目が集まっていた。

いよいよ週末に菊花賞を控えた木曜日。朝の最終追い切りを終え、スタッフが馬のケアに給餌にと慌ただしく働いている昼過ぎに、俊基が一人の男性記者からインタビューを受けていた。

自分の作業の合間にその様子を見かけた鉄子は、思わず鼻に皺を寄せる。アポイントなしの取材だ。

鉄子は使用済み寝藁《ねわら》を入れるワゴンの陰から二人の様子をうかがった。

「ダービーまではシルバーファーンの気性難が心配されていましたが、その後休養を経て、いい変化はありましたか」

「ええ、北海道でリフレッシュしたのが良かったみたいです。こっち戻って乗ってみると、ぐっと大人になったって感じがしましたね」

俊基は突然の取材も特に気にならない様子で、記者にいつも通りへらへらと気の抜けた笑い顔を向けていた。

「北海道で適度にリラックスした後だからか、長距離輸送でも体重減らなかったし、追い切りも適度に背中が緩くなって、いい感じです。これで京都にも安心して乗り込めます」

「菊地騎手はこれまで幾度もクラシックに挑んでいますが、ここまで人気の馬は初めてですね。しかもダービーでは残念ながら落馬競走中止した馬で再びクラシックに挑むのは、どうですか、緊張はありますか？」

ちっ、と音を出さずに鉄子は舌打ちした。それなりに年齢がいっている記者のようだが、競馬部門に配属されて日が浅いのか、それとも単に無神経なのか。落馬で負傷した騎手にする質問にせよ、もう少し気を遣った聞き方があるだろう。プロに対して礼に欠ける。あと、個人的にニヤニヤした笑い方が気に食わない。

「んー」

俊基は困ったように顎《あご》に手をやった。

「緊張っていうより、ちょっと心配してることがあって」

「心配？　どういったことが？」

ぐいっと無遠慮に録音機を近づけた記者に、俊基は困惑した表情を向けた。

「クラシックで注目してもらえるのは騎手冥利《みょうり》に尽きるんだけど、どうも菊地の地の字を池に間違われちゃうことがあって。馬スポさん、前のダービー直前特集でも誤字ってましたよね」

「え!?　す、すみません、確認して、以後厳重に気をつけます！」

「もし菊花賞勝って一面にバーン！　ってなった時、菊地が池になってたら、ちょっと俺、悲しいかも」

「い、いえ、そんなことは以後起きないよう重々確認しますので！」

記者は顔色を変え、俊基に頭を下げると、後は当たり障りのない質問だけでそそくさと取材を切り上げていった。

「お疲れ」

ふー、と疲れたように息を吐いた俊基に、鉄子は近づいた。

「んんー、ああいうのは別に苦手じゃないけど、力抜けるね。悪い意味で」

本来、俊基は東西の騎手の中でも取材やインタビューに強い方だ。ファンや記者が求める必要最低限の情報を与え、かつ自分のペースを崩さない。

その俊基が、珍しくインタビュー後に自分の肩をとんとんと叩いている。

「強張《こわば》ってるね。菊のプレッシャー?」

「まあ正直、緊張はしてるよ。鉄子さんが北海道に行ってまで調教に手貸してたんだから。結果出さなきゃ俺のせいになっちゃうじゃない。あと行きつけの店のママに、菊、期待してくれていいからって言っちゃって……。これで結果ズタボロだったら俺、超カッコ悪いなあって……」

「それは自業自得」

実際は、競馬関係者が通う店なら酒が入った騎手のビッグマウスになど慣れっこなはずだ。鉄子は軽口を返そうとして、俊基が叩いている肩の上、首の部分を見つめた。

「……首、どう。まだ痛むの」

「うん。痛いだけで騎乗に問題はないし、どれだけ精密検査をしても異常は見つからないから、精神的なもんじゃないかって、担当の医者が」

そっか、と鉄子はなるべく大袈裟《おおげさ》ではない態度を装った。内心では、気が気ではない。医者が見つけられない怪我ならば体に問題はないとはいえ、事故がもとで心因性の痛みの症状が続くのであれば、長引きかねないし、治る方法が見つかりづらい。

下手な心配や詮索は症状を悪化させかねない。鉄子は気にしないふりを装って、ファーンがいる馬房を指した。

「気晴らしに相棒のあられもないリラックス姿でも見ておきなよ。スゲーから」

鉄子が俊基を連れて馬房に入ると、一番奥のスペースを割り当てられているファーンは全身糞まみれになっていた。

「えっ……噓、追い切り後に洗ったんでしょ？　飼い葉食って、その間にコレ？　スゲー……」

美しい灰色の体のあちこちに自分の糞をくっつけたまま、ファーンは得意そうに鼻を鳴らした。

「コイツそもそも、馬房内のあちこちにボロ落とすし、さらに後ろ脚で蹴って撒《ま》き散らすからさあ。しかも洗った直後を狙いすましたかのようにゴロゴロ寝っ転がるんだから本当にもう……。最近また白くなったから洗うの大変だってのに」

地面に寝ころぶのは馬の習性、そして馬糞の色が目立つのは芦毛《あしげ》の宿命とはいえ、手入れの大変さに鉄子は肩を落とした。

担当者の疲労をよそに、ファーンは足下に転がっていた自分のボロを嗅ぐ。直後、臭っ！と言わんばかりに頭をブンブン振り始めた。

「自分の靴下のニオイつい嗅いじゃう人かお前は……なんか気張ってる自分がアホらしくなってきた」

「あたしも」

脱力した二人の背後から、「僕も同意するが、ファーンのこの癖は広瀬オーナーにもマスコミにも言わないように」と低い声がした。鉄子と俊基が慌てて振り返ると、二本松がやれやれ、と溜息を吐《つ》きながら立っている。二人は慌てて「お疲れ様です」と背筋を伸ばした。

「お疲れ様。枠順が決まったよ。一枠一番。これで今年の運は使い果たしたかもしれない」

二本松が書類を見せてそう言った。えっ、と鉄子と俊基の声が重なる。最内枠。普通に考えれば有利なはずだが、その分他の馬からマークされたり走路を被されやすいというデメリットもある。当惑している二人をよそに、二本松は柵越しにファーンの目の前まで歩いていった。世話をしている担当者ではないが、見覚えのある人間として認識はしているようで、ファーンは威嚇《いかく》することなくじっと見つめているだけだ。

「鉄子君から見て、ファーンの状態はどう」

「大きな問題はないと思います。仕上がりもいいと思いますし」

「俊基は」

話を振られて、俊基はうーんと唸《うな》りながら答えた。

「悪くないと思います。神戸新聞杯の時も思ったんですが、いい意味で、ガキに戻ってるというか」

「ガキ？」

専門誌のインタビューでは出せないような表現に、二本松が怪訝《けげん》な顔をした。

「ダービーのあたりまでは、少し大人しくなりすぎてた気がするんですよね。それで爆発力にブレーキがかかっていたというか」

ああなるほど、と鉄子は俊基の本意が分かって納得する。

「いい意味で、我々に押し付けられた癖がリセットされたということかな」

「はい。北海道に戻って少し暴れ馬の本性を取り戻したというか。大人になる、御しやすくなる、というのが理想であるならそれはネガティブな傾向なのかもしれませんが、ファーンにとってはここ一発のオラオラが戻ってきてくれた気がします。神戸新聞杯であまりにも大人しくこっちの命令を聞いてくれたんで不安になるくらいでしたが、今日の追い切りではいい意味でオラオラが抜けていない」

「オラオラが」

「オラオラか……」

まったくの偶然だが、ファーンが『分かってんじゃねえか』といったふうに首を大きく上下に振った。

「あと、乗り味が良くなりましたね。追い切りでここぞとムチ入れて手前を変えさせても、体がしなやかというか」

ファーンの、ボロで汚れた背中を指しながら俊基は説明した。その変化については鉄子にも心当たりがある。

「あんたの実家に、馬術経験が長い女性従業員がいてね。あたしの目から見ても中々良かった。乗り味のソフトさが出たというのなら、その人の影響かもしれないよ。まあ、一筋縄じゃいかなかったんだけどね……」

「うん。鉄子君の言う通り、なかなか個性の強いスタッフだったけどね……」

鉄子と二本松は少し疲れを滲ませて苦笑いを交わした。

俊基は訳が分からない、という顔をしていたが、彼の言うところの乗り味の良さが出てきたとしたら、間違いなくアヤの技術の影響だ。騎手でも調教助手でも、馬乗りの中には『馬を速く走らせる』こととは別に『馬を上手に走らせる』ことが得意な人材がいる。そういう乗り手に調教された馬は、疲労が溜まり難《にく》くなったり、走ることを楽しむようになったりといった数字に表れない良化が見られることがある。

――その癖つよ人材を抱えておけるという意味でも、あの牧場、大事にしておいた方がいいかもな。

調教助手というより調教師の見方に近い感想を抱きながら、鉄子はファーンを見つめた。

「あと鉄子君。分かってると思うけど」

「はい。移動で馬運車に乗せる直前に洗えるよう、スケジュールと人員調整しておきます……」

二本松の鋭い命令に、鉄子は恨めしそうにファーンを睨《にら》んだ。

「良かったなあ、ファーン。お出かけ前におめかしだぞ」

「他人事《ひとごと》だと思いやがってこの野郎」

調教師と騎手からの期待のこもった眼差《まなざ》しに、鉄子は唸った。そして、馬用シャンプーの在庫を確認して必要なら発注、と頭の中のメモ帳にしかと書き込んだ。

当日までにやるべきこと。鉄子が諸々《もろもろ》を思い返していると、用事を終えた二本松がくるりと向きを変え、ふいに右手を伸ばした。

「えっ」

小さく悲鳴を上げて俊基が全身を強張らせる。二本松は俊基の首に軽く触れていた。

「別に首しめやしないよ」

「ええ、まあ」

過剰な反応を見せてしまった俊基はばつが悪そうに地面を見ている。人が悪いなあ、と思いつつ、鉄子は俊基の顔色を窺《うかが》った。別に首に触れられたからといって痛かった訳ではあるまい。ただ、あの反応を見るに精神的にはまだ気にしている様子が見てとれる。

「検査に問題は？」

「ありません。念のため、セカンドオピニオンをとっても異常なしでした」

俊基はゆっくりと、自分に言い聞かせるように説明した。二本松は手を戻して、「うん」と小さくうなずく。

「なら本番は馬に任せることだ」

こともなげに言われて、俊基は「はあ……」と、鉄子は「は……？」と間抜けな声を漏らした。

「検査して問題ないんなら、あとは気にしすぎるだけ体に毒だ。なら、余計なことは考えず、馬に任せろ。そうすれば勝てる」

――このうんこまみれ太郎に？

鉄子は思わず唇をへの字にして言葉にするのを防いだ。俊基も俊基で、まったくピンとこない表情をしている。当然だ。豪放で根性路線の調教師ならともかく、理論とデータと努力と蓄積を第一にしている二本松が、ヤンチャボーイ代表であるファーンに任せれば勝てるなど、説得力がないにもほどがある。

しかし、理由なくこういうことを言う人でないこともよく理解している。あいまいにうなずく二人の肩を、二本松は強く叩いた。

「銀行員時代から僕が好きな言葉を教えてあげよう。祈りは無料」

「祈りは、無料……」

「まあそりゃ、確かに……」

「何千万円何億円っていう馬扱っても、人の人生狂わせるような賭け金が飛び交っても、競馬の神様には無料で祈れるんだぞ。お得だろう」

二本松の目は大真面目だった。それに、銀行員時代も調教師の現在も、大きな金を動かす人間が言うと妙に説得力が発生する。

「じゃあ、あたしは競馬の神様に、俊基の首がなんともなくて、任されたファーンがお利口に勝てることを祈ってます」

「お、おう。じゃあ俺もファーンが勝利に導いてくれることを祈ってます……？」

鉄子と俊基が慣れないしぐさで両手を組むと、妙な空気を感じたのかファーンがこちらを見て耳を伏せていた。完全に警戒されている。

二本松はすかさずその二人と一頭の姿をスマホのカメラに収めると、妙に満足したように去っていった。

「なんか、ナーバスになるのバカらしくなってきた」

脱力し、疲れたように首をさする俊基の背中を、鉄子は強めに叩いた。

「おぅっふ、何？」

「ターフに出たらあんたとファーンだけなんだから。これはあたしと、二本松さんと、あんたの実家の面々の分まで根性注入」

「……了解」

鉄子が突き出した拳に、俊基も自分の拳を合わせる。なにを考えているのか、ファーンもそこに首を伸ばしてきて生暖かい鼻息がかかった。


十月の京都は晴れの日が続いていた。菊花賞を控えた週末の天気予報も晴れが続くとされ、芝、ダートとも良馬場になるだろうと各陣営は睨んでいた。

しかし予報は絶対ではない。

菊花賞前日の土曜日。空は朝からどんよりと曇り、第一レースのちょうどパドック周回の時間から雨がぱらつき始め、そのまま夕方までやむことはなかった。

そのせいか、土曜日の競走結果は番狂わせが相次いだ。各厩舎から騎乗依頼を受けていた俊基も、所属馬二頭を出していた二本松厩舎も、かなり引っ掻き回されることになった。

「まあ、人馬ともに無事だっただけで良しとしなきゃか……」

土曜日の夕方。観客が帰った後の検量室前で、鉄子はぽつりと呟《つぶや》いた。

頭に、肩に落ちてくる雨の雫《しずく》が冷たい。そして、今日一日のレースを終え、数十頭の馬が駆け抜けた芝コースは、荒れに荒れていた。

特に内ラチ沿いは土ごとえぐられてガタガタだ。雨合羽《あまがっぱ》を着た競馬場の職員が少しでも走りやすいよう懸命に整備してくれているが、もとの状態に戻ることはない。

レースに出る馬たちにとって、天気や馬場の状態は全て平等、と言いたいところだが、芝コースの荒れ方はどうしても内側の方がひどく、走りづらい。

そしてよりにもよって、明日のファーンは最内枠。本来の内枠の有利さを活かしきれない。

鉄子は足場の悪条件を目の前にすると、どうしてもダービーの時の落鉄を思い出してしまう。

——あの時みたいにこけそうになったら、タダじゃ済まない気がする。

牡馬クラシックのうち、皐月賞は『最も速い馬が勝つ』、ダービーは『最も運のいい馬が勝つ』、と言われている。

そして菊花賞は、坂のある京都を三〇〇〇メートルも走ることから『最も強い馬が勝つ』と言われる。

——シルバーファーンは強い。そうあるよう鍛えて、できることは全てやってきた。信じるしかない。

誰かから保証されるわけでもなく、心からそう信じて、鉄子は明日の準備のためターフに背を向けた。


翌朝、京都競馬場は前日の雨が嘘だったかのように晴れ渡った。レース前の発表で芝・ダートとも稍重《ややおも》。昼頃にはいずれも良の発表になった。

とはいえ芝は前日の雨の影響が残った稍重寄りの良、というのが実際のところだった。内ラチ沿いの芝も、レースを重ねるごとにますます荒れていく。

菊花賞の単勝一番人気は皐月賞とダービーに続き三冠がかかったゲルハルトドリーム。昼の時点で二・一倍。二番人気にＧＩ三勝の母を持つ良血馬ジュビリーロマン五・九倍、三番人気にクリスタルレイズ六・三倍と続く。

シルバーファーンは十二・五倍。八番人気だ。

――上がんねえなあ。

鉄子は片手でヘルメットを押し上げ、ちらりと電光掲示板を見た。すぐに、引き綱の先にいるファーンがぶるぶると首を振る。

「悪かったって。お前の愛されっぷりを確認してたんだよ」

ごく小さな声をかけてやると、ファーンは舌を出してベロベロと揺らした。今回、鉄子はわざと綱を長く持っている。神戸新聞杯の時も試した方法だ。こうしてファーンが好きに動けるようにしておき、隙あらば自分勝手な動きや突拍子もない行動をとりはしないか、試しているのだ。

今のところ、緩くなったハミをいいことに舌を動かして遊ぶ以外、おかしな様子はない。むしろ、自分で好きに歩幅を決めて、リズムよく歩くことができている。

クラシックの最終戦だけあって、京都競馬場のパドックは熱心な観客でごった返していた。ゲルハルトドリームが制してファイヤーリリーに続き牡牝ともにクラシック三冠を成し遂げるのか。歴史的な瞬間を見届けたいという視線が熱い。皐月賞、ダービーとはまた違った高揚感があった。

鉄子はダービーの時と同じくかっちりとしたパンツスーツに化粧で全身装備し、堂々とした歩き方を心掛けている。菊花賞の二週間前には広瀬オーナーからご丁寧に新色のリップとアイシャドウが届いたので、ありがたく使わせてもらった。

――まあ、お前も道連れだ。

鉄子は横目で相棒を見る。今日、ファーンは馬体よりもやや黒みの強い灰色のメンコをしていた。その色の差で、芦毛の馬体が少し明るく見える。鬣《たてがみ》は細めの三つ編みで幾筋もの房のようにし、尾の付け根には黄色い菊の花を模した蹴り癖注意喚起のポンポン。極めつきには、臀部《でんぶ》の毛を逆立ててブラッシングし、菊の花のような模様までつけてある。これは型紙に穴を開けてステンシルの要領で模様をつけるもので、チェッカー柄やハートマークなどはよく見るが、ここまではっきり菊の模様だと分かる、主張の強いものは珍しい。

今回、二本松はファーンに派手な装飾をしようと言って、厩舎スタッフを大いにどよめかせた。

今まで厩舎共通のメンコを用いることや過度に鬣を弄《いじ》ることにはあまり熱心ではなかっただけに、鉄子も驚いた。

真意を問うと、気性難だといわれたファーンが人間の手で飾られることを嫌がらない馬になったのだというところを見せたい、とのことだった。なるほど、と鉄子もその意見には頷《うなず》いたが、その直後、『それに担当者がせっかくおめかししてパドック回るんだから、合わせてあげたいだろう』と真顔で言われて、大いに不機嫌になった。

しかし自分以外のスタッフ全員から賛成されてしまっては抗《あらが》いようもない。幸い、共に関西に遠征した若手の中に、そういった馬の装飾が得意なスタッフがいたので、一任した。彼にはファーンに蹴られて入院した過去があったが、大舞台に向けて鬣などを無事に編み上げることができ、本人には大いに自信になったようだ。

——自分は目立つの嫌いな癖に、人と馬を目立たせるのは好きなんだから。

鉄子はパドック中央で広瀬オーナーと俊基を相手に話し込んでいる二本松を密かに睨んだ。

その広瀬オーナーは、チャコールグレーの落ち着いた色合いだが生地も品も良いスーツに、胸には黄色とピンクの菊を模したコサージュをつけていた。白いスイートピーのような凝ったつばの帽子も相まって、決して派手ではないのに、華やかで目を引くいで立ちだ。

なるほど、と鉄子は納得した。初めて会った時は夫を亡くし、馬主を引き継いだばかりで陰気な印象だった広瀬夫人は、今やクラシック出走馬のオーナーとして堂々とここに立っている。のみならず、化粧品レーベルの立ち上げをしたからには、自身が美しく装って表舞台に立つこと、美しく装飾された馬の持ち主であること、それを管理する女性担当者も（顔の皮一枚とはいえ）自社の化粧品で美しくあること。全てが宣伝、あるいは前向きな広報活動を示すために意義あることとなのだろう。

――そこも狙って、ファーンの装飾の指示出したのかね。

鉄子は再び二本松を見た。馬の育成方法やレースの方針で時には馬主と喧嘩も辞さない二本松だが、基本的には人の意向には寄り添い、時に一歩先を行って要望を叶える器用さがある。

――敵《かな》わねえかもなあ。

もし、自分も調教師になったら、彼の弟子として同様の立ち回りが期待されるだろうし、時にはライバルとして出し抜いたり立ち向かったりという関係になるかもしれない。

その日がくるまで、あと何度こうやって二本松厩舎スタッフとして師匠の手腕に呆れたり感心したりできるだろう。

油断しているとファーンがパドックの柵に首を伸ばし、ハンギングバスケットの花を食べようとした。鉄子は慌ててそれを制する。

——いけない。ドヤ顔、ドヤ顔。

何事もなかったかのように周回をこなしつつ、鉄子はちらりと周囲の馬を確認した。

皐月賞・ダービーを制したゲルハルトドリームは八番。ちょうどパドックの反対側を歩いている。尾花《おばな》栗毛の美しいたたずまいは変わらず、成長と調教の成果か一回り体が大きくなったようだ。

堂々とした歩様《ほよう》で、いかにも走りそうな気配がする。ここにいるのは全て同じ三歳牡馬のはずなのに、あの一頭だけ歴戦の古馬だと言われたら信じてしまいそうだ。パドックの観客が大きなカメラやスマホを一斉にゲルハルトドリームに向けていた。

他の出走馬たちも、もちろん磨き上げられた体をしていた。鹿毛《かげ》、黒鹿毛、青鹿毛、青毛。それぞれが光を反射してつやつやと輝いている。

ふと鉄子がファーンを見ると、ダービーの最後の直線で競ったことを覚えているのか、耳を絞ってゲルハルトの方を見ていた。

「大丈夫。アンタの方がイケメン」

ポン、と首を叩いてやるが、ファーンはライバルから視線を外さなかった。

出走馬のうち、芦毛はファーン一頭のみ。そして、この装飾が一番派手だった。

——ベストターンドアウト賞狙ってんじゃねえんだ。

美しく装うことは手段であって目的ではない。鉄子がより一層大きく踏み出すと、ファーンも呼吸を合わせるように歩幅を広くしてきた。観客の目はゲルハルトや他の人気馬に釘付けになっているが、近くの男性がファーンの堂々とした歩き方をじっと見つめ続けている。

——見る目があるね、兄さん。賭けなよ、あたし達にさ。いい思いさせてやる。

そう思うと自然と口角が上がってくる。不自然にならない程度に微笑《ほほえ》んでいると、観客の注目が増えた気がした。

「とまーれー」

係員の合図とともに鉄子は二本松たちのもとに歩み寄った。広瀬夫人が優雅に一礼し、一分の隙もなく微笑む。

「あの、皆さん」

丁寧な、しかし堂々とした張りのある声で広瀬夫人は言った。

「シルバーファーンをここまで連れてきて下さって本当にありがとうございます。最初は私、右も左も分からなくて。直感だけで買った子がこんなに活躍してくれて夢みたいですけれど……」

広瀬夫人はちらりと愛馬の顔を見た。ぶふっという小さな鼻息による返事は、不快の表明ではなく人間の度胸を受け取った時の反応だと鉄子は知っている。

「もっと欲張っても良うございますか」

——おや、女王様のご命令だ。

「もちろんです」

鉄子は広瀬夫人に恭《うやうや》しく頭を下げた。ふと両隣を見ると、俊基も、二本松も同様に腰を折っていた。

パドックから本馬場に向かうまでの間、お互い幾つかの確認事項を共有したのみで、鉄子も、俊基も、二本松までもが、言葉少なだった。

ファーンはご機嫌で、鶴首《つるくび》でカッカッとリズミカルに蹄を鳴らしている。白目の部分が少し血走っていた。興奮しているが暴れるようなことはしない。適度な高揚状態で、悪くない。

本馬場に出ると、観客の大歓声が人馬を迎えた。大きなレースを幾つも体験してきても、この瞬間に馬が緊張するのが引き綱を通じてよく分かる。だから、鉄子は強めにファーンの首筋を叩いてから、金具を外した。

「元気で安全に！」

解き放たれたファーンも、俊基も、返事はしない。ただ、悠々と、全身を弾ませてターフを駆けていくその姿が鉄子への返事だ。

今頃、生産者である俊基の弟・俊二も、家族を連れてスタンドからファーンの走りを見ていることだろう。

出走している十八頭、その厩舎関係者、馬主、生産者。関わった人間全てをカウントするだけでかなりの数で、その家族まで加えるととてつもない数の人間が、この一戦の行方を見守っている。

——あんたの馬券を買えないことを悔しがらせてくれ。

灰色の馬体が軽快に駆けていく姿を見届けて、鉄子は不敵に笑った。

十

鎖を断つもの

決戦の十月。三歳牡馬《ぼば》クラシック最終戦、菊花賞。

秋の京都競馬場は、皐月賞・ダービーを制したゲルハルトドリームが三冠を達成する瞬間を見届けようと押しかけた観衆により、異様な高揚感に包まれている。

メインスタンド上部に位置する馬主席では、シルバーファーンのオーナー、広瀬夫人が返し馬で駆けている愛馬を無言のまま見守っていた。

生産者として招待を受けて同席している菊地俊二は、声を掛けづらい雰囲気に戸惑った。勝てますよ、なんて無責任な太鼓判は押せない。全力で頑張ってくれれば結果はついてきます、では子どもの運動会観戦みたいだし。

——こっちが緊張してどうするんだか。

ふう、と意図せず溜息が出たところで、広瀬夫人がこちらを振り返った。

「緊張しておいでですか？」

ごく軽い感じで夫人は微笑《ほほえ》んだ。ええまあ、と俊二は曖昧に返しながら、先ほどとは違う意味で戸惑う。

——ファーンを買った時とは、随分印象が変わったな、この人。

二本松調教師に連れられて牧場に来た時は、きれいだが陰気な未亡人、としか感じられなかった。しかし、今はきれいなうえに落ち着き、さらに言葉を選ばずに言えば肝が据わったように見える。

初めて買った馬が無事に勝ち上がり、しかもクラシック三戦に出ている。普通に考えて、とんでもない幸運だ。その幸運が夫人の度胸に影響したのであれば、生産者冥利《みょうり》に尽きる。

この人の幸運に自分も乗っからせてもらおうか。そう思っていると、後ろから「お父さーん！」とかん高い声が上がった。よそ行きのピンク色のワンピースに身を包んだ娘の葵と、親子コーデとでもいうのだろうか、娘と似たデザインのドレスに身を包んだ妻のさゆりだった。

「混んでて遅れちゃった、うちの馬、もう走る？」

「もう、葵が売店見たいって遠回りするから、すっかり遅くなっちゃった」

ふだん馬の仕事に関わることはなく、誘っても競馬場に来る事のなかった二人は、初めて目にする場の華やかさにすっかり舞いあがっている。

「遅いよ。あと五分もしないでスタートだ」

馬場を見下ろすバルコニーの最前列はもう埋まっていて、妻はともかく中学生にしては小柄で細身の葵はあの中に入ってレースを見届けられそうにない。せっかく連れてきたんだけどな、と俊二が残念に思っていると、ふいに広瀬夫人が振り返った。

「詰めれば、娘さんともう一人ぐらい、入れそうですよ。ねえ、皆様。せっかく牧場の方がいらしたんですし」

広瀬夫人の声掛けで、バルコニーいっぱいの関係者が居場所を詰めた。その中で、ひときわ洒落《しゃれ》たスーツを着た老人が「そうだよねえ」とやや大袈裟《おおげさ》な声を上げる。

「せっかく北海道から見えたのだから。お嬢さんにも見てもらわないとね」

紳士の一声で、周囲は一気に和やかな雰囲気となった。おっ、と俊二は紳士の顔を見て声を上げそうになる。老舗《しにせ》の食品会社の社長で、持ち馬に派手な活躍をする馬こそいないが、日高の個人生産者からコンスタントに馬を購入してくれている名物馬主だ。今回も、人気薄ではあるが愛馬を菊花賞に出している。

「さ、奥さんも前に前に」

「ありがとうございます、すみません」

広瀬夫人と周囲の厚意で、葵とさゆりは最前列で見られることになった。

「あの、ありがとうございました」

葵は隣にいる広瀬夫人に頭を下げた。

「いいの。どの業界も、若い世代に楽しさを分かってもらわないと」

にっこりと答えた広瀬夫人に、周囲の関係者が微笑んだり小さく頷《うなず》く気配があった。夫人はぽん、と優しい手つきで葵の背中を叩いた。

「そういえば、広瀬さん、お子さんは？」

俊二は会話を繋ぐためになにげなく口を開いた。その瞬間、脛《すね》に鋭い痛みが走る。蹴られたと知って隣のさゆりを見ると、形良く描かれた眉がつり上がっていた。そこでようやく失言に気付いたが、広瀬夫人は気を悪くした様子もなく、優雅に首を横に振った。

「ご縁がなくて。でもだからって、馬を子に見立てているとか、そういうのではないんですよ。実際に世話をされている牧場や厩舎《きゅうしゃ》の方のほうが馬にとってはお母さんみたいなものでしょうし」

ふふっと笑って広瀬夫人は向こう正面のスタート地点に目をやった。

「でも、そうですね。あの子にここに連れてきてもらって、競馬にのめりこんだ夫の気持ちが、少し、分かった気がします。馬を持つって、楽しいですね」

ゲート前で輪乗りをしている馬たちが、少しずつ密集していく。灰色から白に変わりつつあるファーンの馬体はよく目立った。堂々と乗っている鞍上《あんじょう》と厩務員の様子にも不安はない。

兄の俊基がダービーで落馬、入院した際、心配していた母の千恵子の姿が思い出される。俊基の大きな怪我は以前にもあったが、そのたびに母は大袈裟かつ律儀に心配をした。俊二は都度、口にこそ出さないが小さな不満を抱えていた。

——俺が馬に蹴られて怪我しても、大して心配しないくせに。

しかし、やはり自分が育てた馬をここまで走らせてくれて、そのうえで落馬負傷したダービーの時は、俊二も生産者として、弟として、本当に心配した。こうして、距離があるとはいえ大舞台で堂々と騎乗している様子を見ると、ほっとする。もちろんレースには勝ってほしい。それと同じぐらい、ダービーの時のような怪我はしないでほしい。身内として、弟としてそう思えることに安堵した。

発走時間が近づき、生演奏のファンファーレの音が階下のウイナーズサークルから響いてくる。

広瀬夫人は葵の方を向いて少し腰を屈《かが》めた。

「お父さんが育てて、おばちゃんが買って、伯父さんが乗る馬が走るところ、よく見ていて」

はい、と頷いて葵はバルコニーの柵にしがみついた。俊二もゲートに目をやる。ちょうど、一枠一番のファーンがゲートに収まるところだった。馬主席の面々も、その下のフロアにいる一般客も、ごくりと息を呑む。賭けた金額、賭けた期待、賭けた人生。それらが三分と少しのレース時間に輝き、弾《はじ》ける。

——頼む、兄貴。ファーン。

勝てと無責任には言えない。怪我なく戻ってくれれば成績なんてどうでもいい、などと悟ったようなことも言えない。

もう俊二の手の届かないところでゲートが開いた。

ゲートが開く。鉄子はオレンジ色のズボンを慌ただしく脱ぎながら、間近でその様子を見た。躓《つまず》いた馬も、極端に遅れた馬もいない。横並びに駆けだす馬の群れからファーンが取り残されていないことを確認して、鉄子は厩務員移動用のバスに向かった。

「えっ」

近くにいた厩務員が小さく声を上げる、一体何が、とラチの向こうを見ると、先頭に茶色い鬣《たてがみ》がいた。

「うそだろ」

鉄子も思わず呟《つぶや》いた。第三コーナーに向かって坂を駆け上がる馬群の中、先頭を切っているのは尾花栗毛《おばな》のゲルハルトドリームだった。騎手が手綱をしごいている。意図的な先行だ。決して序盤から先行する戦略はとらないであろうと思われていた馬が、ぶっちぎりの一番人気でクラシック三冠を狙っている馬が、なぜ賭けじみた戦略に出た。しかも三〇〇〇メートルという長距離で。

このまま見届けたいが、鉄子の立場ではゆっくり観戦することも叶わない。鉄子は厩務員移動用のバスへと駆け込んだ。


「なんでぇ？」

スタートから五秒後。菊地牧場の事務所に置かれたテレビの前で素《す》っ頓狂《とんきょう》な声を上げたのは、マサだった。共に観戦しているアヤ、他の従業員、パート、留守番をしている専務の千恵子を差しおいて、両手で画面を摑みにかかる。

「うそでしょ。なんでゲルハルトが先行してるんだ」

「マサ坊、見えない。どきな」

千恵子に鋭く注意され、マサは慌てて体を離す。そして、握りしめていた競馬新聞を開いた。しわくちゃの紙面には、レース展開予想では先行馬にゲルハルトの『8』の数字はない。普段通り、中団で脚を溜めて最後に抜け出すはずではなかったのか。

「なに、別に無理して走ってる感じもないし、いいんじゃない？」

アヤは呆れたように画面を見た。坂を下りながらコーナーを回り、一周目の第四コーナーにさしかかった時には、ゲルハルトは後続に二馬身差をつけていた。ファーンは馬群の中団につけている。

「ほら、別にかかって騎手が無理やり手綱引いているって様子でもないよ。ていうか他のとこの馬なんだから、焦って前に出てスタミナ切れ、ってのが望ましいんじゃないの？」

菊地牧場に来た当初は競馬の妙など知らなかったアヤも、今では少しずつレース展開の予想などもできるようになっている。ゲルハルトの騎手の木野龍太は馬を見事に制した上で先行しているように見えるが、それでも脚が持たずに最後の直線でズルズル馬群に沈みやすい、と理解している。

「だから怖いんだよ。あの馬と騎手、相当頭がいい」

馬たちはスタンド前の直線を駆け抜けていく。スタンドの歓声がテレビのスピーカーから聞こえる。歓喜の声が八割、どよめきが二割というところだ。

「ほら一〇〇〇メートル通過タイム。随分なスローペースだ。なのに後続が追い付けていない。ゲルハルトの鞍上が先行して後続に駆け引きを促して消耗させつつ、自分はスタミナを残してペースを保っている」

「ほんとだ。先行の尾花栗毛、全然苦しそうじゃない」

アヤも眉間に皺《しわ》を寄せた。アヤの目から見るゲルハルトドリームは、走りにダイナミックさがあって速そうであることに加え、実に楽しそうだ。

比べてファーンは、せっかく最内枠でスタートしたにもかかわらず、馬群の中団で息を殺すというよりは、押さえつけられているように見える。しかも湿って荒れている内ラチ沿いから逃れられそうにない。

「ファーン、苛立《いらだ》ってる」

カメラが寄り、開いた口から舌が出ているのが見えた。あれはファーンが調教に飽きてきた時の癖だ。

「俊基さんも、大丈夫かな……怪我もあるのに、厳しいレースで」

ぽつり、と男性スタッフの中の一人が呟いた。その隣にいたアヤがじろりと彼を睨《にら》む。

「大丈夫だ」

画面を真っすぐ見つめながら、千恵子が言った。

「そんなヤワな育て方してないよ、うちの息子たちは」


俊二は双眼鏡の向こうにいる俊基とファーンの姿を追っていた。ゲルハルトに先行を許したまま、馬群は向こう正面を走り抜け、再び第三コーナー入り口の坂を駆けあがっていく。ファーンは前方も左側も他馬に塞がれ、バックストレッチ区間で前に出られないのは非常に痛かった。

あの状態での騎乗は、兄の俊基にとってもかなりきついだろう。ひとたび苛ついたファーンを抑え続けるだけでも体力を使うというのに、力を出し切れないのは精神的にもかなり消耗する。三〇〇〇メートル、たかが三分強、されど三分強。間違いなく、いま一番巧《うま》い競馬をしているのはゲルハルトドリームと木野騎手だ。その人馬一体のペースコントロール術で、他十七頭の手綱まで握ってしまった。

俊二は力なく双眼鏡を下ろした。そばではさゆりが葵と手を握り合ってレースの行方を見守っている。今まで家業に全く興味を持たなかったのに、現地に連れてきてみれば大した変わりようだ。個人的には、これだけでもファーンが菊花賞に出てくれて良かったと思う。たとえ結果が伴わなくとも。

そう思ってちらりと広瀬夫人の様子を見ると、優雅な姿の彼女が美しく引かれた眉を歪めて馬たちを見ていた。

「私ね、信じてるんです。何の根拠もないけど、あの馬と、皆さんを」

夫人は前を向いたまま言った。自分に向けて言われているのだ、と気付いて俊二は背筋を伸ばす。快走する尾花栗毛を先頭に、馬群は隊列を変えないまま第四コーナーを回るところだった。

「だって信じるってノーコストですし」

え、と俊二は馬から夫人へと視線を戻した。

「二本松調教師が何かの時に言ってらしたんですよ。祈りは無料、って。なら信じることもノーコストでしょう」

真剣な目で戦況を見つめる、美しいギャンブラーがそこにいた。

――そうだな。素直に信じればいい。少なくとも無料だ。

「行けえ、兄貴！」

紳士淑女の上品な観戦場ということなど構わず、俊二は声を上げた。

「頑張れ、ファーン！」

続いて葵が。そして、堰《せき》を切ったように周囲の人々も声を張り上げる。

「行けジュビリー！　追え追え追え！」

「横山《よこやま》あー！　勝たせてくれええ！」

「逃げろドリーム、そのまま、そのままっ！」

それぞれが、信じた愛馬や騎手たちに声援を送る中、広瀬夫人が口の脇に両手を添え、大きく息を吸った。

「がんばれ、がんばれえっ！」

迷いも、損得もない、純粋すぎる声援だった。

「こんちくしょう」

検量室前の待機場所で、鉄子はもどかしい思いで正面のターフビジョンを見つめていた。先頭を切る尾花栗毛の美しい鬣と尾が、力強いギャロップと共に揺れている。完全にしてやられた、と鉄子は下唇を噛んだ。

完璧なコントロールだ。三歳の若い牡馬が簡単にやれることじゃない。お陰で、後ろに控えた馬たちはけっして速いタイムでもないのに互いを牽制しながらごっそり体力を削られている。

ファーンの忍耐力はもってくれるだろうか。そして、心配の残る俊基の体で御しきれるのだろうか。同じ三分でも、馬にとって気持ちよく走る三分と我慢を強いられる三分はまるで違う。

いくら速くて強い馬と完璧な騎手が組んだとしても、展開の有利不利によって勝敗が左右されるのは仕方がない。一頭で走るレースではないのだ。

――負けるのは、仕方ないかもしれないにしても、でも。

馬は賢い。そして、負けても人間は叱らない。そうなれば、競争心が薄れて力を抜いて走ることを覚える。

――あのヤンチャ坊主は、賢いから。

ここでゲルハルトに追いすがることができなければ、ファーンの負け癖を直すには骨が折れることだろう。いや、そのまま矯正できずに競走馬生活を終えてしまう可能性すらある。

第四コーナーを抜けた馬群が肉眼でもはっきり見えるようになった。相変わらず先頭はゲルハルトドリーム。

——どうして三〇〇〇メートル、三キロもあんなにペース守って走れるんだ。ずるいぞ、あの茶色野郎。

他の厩務員たちと息を吞んでレースの行方を見守る傍ら、鉄子はひとつの出来事を思い出していた。

あれは、競馬学校の騎手課程を中退し、入り直した厩務員課程の卒業間近のことだ。

鉄子は二本松厩舎に実習に入った。最初は、調教師というよりはむしろサラリーマン然とした、しかも銀行員から調教師試験に一発合格したという二本松のシステマティックな言動に驚いたが、少しずつ慣れていった。

もともと、騎手課程で馬の扱いは乗り役も含めて一通り身についていた。実習内容もきちんとそつなくこなし、残り日程はわずかになった。

ただ、その頃の鉄子にはビジョンがなかった。自分に残された道を心ならずも進むだけの、無気力な心境だった。身長が伸びすぎて、それに応じて増えた体重のコントロールに苦しんだ。結局それで騎手になる夢を諦め、今さら高校を受験するのも面倒だ、という気持ちで厩務員課程に進路変更した身だ。かつて厩務員をしていた祖父が喜ぶから、と騎手を志した身だからこそ、余計に心のどこかで、当初の夢の道からはもう外れてしまった、という思いがあった。厩務員になっても、自分は淡々と仕事をこなすだけになってしまうのではないか。そう思っていた。

「大橋君」

二本松から声をかけられたのは、夕方の掃除をしている頃だった。夕日に染まる厩舎で一通り餌を食い終えた馬たちがくつろぐ、あの特有ののんびりした時間。

二本松は珍しく微笑んでいた。しかし、その声はのんびりとは程遠く、鋭い。

「君さ、三キロ走れる?」

「三キロって、自分の足でですか? ええ、まあ……」

鉄子は戸惑いながら答えた。競馬学校では専門的な騎乗技術以外に基礎トレーニングをみっちりとやらされていた。走り込みはお手の物だ。なんなら今から一〇キロ走ってこいと言われても一応はこなせる。

「じゃあ、時速二〇キロで三キロは?」

「じ……っ、えーと、二時間で四〇キロの速さって……それはもうマラソンの世界記録のレベルですよね。一キロ三分。一〇〇メートル十八秒のペースのまま三キロもの距離……あたしには無理です」

「うん」

だよね、といった風に二本松は頷いた。

「馬と人間は違う。とはいえ、馬だってやはり一二〇〇メートルを得意とする個体と三〇〇〇メートルを得意とする個体の違いは大きい。同じ馬ではあるけど、短距離走者と長距離走者の違いみたいなものだ。どちらが優れているとはいえない」

はあ、と鉄子は頷いた。もっともらしく言ってはいるが、それは競馬界の常識みたいなものだ。競馬村育ちではない鉄子でも、それくらいは理解している。二本松が声をかけてきた意図がよく分からない。

「でも、こうして商売として馬を扱っていると、どうしても距離適性によって組みやすい番組や、求められやすい血筋に違いは出てくる。例えば、長距離で成績を残した馬よりもマイラーの方がもてはやされたり」

「は……はい」

確かに、マイルから中距離を走る馬の方が現在の中央競馬では重宝される。種牡馬や繁殖牝《ひん》馬《ば》としての価値もだ。それも理解はしている。仕方のないことだ。

ただ、管理する側として馬と接するようになれば、その適性による格差が歯がゆく感じられることもあるのかもしれない。鉄子はようやく二本松の言いたいことが見えてきた。

「短距離適性の馬も、長距離適性の馬も、馬に価値をつけるのは人間だ。これは間違いなくエゴだよ。だが、馬の価値を見出《みいだ》して活かせるのは、人間の中でも管理する側の特権だ」

二本松は手近な入り口から厩舎に入ると、馬房で瞼《まぶた》を閉じている馬を見た。最近入厩した二歳牡馬で、先輩厩務員が手を焼いている暴れん坊だ。しかし、近ごろは少しずつ大人しくなり、今はすっかり食後の時間をくつろいで過ごしている。

「調教も、レースも、普段の管理も、メリハリをつけるって言うだけなら簡単だけどね。馬に納得させるのは大変だ。でも、それができなきゃいい成績は残せない」

二本松は壁に掛けられていた無口頭絡《とうらく》と引き綱を手に取った。ジャラ、というナス環の金属音で二歳馬が目を覚ます。二本松はそのまま馬房に入ると、スムーズに無口を装着した。

「はい。夕飼い後はこの子の引き運動を三十分。運動後は体をケアしてゆっくり休ませる。大変だろうけど、残りの実習日程、毎日頼むよ」

「あ、は……はい」

実習先のボスに言われれば鉄子は拒否できない。引き綱を受け取ると、二歳馬はさっきの眠そうな様子が嘘のようにしゃきっとして前掻きした。早く運動に連れて行け、と言いたげだ。

「引き運動は普段より少し速めにね。騙されたと思ってやってごらん。馬の気性も体も、ちゃんと変わるから」

はい、と言われるがままに鉄子は馬房から馬を引きだした。楽しそうに蹄《ひづめ》を鳴らす様子を見て、そうか、この馬はマニュアル通りの運動量では足りていなかったのか、と気付く。少し馬に引っ張られて歩く中、背中で二本松の声を聞いた。

「面白いよ、競馬は。そして、自分が管理した馬が勝つともっと面白い」


二本松があの日言ったことは本当だった。

言われた通りに引き運動を続けた二歳馬は確かに気性と馬体の良化がみられ、鉄子が実習を終えて競馬学校に戻った頃、デビュー戦で勝利をおさめた。

中継でその様子を見た鉄子は、痺《しび》れた。

自分が手掛けた馬が勝った。その事実は、自分の欠けたところを埋めて余りある喜びを与えてくれた。進む道の先に、面白そうな光が見えた。

そして今、鉄子は自分が関わった馬全てとの経験をもとに、シルバーファーンの勝負を見守っている。

「抜け出せえ！」

「逃げろ、そのまま、そのままっ」

怒号に近い応援に、鉄子は近くの観客席を見た。京都競馬場に詰め掛けた数万人の観客が、皆、それぞれ思い入れのある馬を応援している。

——もう怪我だの心配だのどうでもいいから、頼む、勝ってくれ。

シルバーファーン自身のために、そして、それに関わる全ての人間のためにも。

見届けることしか鉄子にはできない。それでも、地響きを轟《とどろ》かせて近づいてくる馬たちの中にいる芦毛《あしげ》の馬に祈った。

直線に入り、残り一ハロン。先頭のゲルハルトドリームは二馬身差をつけたまま、勢いは衰えない。未《いま》だムチひとつ入れられていないという有り様だ。

ようやく息を潜めていた各馬が溜めていたスタミナを最後に爆発させる。馬同士の間隔が緩んだ中、ファーンにも進路ができた。

「頼む、行けっ」

鉄子は小さく叫んだ。体力が残っているか。そして、闘志は萎《な》えてはいないか。他の馬の陰になっていた灰白《かいはく》色の馬体が見えた時、鉄子は確信した。

――まだ燃えてる。馬も人も。

ファーンの全身の筋肉が躍動していた。そして、鞍上の俊基も全身を使ってファーンを押し出し、力強くムチを入れている。

他の馬たちも必死に追いすがるが、馬群から抜け出したファーンの速度は彼らを上回っている。タイミングよく尻にムチが当たるたび、ファーンのピッチが上がっていた。

残り一〇〇メートル。ファーンがみるみるゲルハルトとの差を詰める。しかし、一馬身半から先が縮まらない。

「いける、いける、いけるっ！」

鉄子はスタンドが揺れるほどの歓声に乗じて声を上げた。二頭だけがぐんぐんとスピードを上げ、後続との距離を離していく。ファーンは、明らかにゲルハルトを抜くつもりで走っていた。

――えらい。えらいよ、お前。

馬に闘争本能があるのか。ファーンに限って言えば、間違いなくある、と鉄子は断言できる。変に頭が良くて、人をおちょくるところがあって、ヤンチャで。ファーンを表現する言葉は幾らでもある。

そして、ひとたび競走に出せばこそ、シルバーファーンの特長は輝く。

――行け、負けず嫌い。

残り五〇メートル。数完歩で決着が付く距離だ。ゲルハルトドリームの騎手が、追いすがるファーンに焦ったのかムチを振るう。逆に、俊基はもはやムチを使わずに手綱と共にファーンの鬣を摑んだ。レース前、スタッフが美しく編んでくれた鬣は間違いなく崩れるだろう。

だがそれが勝利の前に何だというのか。

鉄子が立つ場所からも、ファーンの白目の部分が血走り、開けられた口が熱波のような息を吐き、俊基が顔を歪めて何かを叫んでいる様子が見えた。ぐん、と二頭の差が縮まり、茶色と灰白色の馬体が重なる。ちょうど、ゴール板直前のことだった。

鉄子は息を呑んだ。

怒濤《どとう》のような歓声に場内が割れた。ゴール板の前を続々と馬たちが駆け抜け、第一コーナーに向かって速度を落とすゲルハルトドリームとシルバーファーンは並走していた。木野騎手と俊基が手を伸ばし、お互いの拳がゴン、と当たった。そして、相手が俊基の拳を掌で叩いて讃える。

一着一番シルバーファーン。二着八番ゲルハルトドリーム。掲示板に表示された着差は『ハナ』だった。


中央競馬史に残るドヤ顔のウイニングランだったね、と二本松調教師は後に語る。勝利の確定が出たシルバーファーンは、GI勝利恒例のウイニングランから非常にご機嫌で帰ってきた。上げた首を左右に振り、舌をベロベロ出しながら。

鉄子は他馬の担当者に祝福の言葉をかけられ、バシバシと肩やらヘルメットやらを叩かれていた。

——マジで。いやそりゃ勝ってほしかったけど。

歓喜よりも先に、放心していた。抜いてほしかった。と同時に、なかなか抜ける相手ではないこともよく分かっていた。けれども実際は、勝つことができた。その事実がまだうまく飲み込めない。

「ほれ。三冠を阻止したドヤ顔の坊ちゃん、迎えに行ってやんな」

ぽん、と誰かに優しく背中を押されて、鉄子はターフに駆けだした。ターフビジョンにはドヤ顔を通り越して、もはや変顔になったファーンが大写しになっている。観客席から「おめでとう！」という言葉と共に、生温かい笑顔を向けられている、気がする。

――せっかくカッコいい勝ち方したのに、あいつは……。

とはいえ勝ちは勝ち。第四コーナーの方からこちらにキャンターでやってくるファーンを、鉄子が笑顔で出迎えた。

「……おかえりっ」

言葉はそれしか出せなかった。ファーンと俊基は、全身汗と芝と泥に塗《まみ》れていた。すっかり汚れたゴーグルを上げた俊基は、笑顔ではあるものの疲れ果てているのは明らかだった。

しかし、傍《はた》で見ていては分からない苦労の先に得たものは大きいと、へなりと力の抜けた笑顔が語っていた。

「お疲れ。本当に、お疲れ」

「いやー、しんどかったわ。最後は押して押して、見て、握力スッカラカン」

俊基は両手をひらひらさせておどけた。実際、最後は腕力にものをいわせて、馬の首の上げ下げでハナ差の勝利を勝ち取ったのだ。手綱を握るだけでやっとだろう。

「あんたも本当に頑張ったね」

ファーンは鉄子に鼻筋を撫《な》でられ、上下にブンブンと首を振った。見ていたか、どうだ、勝ってやっただろうが、と言っているのかは分からないが、競走に競り勝ったことを理解しているのは確かだ。

美浦に帰ったら、たっぷり休ませてやろう。そう思いながら鉄子はファーンの頭絡に手を伸ばした。検量室に戻って、あとは馬着と優勝レイをかけて記念撮影が待っている。急がなければ。

その一瞬の隙をつかれた。

ファーンが、突然後ろ脚で立ち上がり、上半身をひねった。鉄子は反射的にその場から飛び退《すさ》り、芝に尻をつく形で受け身をとる。俊基の体は空中に放り出され、やはりこちらも受け身をとりながら芝に落ちた。

ファーンはそのまま、啞然とする二人を置いて走り出した。スタンドの歓声が一転して、どよりとざわめいた。

「ば……」

「馬鹿野郎……」

俊基と鉄子はすぐに上体を起こし、ほぼ同時に呟いた。ファーンは瞬く間に正面スタンド前を駆け抜け、第一コーナーへと軽やかに走っていく。決して全力ではなく、ごく楽しそうに。解《ほど》けた鬣が波打ちながら揺れている。ラチや柵の類《たぐい》も理解しながら走っているようで、あれなら怪我を負う心配は小さい。

「俊基、怪我は」

「いや大丈夫。変な話、上手に落とされた」

スタンドから、視線とカメラのレンズが座り込んだ二人に向けられている。俊基が怪我はないというように片手を振ると、ほっとした雰囲気の歓声があがった。歓声には笑いが混ざっていた。ただし、湿った嘲笑ではない。

「は、ははっ」

ふらふらと立ち上がりながら、鉄子は堪《こら》えきれずに噴き出した。

「ちょっ、鉄子さん。俺せっかく我慢してたのに……ぶふっ」

俊基もとうとう我慢がきかずに破顔する。やがて笑いはスタンドの観客にまで伝染していった。最初は戸惑っていた近くの競馬場職員までもが、口元を押さえて肩を震わせている。

——ああ、本当に、ファーン。お前ってやつは。

鉄子は勝手に流れ出る涙を幾度も拭った。笑いも涙も、とめどなく溢れて止まらない。にじんだ視界の先、白い馬体が第一コーナーのあたりで、迎えに来た誘導馬二頭をおちょくるようにして身を翻《ひるがえ》している。

「本当にあいつは。人の気も知らずに」

人間の期待も、恐れも、夢も呪いも。背負わされたもの全てを見事に吹っ飛ばして、自分はまだ走り足りないのだとターフで踊っている。

——それでいいよ。最高だ、お前。

ファーンの方へ歩き出しながら、鉄子は最後の涙を拭った。

「待ってろこのヤンチャ坊主！」

ターフを蹴り、好き勝手に走っているファーンのもとへと向かう。その視線の先で、汗で濡れたファーンの体は灰白色を通り越して銀色に見えた。


菊地牧場の事務所のテレビには、奔放《ほんぽう》に走るファーンが映っていた。

ハナ差での勝利と共に集まった従業員が歓喜に沸き、その直後、ファーンの放馬と共に喜びの声から悲鳴へと変わった。そして、楽しげに逃げるファーンの姿を見て、ようやく安堵と呆れの溜息が漏れていた。

「あーあーあーあ、本当にここぞって時にあの馬は……」

マサは眼鏡を押し上げて涙を拭った。スタッフは皆、笑いと涙を浮かべて「よかった、よかった」とそれぞれ生産馬初のクラシック勝利に浮かれていた。

ファーンが幼い頃から面倒を見て、ひときわ思い入れの強いアヤは感動しきりだろう、と隣にいるアヤを見る。

「本当、よかったよね、アヤちゃ……うわ！」

アヤは床に膝をつき、ダンゴ虫のように丸まって肩を震わせていた。

「うっ……本当に、ファーン、良かった……頑張った……」

入線後の放馬騒ぎは目に入っていないのか、ひたすら感激に浸《ひた》っている。マサはポン、とアヤの肩を叩くと、歓喜に沸く事務所を見回す。専務の千恵子の姿がない。

「専務。どこですか、専務ー？」

事務所と繫がった母屋へと足を踏み入れると、居間の奥からチーンというおりんの音がした。

「おじゃまします、専務……？」

マサは一言断り、続き間の和室をのぞいた。そこでは、千恵子が小さな体をさらに縮めるようにして、仏壇に手を合わせている。その背中は小さく震えていた。

マサが菊地牧場に就職した頃は、先代が亡くなってすぐで、俊二がまだうろたえながら二代目を継いだところだった。

ファーンの父親、シダロングランが牧場ゆかりの馬だったということは聞いている。あまり有名な種牡馬ではないということでマサも普段は気にしていなかったが、勝利の喧騒から離れ、シダロングランの初年度産駒《さんく》が菊花賞を勝ったという静かな報告は、専務にとって大きな意味があるものだということは分かった。

千恵子は合わせていた手をほどくと、エプロンのポケットからスマホを取り出し、どこかに電話しはじめた。

「もしもし。ああ、良かったねえ。俊二あんた、本当にすごい馬作った……泣いてんじゃないよ。これから表彰式なんだから、しゃんとしな！」

マサは無言を以《もっ》て敬意を表し、静かに事務所へと戻った。

その途端、ピンポーンと玄関チャイムの音がした。

「ごめんくださーい、やったねー！」

浮かれた声と同時に、許可も得ずにどかどかと人が上がり込んでくる音が響いた。

「いやー俊ちゃんすげえな！　とうとうクラシック獲《と》っちゃったよ！」

「あ、これつまらんもんだけど皆で飲んでー。いやあ、死んだ親父さんの悲願が叶う日が来るなんてなあ」

近隣農家の面々が、ビールケースや一升瓶を片手に、まるで自分のところの馬が勝ったかのような勢いでなだれ込んできた。

「あ、ありがとうございます。すみません社長は現地行ってて……あっ今電話入れてみますね。お酒、はい、すみません、そこ置いてくださ……えっお花も。ちょ、アヤちゃーん！　誰かー！　ちょっと手伝って‼」


菊花賞優勝馬、入線後に放馬。

前代未聞のこの事件は各局によって夜のニュースで動画が繰り返し流され、シルバーファーンは競馬を知らない一般人にも認知されるようになった。

さらに鉄子は、放馬後にゲラゲラ笑っていた写真をファンに撮られたうえSNSで拡散されたせいで、二本松によって小一時間みっちり説教される羽目になった。

もっとも、SNSでの評判は非常に好意的なものだったが。

『この女性の担当さん逃げられちゃったけどめっちゃ嬉しそう』

『最後までやらかしてくれるファーン、期待を裏切らない』

『陣営も泣き笑いするしかないよねコレ』

『歴史に残る叩き合いの後に笑いまで提供してくれる馬なんていないいって普通』

などの、同調なんだか同情なんだか、鉄子としては若干納得のいかないコメントと共に、ファーンのキャラクターが拡散されていった。こうして結果的にファンが増えたことは、少なくとも馬主の広瀬夫人には良い事のようだった。

十一

ターフの向こうへ

菊花賞での激しい叩き合いの果てに勝ち得た栄光から三年。

美浦・二本松厩舎《きゅうしゃ》所属のシルバーファーンは六歳。芝中長距離の重賞レースを幾つも駆け抜け、古馬としてすっかりファンにもお馴染みの馬になっていた。

季節は十二月に入り、いよいよ年末に向けて茨城の美浦トレーニングセンター内も慌ただしい空気が満ちている。

早朝からの調教と朝飼い、掃除などが終わってひと息ついた午前。小春日和の暖かい陽光が降り注ぐ屋外喫煙スペースでは、鉄子が情けない呻《うめ》き声を上げて簡易テーブルに伏していた。

「はあぁぁぁ。もー、ダメ。もー、やる気ない。あたしはもうダメだ」

「鉄子さーん。そんな落ち込むことないって。一発合格する人の方が少ないんだからさあ」

俊基がたまらずフォローを入れた。とはいえ、本来は人一倍強がりで、人に弱みを見せない鉄子がここまでわかりやすく落胆しているのだから、並大抵の慰めでは浮上しそうにない。

「別に落ち込んでる訳じゃないけどさあ……」

鉄子は人差し指をクイクイと曲げた。俊基が煙草を一本咥《くわ》えさせて火をつける。長く吸い込んで、倍の時間をかけて吐き出された煙が辺りに漂った。

「もーう、やだ。机に齧《かじ》りつくだけの勉強なんて義務教育でもないのにこれ以上絶対やりたくない、って思ったからこそ、あたしなりに一年以上かけて全力で机に齧りついて試験の勉強したわけよ。なぜって落ちてまた次の年も勉強すんのやだから。なのにダメだったなんてさ。別に落ち込んでる訳じゃないけど、あの時の努力が無駄になったのかと思うと苛々《いらいら》っていうか、いや別に苛々じゃないし、かといって落ち込んでるって訳でもないけど何かこう」

「鉄子君、残念だったね」

消化できない感情をぐだぐだとまくしたてる鉄子の声を、二本松の落ち着いた声が遮った。その両手の中には高価なウイスキーの瓶があり、慌てて煙草を消した鉄子は、瓶が目に入るとその中で揺れる琥珀《こはく》色の液体に釘付けになった。

「二本松さん、もしかしてあたしを元気づけようと……」

「いや、これは合格したらあげようね。大丈夫、数年ぐらいなら劣化しないから」

珍しく優しさに満ちた二本松の声音に、鉄子は再びテーブルに伏した。今度は肩が小刻みに震えている。

「鬼かな」

俊基の呟《つぶや》きに、鉄子は無言のまま頷《うなず》いた。自分のところの馬をクラシック勝利に導いて三年。二本松はますます指導力と人の悪さを増している。

「まあまあ。楽しみや喜びは時間と共に熟成されるものだから。ほら、ＳＮＳでもファンの人が励ましてくれてる」

「うぅ……」

二本松が見せたスマホの画面を、鉄子は睨《にら》んだ。そこには素直で温かい慰めの言葉が並んでいる。

菊花賞勝利以降、シルバーファーン、そして鉄子自身のファンが急激に増えた。実はその背景にはファーンのオーナー、広瀬夫人の策略があった。

菊花賞勝利の翌週、彼女が立ち上げた会社の化粧品を使用して肌ツヤツヤな鉄子が菊地牧場で騎乗指導にあたっていた時のスナップ写真を、自社の広告に起用したのだ。しかも、どういう伝手《つて》だか知らないが有名なコピーライターによる文言までつけて。

広告掲載前、広瀬夫人から事後報告を謝られつつ、最終決定として掲載許可を求められた鉄子は、頭を抱えたものだった。勝手に広告を作られたのは腹が立つが、なまじかかっている費用と期待を知ってしまうと、NOとは言えない。裏で一枚嚙んでいそうな自分のボスを呪いつつ、了承するしかなかった。

広告は鉄子が担当しているファーンの菊花賞勝利とその後の放馬という話題性が相まって、各媒体でそれなりに話題を呼んだ。

結果、ファーンと鉄子の組み合わせの人気は競馬ファンに留まらず、一般の人を競馬の世界に誘いこむほどになった。鉄子としては二重三重に頭を抱えた。中央競馬のお偉いさんから競馬人気上昇に貢献したと感謝された時は、顔で笑って心で泣いた。

それ故に、鉄子の調教師試験挑戦はファンの期待も高かったのである。そして、結果それに応えることは叶わなかった。

二本松はぽん、と鉄子の肩を叩いた。珍しく力加減が優しい。

「ほらほら。落ち込むなとは言わないけど、休憩時間が終わったら頭を切り替えて貰《もら》わないと困る」

「はい。切り替えまっす」

高級ウイスキーの件も含めた二本松流の激励に、鉄子は返事をしてから大きく体を伸ばした。

「まあ、分かってますよ。あたしの事情はファーンとは別件なのだし」

パン、と気合い入れのために頬を両手で叩き、吸い殻を片付ける俊基の方を見る。

「有馬にはあのヤンチャ野郎、過去最高の状態まで仕上げるから。ラストラン、頼んだよ」

「うん。引退レース、謹んで騎乗お引き受けします」

シルバーファーン六歳の冬、有馬記念。その年最後のグランプリレースが、この馬の最後の競走となる。


北海道・静内の菊地牧場では、ファーンの引退レースを楽しみにしつつ、年明けから始まる繁殖牝馬《ひんば》たちの分娩に備え、スタッフが慌ただしく働いていた。

「ドラちゃーん、来年もいい仔を産んでね」

繁殖牝馬用の馬房で、アヤは猫なで声を出した。シルバーファーンの母馬・ドラセナは、ファーンの活躍中も毎年順調に受胎し、元気な仔を産んでいた。

馬名ドラセナ。由来、幸福の樹から。触れたら幸せになるという木の名を頂いたこのママさん馬は、ファーンをはじめ、その弟妹に関わる人たちまでも幸せを広げている。

兄馬が菊花賞を制したとあって、弟妹はいずれも高く評価され、セールや庭先取引を経て順調に競馬場へと送り出されている。同父シダロングラン産駒《さんく》の時だけ、気性難が問題となるが、今のところはデビュー後の勝ち上がり率もまずまずといったところだ。

年をとってすっかり丸くなったドラセナは、重い腹をゆすりながらアヤに近づくと、その肩にのしりと頭をのせた。アヤもよしよしと頭を撫《な》でてやった。アヤもドラセナの仔によって人生を大きく変えられた一人である。

俊二は厩舎の入り口に立ち、目を細めてその様子を眺めていた。その背後から、小柄な少女がパタパタとアヤに近づいていく。

「アヤちゃん、輸入の飼い葉、明日の午前中に着くって」

「わかった。じゃ、置く予定の場所にパレット運んでおかなきゃいけないから、悪いんだけど葵ちゃん、夕飼いの前に軽く片付けて場所あけておいてくれる？」

「はーい」

葵は着なれた作業用ツナギの袖をまくり、飼い葉置き場へと足取り軽く向かっていった。

シルバーファーンの菊花賞の時、広瀬夫人に招かれて現地で観戦を果たした葵は、その後どういうわけか家業に興味を示し始めた。

それまでは、仕事は無しという条件で嫁に来た母親同様に牧場の仕事には手も口も出すことはなかった。しかし観戦以降、時間に余裕がある時にはぎこちないながらも自発的に手伝いをするようになってきたのだ。高校に進学した今では、幼いころから続けているバレエに加え、アヤの指導でたまに乗馬も練習しているようだ。

俊二は一度、葵に聞いたことがある。

「お前、馬とか馬の世話、嫌なんじゃなかったのか」

余りにも率直な父親の問いに、葵は十代の少女らしく顔をしかめた。

「別に馬が嫌いなんて、うち一言も言ったことないし。むしろ、お父さんが牧場からうちを引き離してたんじゃん」

愛娘《まなむすめ》の答えに、俊二は頭を殴られたような気持ちになった。キツい、汚い、危険の大変な牧場作業から妻子を遠ざけていた気遣いを、そのように受けとられていたとは。

すまん、とか、ごめん、と反省し身を縮めるしかない俊二に、葵はにんまりと笑った。

「それにさ、うちの馬が勝ったらめっちゃスカッとするじゃん。競馬場で観た時みたいに」

賞金いっぱい入るしー、と、付け加えられた一言に、俊二は専務である母・千恵子の血を感じた。金勘定でのメリットも含め、自分の育てた馬が勝つ、その喜びは、生産牧場の醍醐味《だいごみ》と言ってもいい。将来、葵が家業に関わるかどうかは別として、葵に理解してもらえたことは、俊二には大きな喜びだった。

経験の浅い娘が手伝う姿を見ていて、経営者として、そして父親として、細かい口出しや厳しい心構えを叩き込みたくなる気持ちはある。しかしそこをぐっと堪《こら》えることも大事だ、と俊二は歯がゆくも嬉しい日々を送っていた。

菊地牧場に訪れた変化は、もう一つあった。

これから三年後を目途にマサとアヤが独立し、生産者として新規就農することになったのだ。最初、神妙な顔で事務所に呼び出され、二人からその計画を聞いた俊二は、思わず「お前らいつの間に」と呟いた。生産牧場で働く同僚同士でくっつくパターンは決して珍しくない。ただ、この二人に関しては凸凹《でこぼこ》コンビというか、気は合うが男女のアレコレといった気配を感じ取れなかったのだ。俊二は「そっか隠れて育んでたかー」と感慨深く頷いた。

けで。

「違います」

「考えすぎです」

二人からは即座に否定された。

なんでも、あくまで仕事上のパートナー、共同経営者として独立するという話だ。別に、本人たちが言うなら俊二はそれで構わないと思うし、特に問題がある訳ではない。ほんの一瞬、

『俺もようやく従業員カップルの仲人を頼まれる時が来たか』という勘違いをしてしまっただけで。

「マサ君は競馬の細かいとこまで分かってますし、私はそれなりに馬の扱いを経験させてもらいましたから。少頭数からのスタートにはなると思いますが、いい馬を育てられればいいなって」

「ファーンの休養を数度こちらで任せられたのは、アヤちゃんにもいい経験になったと思います。もちろん二人ともまだまだ半人前で、社長をはじめ諸先輩方に引き続きご教示頂きたいのですが……」

二人同時に頭を下げ、窺《うかが》うようにちらりとこちらを見る四つの目に、俊二は「いや別に、いいんじゃないか」と相好を崩した。

「うちで育った従業員が立派に独立していくんなら、俺からは祝福こそすれ、何も言うことはないよ」

そう言ってやると、マサとアヤはハイタッチをして喜んだ。俊二としてはいま言ったように祝福しかないが、本人たちは独立を認められるか不安だったらしい。その慎重さと謙虚さも、

きっと彼らの武器になる。俊二は喜ぶ若者二人を眺めながらそう思った。

「立派な馬を育てるようになるんだぞ。いつかうちの牧場とお前らの牧場、生産馬同士がＧⅠで戦う日が楽しみだ」

うんうん、と俊二は頭の片隅でそのシーンを想像した。自分は新規就農ではなく父親が病死して後を継いだ身だが、思い返せば先輩の同業者には当時なにかと世話を焼いてもらった。恩は巡り、世代は移る。自分もうまくサポートしてやろう、と思っていると、マサが少し気まずげに頭をかいた。

「そうですね。重賞で戦える馬をコンスタントに出せるようになりたいです。で、まあ。僕はともかく、アヤちゃんにはその先に野望がありまして」

「野望？」

俊二がアヤを見ると、彼女は緊張したように唇を引き結んでいた。

「あの。できることなら、自分の牧場で、稼いで稼いで、いつか事業の一環として引退馬の受け入れもできるようになれればいいなって」

「それは……」

引退した競走馬、あるいは乗馬を天寿を全うするまで繫養《けいよう》する養老牧場。日高にも何軒かはあるが、経営のことを言えば単なる生産牧場よりもよほど難しい判断と感覚が必要になる事業だ。

「その……大丈夫なのか？　もちろん応援はしてるし、引退馬の扱いは競馬界でもこれからますます議論が進んでいくだろうけど、俺もタッチしてない分野だから助言も難しいし……」

俊二は言いづらそうに言葉を重ねた。ただ養老事業が難しいというだけではなく、アヤは学生時代に引退競走馬を守ろうとして各所と悶着《もんちゃく》を起こしたという過去がある。あれから十年近く。学生が大人になるには充分な時間だが、事実が忘れ去られるほどではない。俊二がついアヤを見たせいで、本人は何かを察して胸を張る。

「大丈夫、とは言い切りません。正直、私一人ではまだ暴走しちゃうことも有り得ます。そのために一人じゃなく、マサ君にビジネスパートナー頼んだんです」

「そういう訳です。自信はありませんが、僕も頑張ります」

「そこは嘘でも自信満々てことにしておかないと！」

じゃれあいなのか半分本気の口論なのか。俊二の目に二人の間柄の真相はよく分からない。この調子ならばなんだかんだ上手《うま》くいくのかもしれない。というより、上手くいかない時は自分も勉強してサポートに入ればいいのだ。仲人よりよっぽど大変だが、やりがいはありそうだ。

そういったいきさつを経てから、マサもアヤも、一つでも多く学んでから独立すべく、以前よりもさらに熱心に仕事に打ち込むようになった。時には俊二の方から「オフの予定はちゃんと守って休め。労基入ったらやばいんだから」と窘《たしな》めるぐらいだ。

——まだまだ手がかかるねえ。

疲労と期待の両方を感じながらアヤの働きっぷりを見ていると、車の音がした。道路を曲がって一台の大型ＲＶが敷地に入ってくるのが見える。

母馬の死亡や育児放棄などで必要になる乳母馬《うばば》を請け負っている、織田佳恵の車だった。年が明ければお産シーズンが始まるから、その打ち合わせかな、と俊二は迎えに出る。織田は五十代とは思えない若々しい笑顔と障害馬術用のブーツを履いた姿で車から降りてきた。

「どーもこんにちは、お世話になってます」

「こんにちは。来シーズンもお世話にな……るかもしれないです」

「あはは、分かってますよ。乳母が必要にならない方が本来望ましいんですから、気にしないで」

織田は明るくひらひらと手を振ると、自分が繋養している牝馬が何頭、何日ごろに分娩予定か、その母馬の品種と性質は、などが印刷された紙を手渡してきた。ここ数年は幸いに乳母を頼むことなく済んでいたが、何かあった時に備えとして頼れる業者がいるのは心強い。

「それで、今日はちょっとお宅の従業員にも用事があって。綾小路さん、いる？」

「アヤですか？　……ええ、ちょっと待ってて下さい。呼びますんで」

俊二は少し戸惑いながら、アヤ宛てにメッセージを入れた。かつて学生時代のアヤは、引退馬をめぐって空回りし、各方面の養老牧場や乗馬クラブに顔と名前を覚えられてしまっていた。俊二に以前そのことを教えてくれたのもこの織田だった。

菊地牧場に居場所を得てからは、俊二の手が届く範囲で研修に出したり、時には厳しい注意をすることで彼女もすっかり成長して以前に比べて丸くなった、と思っている。

しかし、一度ついた悪評を完全に拭うのは簡単ではない。特に、馬術業界は俊二とは縁遠く、その馬術を趣味としている織田がわざわざアヤを呼び出す意図がまるで想像できなかった。

「はーい、私にお客って、どなた……」

小走りでやって来たアヤは、織田の顔と恰好《かっこう》を見ると、明らかに顔面を強張《こわば》らせた。

「ど、どうも……こんにちは」

「どうもー。こんにちはぁー」

織田の表情が一層にこやかになる。

――因縁、まだ生きてるなこれ。

さりげなく俊二がこの場を離れようとすると、織田はすかさず俊二の肩を摑んだ。

「ああ、ちょっと上司の方にも聞いてもらいたい話だから、同席お願いできます？」

「……はい」

肩を摑む手の力が強いのは、ホースマンが力仕事だからということにしておこう。俊二は心の中で白旗を掲げた。

「ごめんなさいね、お仕事中。手短に言うと、綾小路さん、来春、うちの乗馬クラブで開催する馬術大会に出てくれない？」

パン、と両手を合わせ、織田は頭を下げた。

「え、あ、はっ？」

アヤはてっきり自分の過去を蒸し返されるものと思っていたのか、織田の頼みごとを飲み込めていない。それは俊二も同じだった。

「織田さん、あの、ごめん、馬術大会って？」

「あ、ごめんなさい。あのね、知り合いのクラブでやってた馬術大会を、クラブ閉鎖にともなって、今年からうちで引き受けてほしいってことになったのよー。それで、どうしても参加者が減っちゃうことが予想されてて。少しでも経験者を、できるなら上手い経験者を一人でも多く呼びたいの。もし可能なら、運営のお手伝いちょっとやってくれると嬉しいなあ。ご飯おごるぐらいしかお礼はできないけど」

やたらと強引にまくしたてる織田に、アヤはゆっくり悩むこともできないままで「あの」「でも」などと呟いている。

「あ、菊地さんにいてもらったのは、従業員さん度々借りることになっちゃうから、そのお願いで」

「俺はまあ、シフト回るんなら別に問題はないけど……」

ちらり、とアヤと織田を交互に見ると、アヤは「あのっ」と意を決したように切り出した。

「私、あの、ご存じかもしれませんが、学生の頃に道内の色んな乗馬クラブにご迷惑かけちゃって、その……」

「うん、知り合いから聞いた」

織田が首肯《しゅこう》して、アヤの顔色は傍《はた》で見ていてもわかるほど青くなった。

——そんなにトラウマなら、ストップ入れるかな。

俊二が間に入ろうとした時、織田はあっけらかんと「でも、いいよ別に、そんなの」と続けた。

「覚えてる人は覚えてるし、もしかしたら何か言う人もいるかもしれないけど、そん時はきちんと謝ればいいんじゃないかな。それでも許さない人とだけ、距離とればいいよ」

「え、ええ……？　いえでも、思い返すだけで本当に申し訳ない、取り返しのつかないことばかりで」

「失礼な言い方だけど、若気の至りで色々やらかした人が、一つの牧場から移らず何年も真面目にやってるんだもの。それに、人づてに聞いたけど、あのシルバーファーンの育成と休養手伝ってんだって？　菊花賞のレース後に騎手落としたあの気性難を。それってすごいことだし。評価する人はちゃんと評価するよ」

　私も可能な限りサポートするしね、と織田は自分の胸を叩いた。その様子を見ていた俊二は、『あのシルバーファーン』扱いは余計だと思いつつ、織田の意図をおぼろげに理解した。ああ、乗馬業界としても、やらかした若手に腹立てて追放状態にしちゃったの、悔いてたのかもな、という想像も浮かんだ。

　アヤの顔色は少し戻ったものの、普段の傲慢《ごうまん》なほどの元気さはどこへやら、縋《すが》るように俊二を見た。

「社長は、どう思います？」

「俺？」

　乗馬業界の不安払拭《ふっしょく》は織田がやってくれるからいいとして、ボスとしてどう言えばいいかを俊二は考えながら言葉を継いだ。

「うーん。色々気まずいのは分かる。でもアヤはさ、いずれきちんとした養老牧場やりたいと思ってるんなら、ここで逃げずにいた方がいいと思う。馬の世界って狭いし」

　うんうん、と織田は俊二の言葉にうなずいた。施設にもよるが、養老牧場は引退馬だけが対象ではないものも多い。乗用馬、事情により手放されたペットの馬というケースもある。いずれにせよ、競走馬とそれ以外の馬に本質的な区別をつけないアヤであれば、ここで乗馬の世界に再び向き合っておいて損はない。

その意味はアヤも素早く理解したらしく、パッと織田に向き合うと、深々と頭を下げた。

「わ、かりました。やります。私でよかったら、やらせて下さい」

「ありがとうございます。助かるわー！　これからよろしくね」

織田の出した右手を、アヤは両手で力強く摑んだ。馬業界の人間同士による握手って、結構痛いんだよなあと思いつつ、俊二は物事が良い方向に転がる手ごたえを感じていた。

「織田さん。大会、来年の春って言いましたっけ。初心者の参加枠って、あります？」

「うん、あるよ。せっかくだから間口を広げたいしね、初心者大歓迎！」

織田の返事にアヤは表情を輝かせて俊二を見た。

「あの。葵ちゃん、障害の練習中なんですけど、本人の希望あれば、参加どうでしょうか」

「そうだな、たぶん喜ぶと思う。ありがとう。出ることになったらビシビシしごいてやってくれ」

「はいっ。私の練習にも、たっぷりつき合ってもらいます！」

アヤの元気な返事に、あ、ちょっと早まったかな、と俊二は後悔した。葵は疲れると母親ではなく父親にあたる癖があるのだ。

織田はアヤとスマホの連絡先を交換して、来た時よりも楽しげに帰っていった。見送ったアヤは早速厩舎の方向へと小走りに向かう。葵やマサに報告するつもりだろう。

——やれやれ。

俊二は少し凝った肩を揉みつつ、その背中を見守った。アヤもマサも、これから進もうとしている道はなかなか険しい。葵もいつまで馬に興味を持ち続けてくれるか分からない。それに、そもそも菊地牧場の経営自体、今は二本松厩舎や紹介された関係者のお陰で、繁殖、育成それぞれの部門がうまく回っているが、競馬の世界に努力だけではどうにもならない浮き沈みは付きものだ。来年の今頃は借金抱えて夜逃げ寸前、ということも普通にあり得る。

――『俺らの仕事を堅気と思うな』、か。

俊二は亡き父が言った言葉を思い返した。同じ経営者という立場になった今、その言葉を隠れ蓑《みの》にしてシダロングランの血筋を残すような大きな賭けをしていた気もする。そして、そのお陰で、シルバーファーンが現在の菊地牧場を守《も》り立ててくれた。そして、そのファーンの主戦である兄の俊基の騎乗ぶりも、今は素直に見守れる。

そのファーンが、もうすぐ引退する。

生まれてから今まで、散々心配させられてきた馬だ。これからファーンより成績の良い馬や、困ってしまうような暴れ馬が出たとしても、あれほど記憶に残る馬はもう出てこないだろうという気がする。

そしてそれゆえに、思い入れもひとしお、ということだ。

「有馬の単勝、いくら買ってやろうかね」

俊二は自分のポケットマネーの残額を思い出しながら、嬉しくも悩ましい検討を始めた。

鉄子の調教師試験不合格のショックがあらかた抜けた十二月中旬。夜飼い当番の鉄子は作業を全て終え、最後に馬房のチェックをして回った。馬たちは立ったまま、あるいは寝藁《ねわら》の上で寝ころんだりと、思い思いの恰好で寛《くつろ》いでいる。問題はなさそうだった。

最後にファーンの房まで行くと、鉄子の気配を察したのか、ブフッと大きな鼻息が響いた。

馬房近くの壁にはファンから届いたお守りがざっと三十個はぶらさがっている。これでも古いものは百個以上も別にしまってあるのだ。鉄子はブルゾンのポケットから新しいお守りを三つ取り出し、追加した。

「勝利祈願より安全祈願が多いの、ありがたいことなんだからな。ファーン」

ファーンは理解を拒むように首を伸ばして鉄子のブルゾンの袖を噛もうとした。「甘いな」と軽くかわすと、腹立たしいのか耳が寝た。

間もなく七歳という今になるまで、本当に色々なことがあった。熱発や軽い疝痛《せんつう》で予定していたレースの出走を取り消した時は、快癒祈願のお守りと手紙がどれだけ来たことか。

一つ一つを目で追っていると、足音が二つ近づいてきた。俊基と二本松が馬房一つ一つを眺めながら歩いてくるのが見えた。事務所で有馬記念の走らせ方について話し込んでいたのだ。

「お疲れ様です。打ち合わせ、終わったんすか」

「うん。レースプランとして、事前に練り上げられることは練りきったつもりだ」

二本松が近づくと、ファーンはわずかに白目をむいて前歯を出した。

「自分をいちばんこき使う人間が誰か、分かってるんですねえ……」

「まあ、まる四年以上もここにいりゃねえ……」

俊基の言葉に鉄子も同調する。二本松も「ひどいな」と言ったのみで、強く否定もしなかった。

　そのファーンは睨むのにも飽きて、ぶるっと体を震わせる。綺麗にシャンプーされたお陰で真っ白だ。今のファーンは芦毛《あしげ》の古馬らしく、体も鬣《たてがみ》もさらには尻尾の先まで、すっかり白くなった。菊花賞の時のような若々しい筋肉の張りの代わりに、必要な筋肉で全身が引き締まった、いかにもステイヤー、長距離が得意な馬らしい体格だ。正直、馬体を見るだけで目を瞠《みは》るようなものではない。

　それでも、この体で戦い続けてきた。特に、同世代のライバル二頭とは長い付き合いになった。クラシックで競り合ったゲルハルトドリームと、同年に牝馬三冠を達成したファイヤーリリー。

　シルバーファーンを加えたこの三頭は、四歳以降の古馬中長距離路線でしのぎを削り続けてきた。

　結果として、ゲルハルトドリームは凱旋門賞三着、ドバイターフ連覇を含むGI八勝という華々しい成績を残した。

　ファイヤーリリーは国内GI七勝に加えて、五歳秋に日本生産・調教馬初のフランス凱旋門賞制覇。そして、五歳の有馬記念勝利を最後の花道として引退して繁殖入りした。

　ゲルハルトドリームはフランスから帰国後、国内レースに向けて調整中に屈腱炎《くっけんえん》を発症し、次世代に夢を託して一足先に種牡馬《しゅぼば》入りした。

　ファーンは他二頭と常に先頭争いを演じ、菊花賞のあとは四歳時と五歳時に春の天皇賞《てんのう》を連覇。そして五歳秋、ジャパンカップをファイヤーリリーと競り合いクビ差で勝利した。

六歳になってからはライバル二頭が抜け、いざこれから、とも思われたが、ゲルハルトやリリーの凱旋門賞に刺激を受けたホースマンたちに調教された若馬に押されがちで、掲示板圏内を確保するのが精一杯、たまに馬券に絡むぐらいだった。

あまり無理はさせたくない。広瀬オーナーと二本松調教師の意見が一致し、今年の有馬記念での引退が決まったのだ。

「今年一年、よく頑張ったな。派手な成績は残させてやれなかったけど……。ライバルの二頭がいなくなって、張り合いがなくなったのかねえ」

俊基はぽんとファーンの鼻先に手を置いた。ファーンは耳を少し寝かせると、頭をぶん、と振ってパートナーの手を払った。四歳の頃に俊基が他のレースでの制裁のため乗れなかった時と流感だった時の計二回だけ乗り替わりがあったが、それ以外はデビュー以来全て俊基が鞍《あん》上《じょう》を務めてきた。

その唯一無二のパートナーにさえ、まだこの態度だ。人間の年齢にすれば結構いい大人のはずだが、まだまだ立派なヤンチャ坊主だ。

「図星を指されてムカついたんじゃないの」

鉄子はそう言ってファーンの柔らかい鼻先を指先でつついた。もっと撫でろ、と鼻を押し付けられたので、本格的に撫でてやる。これは甘えているのではない。ただ痒《かゆ》かったのだ。鉄子にはお見通しだった。

「あれだけ古馬レースで顔合わせて、競り合って。ゲルハルトは尾花《おばな》栗毛のイケメンだし、リリーはファンクラブができるほどの美ウマときた。そりゃ覚えて競りたくもなるさね」

鉄子は撫でるのは終わり、とばかりに鼻先をぺしぺしと叩いた。ファーンはつまらなそうに尻を馬栓棒《ませんぼう》に向けると、そのままプリプリと糞をひり出した。この野郎、と鉄子は白い尻を睨むが、職業柄、つい落とされた馬糞の状態もチェックしてしまう。硬すぎず軟らかすぎず、健康的な糞だ。見ると二本松も腕を組み、真面目な顔でファーンの糞を観察していた。

「っていうかね。俺もね、ちょっと張り合いがない」

俊基は子どものように唇を尖らせると、腕を組んでファーンの尻に向き合った。

「あのアホみたいにしんどい菊花賞でゲルハルトに競り勝った時も、去年の有馬でラストランのリリーを追ってかわせなかった時もさ。俺も、たぶんファーンも、メチャクチャ競馬してた」

「待て、競馬してたというのはどういう意味かな。普段は競馬してないのか」

それまで黙っていた二本松の鋭い指摘に、俊基は慌てて首を横に振った。

「あー違います。ごめんなさい。言い方間違えました。普段から真面目に競馬してます。言いたかったのは、ライバルがいてこそ競馬を楽しめた、違うな、競馬で限界を超えられたって感じがして」

慌てて取り繕い、俊基はファーンの尻に向かって「なあ」と同意を求めたが、ファーンは白い尻尾をうるさそうに振っただけだった。

「いや、まあ、分かるよ。分かったよ」

これが調教師試験の文章問題への解答だったらまず間違いなくハネられるな、と思いながら鉄子は頷いた。

「燃え尽きちゃうぐらいに充実してたってことでしょ。……いや待て、よくないな。ファーンはもうラストの有馬で引退だからいいとして、俊基は燃え尽きたらまずいって。まだ騎手続けるんだろうし」

まさかな、と思いながら鉄子は予防線を張った。人馬一体で充実していたこと、全力で競馬に挑めたこと。それは競馬人としてひとつの理想の形だ。しかし、馬の現役期間と違って人間はまだまだ仕事を続けて稼がなければならない。ましてや俊基は中堅とはいえまだ四十歳やそこら。燃え尽きるには早い。そこで、鉄子は聞きづらい問いをあえて投げることにした。

「まさか、ダービーで落馬した時の首、まだ痛む？」

関係ないよ、という言葉を期待して鉄子は言った。しかし、俊基は困ったように眉を下げると、曖昧に唸《うな》る。

「全くないとは言えないけどね。ふとした時に痛くなったらどうしよう、という不安はある」

鉄子はやや眉根を寄せた。フィジカルで勝負する騎手稼業ではあっても、メンタルが無関係という訳では決してない。一度の落馬が本人も気付いていないところで精神に作用し、数年後に大きな反動となることだってある。

――俊基の不安は、それを知っているからこそだ。

騎乗に誠実に向き合っているからこそのことでもある。何と言葉をかけるべきか迷っているところに、二本松が一歩近づいた。

「何馬鹿なことを言ってるんだか。弱みは人より馬の方が見破る。半端な弱気ならボロ入れに突っ込んでおくことだ」

あまりといえばあまりに予想外の厳しい言葉に、俊基も鉄子も呆気《あっけ》にとられる。現代的な手法を重んじる二本松が、時代錯誤な体育会系の励ましをするとは思わなかった。コツコツと革靴の踵《かかと》を鳴らし、俊基の肩を強めに小突く。

「医者の検査でダメ出しされたのならともかくね。ファーンの時も、それ以外の馬に乗っている時も、僕が見る限り俊基の様子に不安はない。だから気持ちの部分で弱っているだけなら、いくらでも僕は尻を蹴っ飛ばすよ。自分がフリーの身じゃないことを感謝することだね」

そう言って、さらに反対側の肩を叩いた。

「本当の本当に痛みや不安で無理だというのなら僕も引き止めやしない。でも、ここで先手を打って諦めるのは、俊基らしくないんじゃないのかな」

俊基らしく、という言葉は騎手らしく、という表現と同義だ。この一言は俊基を揺さぶるに充分だったようだ。

——だてに勝負の世界で二十年以上生きてない。

「……そっすね。すみません。らしくない弱音吐いちゃった」

頭をかきつつ、勝負師らしく目が鋭くなった俊基を見て、鉄子はごく静かに息を吐いた。本当にうちのボスは、身内の尻を叩くのが上手い。

「ま、だましだましでもさ。やってみりゃいいじゃん」

鉄子はあえて馴れ馴れしく俊基の肩を叩いた。

「どうしようもなくなっても、どうせあんたは馬に乗る生活からは離れられないって。実家で厩舎から預かった馬の調教だってできるんだし」

「えー、俺、弟に雇われるの？　福利厚生ちゃんとしてるのかなあ……」

「以前ならともかく、今のご実家なら大丈夫じゃないかな……っと、失礼」

二本松は胸元のポケットからスマホを取り出した。その口の端が少し緩んでいる。

「珍しい。二本松さんが分かりやすく笑ってる……」

「有馬、雪になるんじゃないの。やだなー雪の日に全力疾走するの。顔にベチベチ当たって冷たいんだよね」

自厩舎の調教助手と騎手にさんざんなことを言われながらも、二本松の笑みは崩れなかった。そのまま、スマホのメッセージアプリらしき画面を二人に向けてくる。

「ファーンの引退後の繋養場所がやっと決まったよ」

そう言うと、二本松は日高にある種牡馬繋養場の名を告げた。鉄子も俊基も思わず「えっ」と驚きの声を漏らす。

「随分いいとこ入れましたね。年間の種付け回数がかなり多くないとペイしないんじゃ」

「うん。だからね、シャトル種牡馬になることが条件だ。オーストラリアの方から声がかかってててね」

「オーストラリア」

鉄子と俊基は驚きつつも、納得してその国の名を復唱した。オーストラリアとニュージーランドはイギリスの旧植民地だけあって競馬文化が根強い。特にオーストラリアでは代表的なレースの日が休日になるほど国民的なスポーツである。ついでに、賞金が高額なレースがあることでも有名だ。

「オーストラリアなら日本よりも長距離のレースが多いからね。ファーンのステイヤー傾向の血がうまく出れば重宝される」

「なるほど、新種牡馬の第一世代で国内の牧場が躊躇《ちゅうちょ》しても、結果第一のオーストラリアならチャレンジという意味で需要もあるでしょうしね」

納得する鉄子に、二本松も頷いた。

「馬の未来は決まったよ。人間の方はどうする」

真顔で、特に迫力のある言い方でもないのに、二本松の言葉は鉄子にも俊基にも突き刺さった。

「……変わらず、馬の能力を最大限引き出す騎乗を心掛け、騎手続けます」

「はい、よろしい。鉄子君は？」

「まずは今週末のレース。そして年末の有馬にファーンを無事送り出し、……また勉強して調教師試験に備えます。負けっぱなしでいられるかってんだ」

うん、と二本松は満足げに頷いた。

二本松は、人も馬も、誰がどう行動すればベストに近い結果が出るか、常に考えて指示を出している。だったらそれに沿うように気持ちを動かしていくのは、ちょっと腹立たしいが悪くはない。

「鉄子君。君が調教師になって開厩したら、うちの奥さんが育て直した胡蝶蘭《こちょうらん》、事務所埋め尽くすまで送りつけてやるから、そのつもりで」

「ええっ……蘭のリユースとかＳＤＧｓ意識たっかぁい……」

「妻の技術をなめないで貰おうか。ファーンが勝った時に貰った鉢も、当時以上に見事な花をつけるようになっている」

他の厩舎から回収した蘭を再生させるのが趣味である二本松の妻の技術はきっと信用できる。もし鉄子がいつか調教師となったら、事務所は蘭で埋め尽くされる日が来るだろう。

「ファーンの息子か娘か、見事に勝たせたらその鉢また送るよ」

「気が長いっすねえ……」

「長期的な思考ができないと厩舎経営なんてやってらんないよ」

な、と二本松はファーンに同意を求めたが、ファーンはどこ吹く風と馬房の隅で瞼《まぶた》を半分下ろしていた。もう眠いらしい。

「じゃあ大橋調教師に騎乗依頼もらうまで、俺もやめる訳にいかなくなっちゃうじゃん」

「冗談」

俊基の軽口を、はっ、と馬鹿にするように鉄子は鼻で笑った。そのまま腰に手を当て、偉そうにふんぞり返る。

「あたしが調教師になったら、お預かりした大事な所属馬に中途半端な鞍上は指名しないよ。せめてそれまで今の勝ち数を維持し続けるか、もっと勝っておくんだね」

わざと芝居がかったようにそう言うと、二本松までもが真顔のままで噴き出した。

俊基は競馬学校に所属する練習生が教官にそうするように、ビシッと背筋を伸ばした。

「はいっ、菊地、鉄子調教師のお眼鏡にかなうよう頑張ります！」

「やめろ調教師になったら鉄子呼びすんな。定着しそうでいやだ」

――しょうがねえなあ、また机に齧りついてお勉強しなきゃな。

腹は決めた。ファーン号も将来が固まったのだ。なら自分もそれに向かって、まずは有馬で最高のシルバーファーン号を見せなければ。

人間三人の会話を子守歌に、当のファーンは完全に目を閉じうつらうつらと眠りに入っていた。

一年最後のグレードⅠ競走、有馬記念。

年の瀬の中山競馬場は、ゲルハルトドリームとファイヤーリリーのようなスターホース不在にもかかわらず、例年以上の賑わいに満ちている。そのうち二割ほどの観客は、シルバーファーンのイメージカラーである灰色と白のマフラータオルやぬいぐるみのキーホルダーなどを身に付けていた。

――ほんと、愛されてる。

パドック周回の時もすごい熱気だったが、本馬場からスタンドを見るとその比ではない。スタンドにつめかけた観衆は、間違いなくファーンが登場した瞬間にその馬体へ視線とカメラを向け、ひと際大きな歓声を上げているのが感じられた。

「愛されてるねえ」

鞍上の俊基も同じことを感じたのか、楽しそうに呟いた。鉄子はぐっと上を向いた。まだ引き綱を握っている以上、目を瞑《つぶ》ることも泣くことも今は許されない。目に映る、雲ひとつない冬の青空が、斜めに傾《かし》いだ。

「ファーン?」

ファーンが鉄子に頭突きをした。いや、頭を摺り寄せたのだった。あまり人に甘えるしぐさをしないファーンには、珍しいことだった。

——本当に、お前ってやつは。最高だ。

鉄子は空いた方の手で軽くファーンの鼻面を撫で、もう片方の手で引き綱と頭絡《とうらく》を繋ぐ金具を外した。

「元気で走って、元気で帰っておいで!」

返事はない。代わりに白い毬《まり》が弾むようにシルバーファーンは歓声の中を駆け出していった。

この作品を企画段階から伴走下さった
故榊原大祐氏に、心より感謝を申し上げます。

河崎秋子（かわさき　あきこ）

1979年北海道別海町生まれ。2012年「東陬遺事」で北海道新聞文学賞（創作・評論部門）受賞。14年『颶風の王』で三浦綾子文学賞、同作で2015年度JRA賞馬事文化賞、19年『肉弾』で第21回大藪春彦賞、20年『土に贖う』で第39回新田次郎文学賞、24年『ともぐい』で第170回直木賞を受賞。その他の作品に『鳩護』『絞め殺しの樹』『鯨の岬』『介護者D』『清浄島』『愚か者の石』などがある。

この物語はフィクションです。

初出
「小説 野性時代」
2023年5月号～24年3月号

書籍化にあたり、加筆修正しました。

Jacket Photograph by
Charlotte Dumas

Ringo, Arlington Virginia
United States 2012
From the series Anima

Cover and Title Page
Photographs by
Akiko Kawasaki

装丁　池田進吾（next door design）

銀《ぎん》色《いろ》のステイヤー

令和６年７月31日　初版発行

著　者／河﨑《かわさき》秋子《あきこ》
発行者／山下直久
発　行／株式会社 KADOKAWA
〒102-8177 東京都千代田区富士見 2-13-3　電話 0570-002-301（ナビダイヤル）

印刷所／大日本印刷株式会社
製本所／本間製本株式会社

●お問い合わせ
https://www.kadokawa.co.jp/（「お問い合わせ」へお進みください）
※内容によっては、お答えできない場合があります。※サポートは日本国内のみとさせていただきます。
※ Japanese text only　定価はカバーに表示してあります。

　ISBN 978-4-04-114170-0　C0093